Roswitha Gruber

Meine aufregendsten Weihnachtsgeschichten

Roswitha Gruber

Meine aufregendsten Weihnachtsgeschichten

rosenheimer

www.rosenheimer.com

Titelbild: © Bundesarchiv, Bild 183-R21116
Lektorat und Bearbeitung: Christine Weber, Dresden
Satz: SATZstudio Josef Pieper, Bedburg-Hau
Druck und Bindung: CPI Moravia Books, Pohořelice
Printed in Czech Republic

ISBN 978-3-475-54665-5

Inhalt

Vorwort

Wenn am Adventskranz die erste Kerze angezündet wird, beginnt sie wieder, die stille, besinnliche Zeit, deren Zauber sich kaum jemand entziehen kann. Ein Huschen und Raunen setzt in den Häusern ein, das bis zum Heiligen Abend anhält. Und je näher es auf diesen Tag zugeht, desto intensiver und vielfältiger werden die Düfte, die durch die Wohnung wehen. Der Geruch von Kerzen und Tannengrün, von Anis, Zimt und Kardamom erwecken in uns Erinnerungen an die Kindheit und verheißen uns jedes Jahr aufs Neue allerlei Leckereien.

Aber selbst über das Weihnachtsfest hinaus behalten die Tage ihren Zauber, bis die geheimnisvolle Zeit mit dem Dreikönigstag ihren Abschluss findet.

Dass es bis dahin aber nicht immer gar so harmonisch und lieblich zugeht, wie man sich das erhofft, erfuhr ich aus drei weihnachtlichen Geschichten, die mir in den letzten Jahren zugeflüstert worden sind. Sie gefielen mir so gut, dass ich auch andere Menschen daran teilhaben lassen wollte, weshalb ich das Erzählte aufschrieb. Da man aber mit drei Geschichten kein Buch füllen kann, dachte ich: Sicher haben andere Leute in der besinnlichen Zeit ebenfalls aufregende Erlebnisse gehabt, die erzählenswert sind. Also machte ich mich ganz gezielt auf die Suche. Ich sprach viele verschiedene Menschen an, um weitere außergewöhnliche Geschichten zu diesem Thema zu sammeln. Den meisten fiel spontan etwas ein, andere brauchten ein paar Tage zum Nachdenken, bevor auch sie bereitwillig etwas zu berichten wussten.

Vermutlich werden Sie ebenso überrascht sein wie ich, was mir da an Kuriosem, Lustigem und Aufregendem zu Ohren gekommen ist.

Mit dem vorliegenden Buch gebe ich Ihnen all die alten Erinnerungen in die Hand, wünsche Ihnen eine besinnliche Adventszeit, ein frohes Weihnachtsfest und wie immer viel Spaß beim Lesen.

Roswitha Gruber

Der versunkene Nikolaus

Annemie, Jahrgang 1943, aus Reit im Winkl

Soweit ich zurückdenken kann, kam am 6. Dezember immer der heilige Nikolaus ins Haus. Es war nicht der rot gewandete Coca-Cola-Nikolaus, sondern noch der echte alte Nikolaus: traditionell gekleidet wie ein Bischof, mit der Mitra auf dem Haupt, dem Krummstab in der einen und dem Goldenen Buch in der anderen Hand. Über der Schulter trug er einen Sack, an dem eine Rute befestigt war. Damit der Nikolaus Zeit einspare und nicht in jedes Haus müsse, kam zu der Stunde, in der wir den außergewöhnlichen Gast erwarteten, die Nachbarin mit ihrer Tochter, einem netten Mädel in meinem Alter, zu uns herüber. Das war mir auch ganz lieb, denn dann verteilte sich der Tadel, den der gute Alte vorbringen würde, auf mehrere Schultern. Jede von uns war stolz, wenn sie den Bischofsstab halten durfte, während der heilige Mann unsere kleinen Schandtaten aus seinem Buch verlas.

Leider verpasste meine Mutter jedes Mal seinen Besuch, denn entweder hatte sie noch im Stall zu tun oder sie musste dringend ihre Schwester besuchen. Wenn sie dann zurückkam, erzählte ich ihr ganz aufgeregt, was wir soeben erlebt hatten, und zeigte ihr überglücklich das kleine Sackerl, das der Nikolaus für mich dagelassen hatte. Äpfel und Nüsse waren darin, etwas anderes gab es nicht, wir befanden uns ja mitten in der Nachkriegszeit. Auch erzählte ich meiner Mutter, welche kleinen Schandtaten der Besuch mir vorgehalten hatte, und fügte stets hinzu: »Woher weiß der eigentlich so viel über mich?«

Lächelnd erklärte sie mir: »Darüber brauchst du dich gar nicht zu wundern. Das ganze Jahr über schaut er vom Himmel auf die Kinder herab und notiert sich alles in seinem Goldenen Buch.«

Eingedenk dieser Worte, verhielt ich mich dann wirklich eine Zeit lang vorbildlich. Nach einigen Wochen aber war das vergessen, und ich lebte wieder mein natürliches Temperament aus, was sich eben öfter darin zeigte, dass ich laut schrie und zeterte, wenn mir etwas missfiel.

Ende 1948 wurde meine Schwester geboren, worüber ich sehr glücklich war. Weil meine Mutter mich schon bald damit betraute, kleine Dienste an dem Schwesterchen zu verrichten, sah ich in der Jüngeren eine lebendige Puppe.

Als sie fast zwei Jahre alt war, nahte wieder der Nikolausabend. Obwohl ich zu der Zeit sieben Lenze zählte, glaubte ich noch unerschütterlich an den heiligen Nikolaus und an das Christkind. Meine Mutter muss aber befürchtet haben, in diesem »hohen Alter« würde ich sie vielleicht erkennen und damit wäre der schöne Schein, an dem die Erwachsenen offensichtlich noch mehr Freude hatten als wir Kinder, zunichte gemacht.

Für den Nikolausabend heuerte sie also einen Mann an, der sich nach dem Krieg in unserem Dorf niedergelassen und seine Dienste als »heiliger Kinderfreund zum Feste« angeboten hatte. Vermutlich bekam er ein paar Mark dafür, zumindest aber den einen oder anderen Schnaps und eine Brotzeit.

Am 6. Dezember 1950 saß die Mutter tatsächlich mal mit uns anderen, also mit mir, Vater, Oma, der Nachbarin samt Tochter und meinem Schwesterchen, in der Stube. Aufgeregt wie immer erwarteten wir die Ankunft vom Nikolaus. Mutter hielt die kleine Marianne auf dem Schoß, die fröhlich vor sich hinkrähte, weil sie ja den Ernst der Lage noch nicht begriff. Meine Mama schaute ebenso gebannt wie wir anderen in Richtung Fenster, damit wir den ersehnten Gast, sollte er sich unserem Haus nähern, rechtzeitig entdeckten.

Plötzlich war mir, als erblickte ich etwas Weißes, das sich am ersten Stubenfenster vorbeibewegte. »Er kommt!«, flüsterte ich ganz aufgeregt meiner Mutter zu. Als seine Silhouette am Rand des zweiten Fensters auftauchte, bumperte mein Herz noch stärker als zuvor. Doch plötzlich – Bischof Nikolaus hatte gerade die Mitte des Fensters erreicht – verschwand die ganze Gestalt nach unten. Ich selbst dachte mir noch nichts dabei, mein Vater aber sprang auf mit dem Ausruf: »Da ist was passiert!« Schon stürmte er nach draußen. Unterdessen klammerte ich mich ängstlich an meine Mutter und fragte, was denn passiert sei.

Sie wüsste es nicht, bekam ich zur Antwort. »Es könnte sein, dass der Nikolaus in den Keller gefallen ist.«

»Ach, wie schrecklich!«, rief ich. »Dann kommt er heuer nicht mehr zu uns?«

»Vielleicht ja doch«, schürte die Mama meine Hoffnung. »Mal sehen, was der Vater herausfindet.«

Der Nikolaus war tatsächlich in den Keller gerutscht. Wir hatten einige Tage zuvor eine Kohlenlieferung bekommen, und der Kohlenmann hatte das Abdeckbrett wahrscheinlich nicht ordentlich auf den Kellerschacht gelegt. Das war unserem Gast zum Verhängnis geworden.

Genau das befürchtend, war mein Vater sofort in den Keller geeilt, um den heiligen Mann, dem zum Glück nichts passiert war, aus der misslichen Lage zu befreien. Der Kinderfreund war sanft auf der Kohlenrutsche nach unten geglitten. Nur sein schönes weißes Gewand und seine Handschuhe hatten schwarze Flecken bekommen, und der Inhalt seines Gabensackes hatte gelitten, wie ich bald feststellen konnte. Denn nach diesem unschönen, aber glimpflich ausgegangenen Zwischenfall fand das Beschenken der Kinder doch noch statt.

Nachdem der Heilige aus dem Goldenen Buch unser kleines Sündenregister vorgelesen hatte, fischte er aus den Tiefen des mitgebrachten Sackes die für uns Mädchen bestimmten Gaben. Diesmal enthielten die Sackerl nicht nur Äpfel und Nüsse, nein, es fand sich auch noch ein ansehnlicher Schokoladen-Nikolaus in jedem Beutel. Aber wie erbärmlich sahen diese aus! Lauter Schokoladenbrösel pellten wir aus der Stanniol-Ummantelung. Doch das tat meiner Freude keinen Abbruch, war es doch die erste Schokolade meines Lebens, die ich zu essen bekam. Mir ist, als hätte ich erst gestern diesen wunderbaren Geschmack auf der Zunge gespürt.

Jahre später vertraute mir meine Mutter an, dass sie sehr erfreut gewesen war, für diesen Nikolausabend jemanden gefunden zu haben, der ihre Aufgabe übernahm. Zum einen wollte sie auch mal dabei sein, wenn der Nikolaus uns besuchte, zum andern hatte sie doch tatsächlich befürchtet, dass ich, inzwischen älter und gescheiter, sie womöglich an der Stimme erkennen würde. Außerdem konnte sie gar nicht oft genug betonen, wie erleichtert sie gewesen sei, dass der Fremde in unserem Kohlenkeller nicht zu Schaden gekommen war.

Krampusjagd

Sonja B., Jahrgang 1943, aus Großveitschrad/ Steiermark, Österreich

In meinem Heimatort gab es eine lange Tradition. Am 6. Dezember kam nicht nur der Nikolaus in die Häuser, sondern er hatte immer den Krampus, einen Kinderschreck, dabei. Der Krampus, vormals Gehilfe des heiligen Nikolaus, hatte sich im Laufe der Jahre verselbstständigt. Am Nikolaustag – und manchmal schon am Tag davor – rumpelten und polterten mit Einbruch der Dunkelheit gleich mehrere solcher wüsten Gestalten durch das Dorf, um die Kinder zu erschrecken. Vom heiligen Nikolaus dagegen war nichts mehr zu hören und zu sehen.

Nachdem ich das erste Mal, zumindest von Weitem, einige Krampusse gesehen hatte, erfüllte mich eine wahnsinnige Angst vor ihnen. Wie besessen rannte ich nach Hause und wagte mich an diesen Tagen nicht mehr auf die Straße. Die Figuren sahen auch gar zu schrecklich aus, mit den schwarzen Strumpfmasken, der langen roten Zunge, den schwarzen Ziegenbockhörnern und zerrupften Schaf- und Ziegenfellen, die sie sich übergeworfen hatten.

Als ich aber neun oder zehn Jahre alt war, wurde ich von meinen Mitschülern aufgeklärt, dass es gar keine echten Krampusse gebe, sondern sich hinter der Verkleidung halbwüchsige Burschen aus der Nachbarschaft verbergen würden. Die kannte ich natürlich alle, und dieses Wissen nahm mir die Angst. Es machte mich sogar so mutig, dass ich im selben Jahr wild entschlossen war, mit den anderen Kindern Jagd auf diese Höllengestalten zu machen, statt mich von ihnen jagen zu lassen. Ja, ich freute mich regelrecht auf den Krampustag, um den Burschen zeigen zu können, dass ich keine Angst mehr vor ihnen hatte.

Als der bewusste Tag endlich gekommen war, begab ich mich mit Elfriede, meiner um zwei Jahre jüngeren Schwester, bei Einbruch der Dunkelheit auf die Straße. Zu uns gesellten sich gleich einige Kinder, die etwa in meinem Alter waren und ebenfalls ihren Mut beweisen wollten. Auch Edith, deren Vater in der Nachbarschaft einen großen Bauernhof besaß, war mit von der Partie. Übermütig marschierten wir zu siebt auf der Straße auf und ab. Doch als wir die ersten Schreckensgestalten auf uns zukommen sahen, waren nicht wir diejenigen, die sie jagten, sondern sie jagten uns! Obwohl wir wussten, dass unter den Masken Nachbarsburschen steckten, waren sie uns unheimlich, zumal wir nicht erkennen konnten, wer sich unter welcher Maske befand. Wir hatten dermaßen Angst, dass wir laut schreiend in wilder Flucht davonrannten. In verschiedene Richtungen stoben wir dann auseinander.

Völlig außer Atem, kamen wir drei Mädchen schließlich im Kuhstall von Ediths Vater an. Dort war gerade die Magd Lina, eine rothaarige, dralle Dirn mit vielen lustigen Sommersprossen auf der Stupsnase, damit beschäftigt, den Stall auszumisten. Sie war höchstens fünf oder sechs Jahre älter als ich. »Ja, Mäderl, was ist denn mit euch los? Ihr seid ja so atemlos, als sei der Teufel hinter euch her!«, rief sie.

»Der Teufel nicht, aber die Krampusse«, gab die Tochter des Hauses Auskunft. »Bitte, versteck uns schnell!«

Lina zeigte volles Verständnis für unsere missliche Lage, in die wir uns selbst gebracht hatten. »Versteckt euch dort im Heu«, raunte sie uns zu, während sie auf einen Heuhaufen am Ende des Stalles wies. In unserer sinnlosen Angst warfen wir uns darauf und versuchten, uns hineinzuwühlen, was uns aber nur in Ansätzen gelang. Deshalb waren wir der guten Lina unendlich dankbar, dass sie hastig Heu über uns schaufelte. Keine Sekunde zu früh, denn schon polterten zwei Krampusse in den Stall, die schauerliche Laute ausstießen.

Da mein Gesicht nicht vollständig mit Heu bedeckt war, konnte ich sehen, wie sie hereinstürmten. Schnell machte ich die Augen zu, wohl in dem Gefühl, dass die Verfolger mich dann auch nicht sehen könnten. Ich hörte sie im Stall herumtappen, weiterhin tierische Laute von sich gebend. Deshalb blinzelte ich wieder durch meinen Heuschleier und sah, wie die beiden in jedem Winkel des Stalles suchten, ja, sogar zwischen den Kühen. Mit Entsetzen nahm ich wahr, dass die Magd nun mit dem Zeigefinger auf den Heuhaufen deutete. So ein falsches Luder!, durchzuckte es mich. Zu mehr Gedanken kam ich nicht, denn schon wirbelten die

Krampusse das Heu wild auseinander. Wir sprangen auf und rannten auf die Tür zu, die vom Stall ins Wohnhaus führte. Kaum hatten wir den Hausgang erreicht, erwischten sie die Letzte von uns, die Tochter des Bauern. Da diese mächtig zappelte, schrie und um sich schlug, waren die Burschen vollauf damit beschäftigt, sie zu zähmen, sodass meine Schwester und ich ungehindert vorwärtsstürmen konnten. In einer Tür, die einen Spalt offen stand, sah ich die Rettung. Doch bevor ich hinter dieser verschwand, schaute ich mich noch einmal nach der Edith um. Die Kramperl waren gerade dabei, die Arme, die sich verzweifelt wehrte, in einen Buckelkorb zu stecken, den sie auf eine der unteren Treppenstufen gestellt hatten.

Elfriede und ich waren unterdessen in das Büro des Bauern geraten. Der blickte erstaunt von seinem Schreibtisch auf. »Nanu, was wollt ihr denn hier?«

»Bitte, sei so gut und versteck uns! Die Kramperln sind hinter uns her«, flehte ich mit halb erstickter Stimme.

»Nein, Kinder, hier kann ich euch wirklich nicht brauchen. Sucht euch ein anderes Versteck.« Mit dem Kinn deutete er auf die Tür zum Nebenzimmer.

In Panik stürzten wir durch diese und landeten in der Stube, in der ein Adventskranz auf dem Esstisch stand. Im Nu hatte ich unsere Chance erkannt und gab das Kommando: »Schnell, Elfriede, unter die Eckbank!«

Unter dieser hockten wir dann eine geschlagene Stunde. Das erkannte ich an der Wanduhr, die in meinem Blickfeld hing. »Die Gefahr ist nun vorbei«, flüsterte ich meiner Schwester schließlich zu. »Jetzt können wir unbesorgt nach Hause gehen.«

Nur umständlich konnten wir aus unserem Versteck hervorkriechen, denn uns waren mittlerweile Arme und Beine eingeschlafen. Mit Mühe und Not hatten wir die Mitte des Raumes erreicht, da stürzten die beiden Krampusse herein. Durch ein Astloch in der Tür hatten sie uns die ganze Zeit vom Gang aus beobachtet. Sie packten uns rau an den Oberarmen, drückten uns nieder auf die Knie und verlangten, wir sollten beten. Nein, dachte ich, indem ich die Lippen fest aufeinanderpresste, vor einem Krampus bete ich nicht. Meine Schwester muss etwas Ähnliches gedacht haben, denn auch sie blieb stumm.

Aber noch ehe die Höllengeister uns weiter quälen konnten, wurde die Tür zum Büro aufgerissen. Herein trat der Bauer. Er kam uns vor wie ein rettender Engel. Schnell bereitete er dem Spuk ein Ende, indem er ein Machtwort sprach: »Ja Buam, seid's narrisch wor'n? Lasst doch die kleinen Dirndln in Ruh!«

Vermutlich, um sie abzulenken, öffnete er den kleinen Wandschrank zwischen zwei Fenstern, angelte eine Flasche nebst drei Gläsern heraus und schenkte Schnaps ein.

Ob und wie die Höllenhunde mit ihrer Maske trinken konnten, bekam ich nicht mehr mit. Ohne uns noch einmal umzusehen, stürmten wir aus dem Haus und rannten, so schnell uns unsere Beinchen trugen, nach Hause. Erleichtert schloss die Mutter ihre zwei angstschlotternden Mädchen in die Arme. »Gott sei Dank, dass ihr da seid!«

»Ja, Mama, das versprechen wir dir, wir werden nie wieder Kramperln jagen.«

Für uns war die Geschichte noch einigermaßen glimpflich ausgegangen und auch für die Tochter des Bauern. Nachdem die Krampusse das schreiende Kind im Buckelkorb dreimal um das ganze Anwesen getragen hatten, setzten sie es einfach in der Küche bei seiner Mutter ab.

Für Werner und Walter aber, die mit uns die Krampusjagd eröffnet hatten, wäre die Sache beinahe böse ausgegangen.

Meine Schwester und ich sind etwa anderthalb Stunden lang zu Hause gewesen, da klopfte es an der Haustür. Davor stand die Mutter der beiden Buben. Sie fragte an, ob ihre Söhne vielleicht bei uns seien. Ihr Mann und sie hätten schon in jedem Haus nachgefragt, und nun wären wir ihre letzte Hoffnung. Doch meine Mama verneinte.

Durch die offene Küchentür hatte ich jedes Wort mitbekommen. Deshalb sah ich mich veranlasst, der verzweifelten Mutter meine Beobachtung mitzuteilen, dass Werner und Walter in Richtung Wald gelaufen waren, als wir in wilder Panik vor den Kramperln flüchteten.

Daraufhin stellte die Familie einen Suchtrupp aus Männern der Nachbarschaft zusammen, an dem auch mein Vater teilnahm. Ausgerüstet mit Laternen und Fackeln zogen sie los. Nach seiner Rückkehr berichtete der Papa, dass man schon bald die Spuren der beiden Buben im Schnee ausgemacht habe. Es sei gar nicht nötig gewesen, lange im Wald zu suchen. Schon nach wenigen Metern wurde das

Brüderpaar entdeckt – dicht aneinandergeklammert unter einem dicken Baum schlafend. Sie seien ziemlich unterkühlt gewesen, deshalb habe man sie sicherheitshalber sofort ins Krankenhaus gebracht.

Wie wir später von der Mutter der Buben erfuhren, hatte der Arzt ihr gegenüber geäußert, dass das gegenseitige Wärmen der Brüder ihnen vermutlich das Leben rettete.

Jedenfalls sind die beiden nie wieder auf Krampusjagd gegangen und auch später, als sie im richtigen Alter dazu gewesen wären, nie in ein Krampuskostüm geschlüpft.

Ein schreiendes, blond gelocktes Christkind

Anna, Jahrgang 1937, aus Obertaufkirchen

Meine Eltern besaßen ein so kleines Anwesen, dass sie zusätzlich bei anderen Bauern arbeiten mussten, um die Familie ernähren zu können. Noch ehe ich ganze zwei Jahre alt war, begann für uns, wie für alle anderen auch, mit dem Zweiten Weltkrieg eine schlimme Zeit.

Noch gut erinnere ich mich an den Tag, an dem mein lieber Vater einrücken musste, da war ich immerhin schon fünf. Wir drei, die Großmutter väterlicherseits, meine Mama und ich standen an der Haustür und weinten furchtbar, als der Vater mit seinem schweren Rucksack vom Hof ging. Er schaute sich kein einziges Mal um. Wahrscheinlich weinte er ebenfalls und wollte nicht, dass wir das sahen.

Im März 1943 kam er dann völlig überraschend auf Heimaturlaub. Da war unsere Freude riesengroß. Ebenso groß war aber auch unsere Traurigkeit, als er uns nach einer Woche wieder verlassen musste.

In unserem Dorf stand am Feuerwehrhaus eine mittelgroße Kanone. Wenn aus dieser gefeuert wurde, wusste jeder im Dorf, dass wieder ein Soldat aus unserer Gemeinde gefallen war. Im Rathaus konnte man dann immer erfragen, wessen Tod die Kanone verkündet hatte. Wie die anderen Frauen, die einen Ehemann oder Sohn im Feld hatten, ging auch meine Mutter immer wieder bangen Herzens zum Nachfragen. Von Weitem sah man ihr die Erleichterung schon an, wenn sie von diesem Gang zurückkam.

Jedes Mal, wenn wir einen Schuss aus der Kanone vernahmen, zuckten wir zusammen, so auch Ende Oktober 1943, als wir gerade beim Mittagessen saßen. Obwohl ich erst knapp sechs Jahre alt war, fiel mir auf, dass meine Mutter ganz blass wurde und ihre Hände wie schützend über ihren Bauch legte. »Was ist los, Mama?«, fragte ich besorgt.

»Ach, nichts, nichts«, wehrte sie ab.

Da sie diesmal keine Anstalten machte, aufs Rathaus zu gehen, bohrte ich weiter: »Mama, willst du nicht beim Bürgermeister nachfragen?«

»Nein, nein, nicht nötig, Anna, es ist besser so.«

So lebte ich weiterhin in der Hoffnung, dass dieser Kanonenschuss nicht für meinen Vater gewesen war. Einige Tage darauf traf der Bürgermeister zufällig meine Großmutter im Dorf. Er erzählte ihr nichts, und sie fragte auch nicht, wer gefallen war. Er wollte von ihr nur wissen, wann ihre Schwiegertochter voraussichtlich niederkommen werde.

»Ende Dezember«, gab sie Auskunft.

Danach muss unser Gemeindeoberhaupt noch ein paar Tage mit sich gerungen haben, wie man sich einer Hochschwangeren gegenüber am geschicktesten verhalte, wenn man eine schlimme Nachricht zu überbringen habe. Endlich sah er sich doch zum Handeln verpflichtet. An diesen Tag erinnere ich mich noch ganz genau. Wir saßen am Küchentisch beim Mittagessen. Es gab Dampfnudeln mit Vanillesoße, mein Lieblingsessen. Als es an der Küchentür klopfte, erschraken wir alle drei. Auf Mutters zaghaftes »Herein!« betrat der Bürgermeister den Raum, mit der Mütze in der Hand.

»Ach, ihr seid gerade beim Essen«, entschuldigte er sich gewissermaßen und drehte sich zur Tür, als wolle er wieder gehen.

»Das macht doch nichts«, antwortete meine Mama. »Bleib nur, und sag uns, was du zu sagen hast.«

Er druckste noch ein wenig herum, als suche er die richtigen Worte. Dann gab er sich einen Ruck und sagte mit leiser Stimme: »Ach, egal, einmal musst du es ja doch wissen. Elisabeth, ich muss dir leider eine traurige Nachricht überbringen.« Nach einer kurzen Pause schnarrte er, wie auswendig gelernt, herunter: »Am 17. Oktober ist dein Mann für Volk und Vaterland in Russland gefallen. Ein Kopfschuss hat seinem jungen Leben allzu früh ein Ende gesetzt. Dir und seiner Mutter gilt unser ganzes Mitgefühl.«

Wer jetzt denkt, die Mama sei in Ohnmacht gefallen oder in lautes Wehklagen ausgebrochen, der täuscht sich. Völlig gefasst, mit ruhiger Stimme erklärte sie: »Ich hab es mir schon gedacht.«

»Oh mein Gott!«, entfuhr es meiner Großmutter, und sie wischte sich mit einem Taschentuch über die Augen.

Mich versetzte die Mitteilung des Bürgermeisters in einen Schockzustand, so wurde es mir später von meiner Mutter beschrieben. Der Bissen, den ich wohl noch im Mund hatte, blieb mir sprichwörtlich im Halse stecken. Und das, was von meiner Dampfnudel noch auf dem Teller lag, bekam ich erst recht nicht mehr hinunter.

An viel mehr erinnere ich mich nicht, weder an den Trauergottesdienst oder die vielen Menschen, die daran teilnahmen, noch an die vielen Hände, die meine Mutter und Großmutter bei den Beileidsbekundungen schütteln mussten. Wie das seinerzeit abgelaufen ist, weiß ich nur, weil mir meine Mutter Jahre später davon berichtet hat.

Das Nächste, woran ich mich erinnere, ist ein Ereignis, das sich nach dem zweiten Advent abgespielt haben muss. Denn ich weiß noch, dass wir am Sonntagabend in der Stube am Tisch saßen, auf dem der Adventskranz stand. Zwei Kerzen brannten schon, und wir redeten über den Vater. Dass die dritte Kerze angezündet wurde, erlebte ich in einer anderen Umgebung. Es muss etwa zwischen diesen beiden Adventssonntagen gewesen sein, da weckte mich ausnahmsweise die Großmutter, und zwar schon in aller Herrgottsfrühe. Sie tat dabei sehr geheimnisvoll, zog mir meine wärmsten Sachen an und verließ mit mir an der Hand das Haus, obwohl es noch ziemlich dunkel war. Wir wanderten auf dem glitzernden Schnee, der unter unseren Füßen knirschte. Den Weg kannte ich, er führte ins Nachbardorf, das etwa fünfzehn Minuten von unserem entfernt lag.

Unterwegs erklärte mir meine Oma Maria: »Heute darfst du ganz lange bei deiner anderen Oma und beim Opa bleiben. Am Abend hol ich dich wieder ab.«

Oh, wie ich mich freute! Denn Oma Liesl war auch eine ganz Liebe, und der Opa wusste immer aufs Neue spannende Geschichten zu erzählen. Außerdem gab es bei den zweien auch Nachbarskinder in meinem Alter, die holten mich schon bald zum Schlittenfahren ab.

Deshalb war ich recht enttäuscht, als ich am frühen Nachmittag Oma Maria auf das Haus meiner Großeltern zusteuern sah. »Oma, es ist ja noch gar nicht Abend«, rief ich ihr zu. »Darf ich nicht noch ein bisserl bleiben?«

»Freilich darfst du. Du darfst sogar recht lange bleiben. Deshalb hab ich dir ein Nachtgewand mitgebracht und etwas Wäsche zum Wechseln.« Das war mal eine Sache! Ich würde sogar im Hause der Großeltern schlafen dürfen! Das war noch nie vorgekommen, solange ich mich zurückerinnerte.

Deshalb fragte ich verwundert: »Warum?«

»Deine Mama ist krank, ich muss sie pflegen. Und da ich nun auch die ganze Stallarbeit allein machen muss, bleibt mir keine Zeit mehr, mich um dich zu kümmern.«

Das leuchtete mir ein. Als sie beim Abschied meiner Großmutter Liesl etwas zuflüsterte, schnappte ich einige Wörter auf, die ich bis auf den heutigen Tag nicht vergessen habe: »drei Wochen zu früh«, »schwierige Entbindung«, »Doktor geholt«. Mit diesen Bruchstücken wusste ich nichts anzufangen, wagte es aber auch nicht, danach zu fragen. Die Omas brauchten ja nicht zu wissen, dass ich ihr vertrauliches Gespräch belauscht hatte.

Ein bisschen Sorge machte ich mir schon um die Mama. Denn bisher hatte ich nicht erlebt, dass sie einmal krank gewesen wäre. Aber die Großeltern kümmerten sich so liebevoll um mich, dass ich abgelenkt war. Ja, und was mich auch immer wieder auf andere Gedanken brachte, waren die Nachbarskinder, die mich am Nachmittag zum Schlittenfahren abholten. Ganz in der Nähe gab es einen wunderbaren Hügel, von dem man herrlich hinabsausen konnte. Von Opa hatte ich sogar einen eigenen Schlitten, nämlich den aus Mamas Kindertagen.

An dem Sonntag, bevor wir die dritte Kerze am Adventskranz anzündeten, kam Oma Maria mit einer guten Nachricht. Der Mama gehe es schon besser, sodass ich bald nach Hause könne. Eine Woche später berichtete sie, am Heiligen Abend dürfe ich wieder heimkommen, dort warte eine große Überraschung auf mich.

Die beiden letzten Tage verbrachte ich voller Unruhe, und es ist nur Opas Geduld zu verdanken, dass ich nicht einfach nach Hause lief. Mit seinen spannenden, selbst erdachten Geschichten verstand er es immer wieder, mich abzulenken.

Am Nachmittag des Heiligen Abends war es dann so weit. Oma Liesl drückte dem Opa das Bündel mit meiner Wäsche in die Hand, achtete darauf, dass mein Schal ordentlich umgebunden war und die Mütze auch die Ohren bedeckte, und schon marschierte Opa mit mir los. Ganz zappelig war ich vor lauter Aufregung, endlich wieder nach Hause zu kommen. Munter plappernd trippelte ich neben dem Großvater her. An der Tür unseres Hauses nahm

Oma Maria mich in Empfang und führte mich gleich in die Küche.

»Wo ist die Mama?«, wollte ich wissen.

»Sie liegt noch im Bett. Aber bei der Bescherung wird sie in der Stube sein.«

Als es dämmrig wurde, begann Oma, mit mir in der Küche den Rosenkranz zu beten. Wir waren etwa bis zur Hälfte gekommen, da flüsterte sie mir zu: »Du bist doch schon ein großes und verständiges Mädchen, du wirst jetzt kurz allein weiterbeten. Ich muss in der Stube nachschauen, ob das Christkind schon fertig ist. Dann rufe ich dich.«

Diese verlockende Aussicht veranlasste mich dazu, Perle um Perle durch meine Finger gleiten zu lassen und ein Ave-Maria nach dem anderen zu beten. Endlich kam die Oma zurück, nahm mich bei der Hand und führte mich in die Stube. Als Erstes erblickte ich den Baum, der auf einem Tisch in einer Ecke des Raumes stand. Die Fichte war nicht sonderlich groß, aber die flackernden Kerzen zogen meine Blicke magisch an.

Während ich mit Oma »Ihr Kinderlein kommet« sang, ertönte plötzlich Babygeschrei. Verwundert senkte ich meinen Blick und entdeckte den aus Weiden geflochtenen Wäschekorb. Darin lag, auf ein Kissen gebettet, tatsächlich das Christkind. Es hatte blonde Löckchen und ein süßes Stupsnäschen. Irgendetwas schien ihm nicht zu gefallen, denn es schrie so kräftig, dass sein Gesichtchen ganz rot wurde. Vor Freude wusste ich mich kaum zu fassen.

»Das Christkind ist bei uns! Das echte Christkind!«, rief ich ein ums andere Mal. Vom Jahr zuvor kannte ich nur das aus Holz geschnitzte, welches in der Kirche vor dem Altar in einem aus Stroh geflochtenen Korb lag, wie man ihn früher verwendete, um den Brotteig darin gehen zu lassen. Von dem schreienden Christkind war ich so fasziniert, dass ich gar nicht bemerkte, wie bescheiden die Bescherung ausfiel. Außer einem Apfel und ein paar Nüssen gab es nichts, noch nicht einmal Plätzchen. Erst später wurde mir klar, dass Mutter ja nicht hatte backen können, weil sie zu der Zeit im Wochenbett lag. Und die Oma war auch nicht dazu gekommen, weil sie mit dem Stall, der Hausarbeit und der Pflege von Wöchnerin und Säugling komplett ausgelastet war.

Plötzlich vernahm ich eine Stimme aus dem Dunkeln: »Mutter, reich mir doch mal das Kind, es hat gewiss Hunger.«

Erst da entdeckte ich meine Mama, die das Geschehen von einem Sessel aus beobachtet hatte. Sofort wollte ich mich auf sie stürzen. Doch rechtzeitig fiel mir ein, dass sie ja krank war und man behutsam mit ihr umgehen musste. Da Oma in dem Moment die Deckenlampe anschaltete, sah ich, dass die Mama im Rücken durch ein Kopfkissen gestützt wurde und dass eine Wolldecke über ihre Beine gebreitet war. Ich umarmte sie ganz vorsichtig, und sie streichelte mir sanft übers Haar.

»Mein großes, vernünftiges Mädchen, wie schön, dich wieder bei mir zu haben.«

Schon legte die Oma ihrer Tochter den kleinen Schreihals in die Arme. Mutter öffnete die Knöpfe an ihrem Nachtgewand, legte sich das kleine Gesicht an die entblößte Brust, und das kleine Kind begann, mit gierigem Mäulchen zu saugen.

Die Oma verabschiedete sich mit den Worten: »Da ihr drei nun gut beschäftigt seid, kann ich in den Stall gehen.« Alle Tiere waren zu füttern, das Schwein, ein Dutzend Hühner, vier Gänse und die Kuh. Diese musste auch noch gemolken werden, damit wir unsere Milch bekamen.

Ich aber blieb bei der Mama und bekam vor Staunen den Mund nicht mehr zu. Gewiss, ich hatte schon gesehen, wie ein Kälbchen bei der Kuh trinkt und wie die Sau die Ferkel säugt, dass man bei der Mama aber auch trinken konnte und dass dies noch dazu das Christkind tat, musste ich erst einmal verdauen. Nachdem ich eine Weile wie gebannt zugeschaut hatte, führten die Mama und ich ein aufschlussreiches Mutter-Tochter-Gespräch.

»Mama, ist da Milch drin?«

»Freilich.«

»Und wie ist die da reingekommen?«

Die Mutter überlegte eine Weile, ehe sie mir erklärte: »Schau, Anna, wenn eine Frau ein Baby kriegt, entwickelt sich Milch in ihrer Brust, damit sie das Kind ernähren kann. Weil es noch keine Zähne hat, kann es ja noch nichts Richtiges essen.«

Das leuchtete mir ein. »Hab ich auch bei dir getrunken?«

»Freilich hast du das, fast ein ganzes Jahr lang. Übrigens – Stillen nennt man es, wenn man das Kind an der Mutterbrust trinken lässt.«

Das war alles, was ich an Aufklärung erhielt. Plötzlich überfiel mich eine Sorge: »Wenn das Christkind satt ist, fliegt es dann wieder in den Himmel zurück?«

»Aber nein«, die Mama lachte. »Es bleibt hier, es ist nämlich gar nicht das Christkind.«

»Wenn es nicht das Christkind ist, wer ist es denn dann?«

Wieder schien meine Mutter nach den richtigen Worten zu suchen. »Das ist ein kleiner Engel. Den hat uns dein Vater vom Himmel geschickt, um uns zu trösten.«

»Und darf der Engel bei uns bleiben?«, schöpfte ich Hoffnung.

»Freilich darf er das. Dieser kleine Engel heißt Johanna und ist dein Schwesterchen.«

»Wirklich?«, fragte ich hocherfreut. »Ich habe jetzt ein Schwesterchen, und es fliegt gewiss nicht weg?«

Die Mama nickte und malte mir aus, welche kleinen Pflichten ich bei meiner Schwester übernehmen dürfe, sobald sie ein bisschen herangewachsen sei. Für mich war es keineswegs enttäuschend, dass es sich bei diesem blondlockigen Dirndl nicht um das Christkind handelte, im Gegenteil: Ich war richtig froh über das echte Menschlein, so blieb es mir doch erhalten. Und ehrlich gesagt, ein Christkind, das Hunger hatte und schrie und das in die Windeln machte, wäre mir viel zu menschlich gewesen. Nein, nein, das Christkind stellte ich mir lieber als geistiges Wesen vor, das weder Hunger noch Durst hatte und stets in höheren Sphären schwebte.

Die kleine Johanna aber – wenn sie auch noch etwas zart wirkte, weil sie das Licht der Welt drei Wochen zu früh erblickt hatte – war etwas Handfestes.

An ihr hatten wir sehr viel Freude, und jeden Tag entdeckte ich etwas Neues, was mich an ihr erstaunte.

Mit diesem Kind hatte uns der Vater wirklich einen Trost geschickt, nicht nur seiner Mutter und seiner Frau, sondern auch mir. Allerdings tat mir Johanna leid, weil sie unseren Vater nicht mehr kennenlernen durfte. Wenn ich auch traurig darüber war, fortan ohne Vater aufwachsen zu müssen, so war ich doch dankbar dafür, dass ich ihn immerhin sechs Jahre lang mehr oder weniger um mich gehabt hatte.

Eine Tanne macht Karriere

Heidi, Jahrgang 1949, aus Leipzig

Wie an jedem Werktag fuhr ich am 16. Dezember 2003 kurz nach 13 Uhr mit dem Fahrrad von der Arbeit heim. Unser Zuhause befand sich in Leipzig in einer bereits 1927/28 entstandenen Siedlung. Da damals Baugrund noch nicht so knapp war wie heute, lag jedes Einfamilienhaus inmitten eines Grundstücks von etwas mehr als 1500 Quadratmetern, auch das unsere. Die fleißigen Vorfahren hatten einige Obstbäume angepflanzt, von denen wir auch heute noch profitieren. In schlechten Zeiten war man froh, dass man genug Gartenfläche zur Verfügung hatte, um neben Gemüse auch Kartoffeln anbauen zu können. Dennoch erlaubte man sich den Luxus, auch einige Nadelbäume auf das Grundstück zu setzen. Unter anderem befand sich in unserem Garten eine Edeltanne. Sie stand ziemlich nah am Zaun, der unser Grundstück gegen die Straße abgrenzte. Im Laufe der Jahrzehnte hatte sie sich zu einem großen prächtigen Baum entwickelt, der unser ganzer Stolz war.

Als ich an dem erwähnten Tag in unsere Straße einbog, die sich aufgrund der ansehnlichen Grundstücke über eine Länge von mehr als drei Kilometern erstreckte, wehte mir ein leichter Wind entgegen.

Dieser wurde zusehends stärker, sodass ich kräftig in die Pedale treten musste, um überhaupt noch vorwärtszukommen. Rechts und links von mir sah ich Schulkinder nach Hause eilen, die sich regelrecht gegen den Wind stemmen mussten.

Wenige Meter vor unserem Gartentor wurde mir das Radeln zu anstrengend. So stieg ich ab und schob mein Rad – ein deutlich leichteres Unterfangen, als weiterhin gegen den Wind strampeln zu müssen. Froh war ich, als ich endlich das Gartentor hinter mir schließen konnte. Die Bäume bogen sich mächtig im Wind. Mir fiel auf, dass ich noch Wäsche auf der Leine hatte. Der Wind, der sich inzwischen zu einem Sturm entwickelt hatte, zerrte mächtig an den Wäschestücken, sodass zu befürchten war, sie könnten davonfliegen. Es kostete mich viel Kraft, sie abzunehmen, denn die Naturgewalten drohten, mir die Teile aus den Händen zu reißen. Erleichtert stürzte ich endlich mit meinem Arm voll Wäsche ins schützende Haus. Seit ich meinen Heimweg angetreten hatte, war mehr als eine halbe Stunde vergangen. Deshalb begab ich mich gleich in die Küche, um das Mittagessen zuzubereiten, ohne zuerst meinen Mann im Wohnzimmer zu begrüßen.

Er hatte mich aber kommen gehört. Nach einiger Zeit rief Bernd: »Heidi, komm schnell! Guck mal auf die Straße!«

Dazu muss ich erklären, dass er aufgrund einer ernsthaften Erkrankung an den Rollstuhl gefesselt war. Seitdem gehörte es zu einem seiner wenigen Vergnügen, vom Wohnzimmerfenster aus das Geschehen auf der Straße zu beobachten. Was ich nun erblickte, ließ meinen Atem stocken. Unsere wunderbare Weißtanne lag quer über der kompletten Straße! Aber nicht nur sie hatte es erwischt. Reihenweise hatte der Sturm aus den Vorgärten Kiefern, Fichten und Tannen entwurzelt und auf die Straße geschleudert.

»Gott sei Dank, dass ich nicht ein paar Minuten später nach Hause gekommen bin. Es hätte mich ja glatt einer der Bäume erschlagen können«, war meine erste Reaktion bei diesem Anblick. Eine Sekunde später durchzuckte mich ein schrecklicher Gedanke: »Hoffentlich ist nicht eines der Schulkinder unter einen Baum geraten!«

Spontan wollte ich hinausstürmen und nachschauen, doch Bernd hielt mich zurück: »Du kannst doch jetzt nicht rauslaufen, das wäre viel zu gefährlich! Du siehst doch, dass Dachziegel durch die Luft fliegen und Telefonmasten umknicken wie Streichhölzer. Du brauchst dir keine Sorgen zu machen, das hätte ich bestimmt gesehen, wenn ein Kind unter unseren Baum geraten wäre.«

Das leuchtete mir ein. Also beobachtete ich gemeinsam mit meinem Mann weiterhin das schaurig-schöne Schauspiel, welches uns das Unwetter lieferte. Zum Glück war unsere Straße nicht sehr stark befahren. Doch die wenigen Autofahrer, die unterwegs waren, wurden durch die liegenden Bäume an der Weiterfahrt gehindert. So weit ich es überblicken konnte, denn ein ganzes Stück der Straße lag noch in unserem Sichtfeld, war jedoch kein einziger Wagen zu Schaden gekommen. Die Bäume waren immer nur knapp vor oder hinter den Fahrzeugen niedergegangen.

Als nach wenigen Minuten der Spuk nachließ, schlug Bernd vor, die Feuerwehr anzurufen, damit sie unsere Tanne wegräumen sollte.

Das schien die einzig vernünftige Lösung, denn er oder ich wären dazu gewiss nicht in der Lage gewesen. Zwar hatten wir eine Motorsäge im Schuppen, aber mir fehlten sowohl die Kraft als auch die Kenntnisse, um ein solches Gerät zu bedienen. Doch so oft mein Mann auch die Nummer wählte, bei der Feuerwehr war fortwährend besetzt, ebenso bei der Polizei. Er versuchte es noch bei einigen Notdiensten und Handwerkern, erfolglos. Überall waren die Leitungen belegt. Kein Wunder, denn der Sturm hatte vermutlich nicht nur in unserer Straße gewütet, sondern im ganzen Stadtteil für Chaos gesorgt, wenn nicht gar weit darüber hinaus. Nachdem er sich ausgetobt hatte, sah man die Nachbarn zur Rechten und zur Linken mit Motorsägen aus den Häusern kommen. Sie machten sich sogleich daran, ihre umgestürzten Bäume zu zerkleinern, damit man sie an den Straßenrand bringen konnte.

Nur unser Baum bildete weiterhin ein Verkehrshindernis. Doch plötzlich, wir glaubten, unseren Augen nicht zu trauen, machten sich tatsächlich zwei Männer an unserer Weißtanne zu schaffen. Nun hielt mich nichts mehr im Haus. Ich musste hinaus, um mich wenigstens für die Hilfe zu bedanken. Der bewusste Baum war gut sechs Meter lang. Als ich hinzukam, hatte man ihn gerade in der Mitte durchgesägt und war dabei, die untere Hälfte an den Straßenrand zu schleppen. Damit ließen die Helfer es aber nicht genug sein: Sie machten sich auch sogleich daran, die Äste abzusägen.

Einige der wartenden und helfenden Autofahrer fragten sogar, ob sie sich Zweige mitnehmen dürften, als Weihnachtsdekoration. Natürlich willigte ich ein. Ich war froh, dass der Grünabfall wegkam, ohne dass ich mich bemühen musste. Zusätzlich erfüllte es mich mit Freude, dass der alte Baum noch einem guten Zweck dienen sollte.

Unterdessen hatten zwei andere Männer die obere Hälfte der Tanne gepackt und ebenfalls an den Fahrbahnrand getragen. Gerade als sie sich daranmachen wollten, auch diese zu entasten, legte eine Nachbarin ihr Veto ein: »Halt! Nicht die Äste absägen! Die Spitze ist so schön, die Tanne lässt sich doch wunderbar als Weihnachtsbaum verwenden!«

»Wo wollen Sie denn einen so großen Baum aufstellen?«, äußerte sich einer der Helfer skeptisch.

»Das ist doch kein Problem«, entgegnete ein anderer. »Wir sägen einfach noch ein Stück ab, dann passt er in jedes Wohnzimmer.«

»Nein, nein, an ein Wohnzimmer habe ich nicht gedacht«, schaltete sich nun wieder die Nachbarin ein. »Ich denke an unsere Kirche. Für die haben wir nämlich noch keinen Christbaum. Der Pfarrer würde sich über diese Spende bestimmt freuen.«

Ohne großes Federlesen rangierte die Dame ihr Auto aus der Garage, die Männer luden ihr den Baum auf den Dachgepäckträger und banden ihn mit Seilen fest. Da die Straße inzwischen gänzlich geräumt war, fuhr die Nachbarin, in Begleitung von einem der Männer, mit der kostbaren Ladung Richtung Kirche. Wie sie erwartet hatte, war der Pfarrer begeistert über diese unerwartete Gabe und half mit beim Abladen.

So landete unsere Tanne in der evangelischen Tabor-Kirche, in der mein um zwei Jahre älterer Bruder und ich einst getauft worden waren. An Weihnachten konnten wir den Baum dort bewundern, geschmückt mit elektrischen Lichterketten und übersät mit Strohsternen.

»Noch nie haben wir einen schöneren Weihnachtsbaum in unserer Kirche gehabt«, hob der Pfarrer in seiner Ansprache hervor. Er ließ auch nicht unerwähnt, wie es zu dieser Christbaum-Spende gekommen war.

Das war aber längst nicht alles, was die umgestürzte Tanne bewirkt hatte. Gleich am Tag nach dem Sturm hatten Bernd und ich überlegt, auf welche Weise wir uns bei den hilfsbereiten Nachbarn bedanken könnten. Nur danke gesagt zu haben, erschien mir nicht ausreichend genug.

Noch bevor uns etwas Geeignetes eingefallen war, läutete es an der Haustür. Davor standen unsere fleißigen Helfer. Aber nicht mit leeren Händen – sie waren mit kleinen Geschenken gekommen, um dem armen kranken Nachbarn eine Freude zu bereiten. Überwältigt von so viel Freundlichkeit, lud ich alle in unser Wohnzimmer ein und öffnete eine Flasche Wein. Es blieb aber nicht bei der einen, denn wir plauderten Stunde um Stunde. Wir hatten uns ja so viel zu erzählen! Gewiss, vom Sehen kannte man sich, unser Kontakt hatte sich bis jetzt aber nur auf »guten Morgen« und »guten Abend« beschränkt. Durch vierzig Jahre DDR-Regime waren die Menschen so geprägt, dass man sich auch viele Jahre nach der Wiedervereinigung noch immer misstrauisch beäugte. Um nur ja keine Schwierigkeiten zu bekommen, hatte jeder eine Mauer des Schweigens um sich errichtet.

Diese war nun aufgebrochen, unserem umgestürzten Baum sei Dank. Erst jetzt merkte jeder, dass er von lauter netten Nachbarn umgeben war. Seitdem herrscht bei uns ein reges nachbarschaftliches Verhältnis.

Socken für die Frontsoldaten

Waltraud, Jahrgang 1936, aus München

Kinder sind nicht nur für vieles zu begeistern, sie sind auch leicht zu beeinflussen. Zudem waren wir damaligen Kinder zu Pflichtbewusstsein und Gehorsam erzogen worden. Deshalb bedeutete es für uns geradezu eine Freude, wenn wir etwas Nützliches tun durften.

Im September 1943, ich war gerade in die zweite Klasse gekommen, schilderte uns die Lehrerin in den tristesten Farben, wie schrecklich das Leben für unsere Soldaten an der Front sei. Nicht nur, dass sie den Tod täglich vor Augen hätten – nein, jetzt, wo der Winter vor der Tür stehe, seien sie auch deshalb arm dran, weil sie tagelang im Schützengraben bei bitterer Kälte und Schnee ausharren müssten. Ergriffen lauschten wir diesen Worten, und manch einer von uns traten Tränen in die Augen. Wir mussten an einen großen Bruder, einen Onkel oder gar Vater denken, der frierend unser Vaterland verteidigte. Vor meinem geistigen Auge erschien das Bild meines Vaters, der bereits seit zwei Jahren im Kriegseinsatz war und nur ganz selten und immer nur für kurze Zeit auf Heimaturlaub kam. Als wir alle recht ergriffen waren und einige sogar laut schluchzten, kamen von unserer Lehrerin die erlösenden Worte:

»Auch wenn ihr nur kleine Mädchen seid, ihr könnt viel dazu beitragen, die Not unserer tapferen Kämpfer zu lindern.«

Sogleich trockneten wir uns die Tränen und blickten hoffnungsvoll nach vorn, wild entschlossen, alles zu tun, was in unserer Macht stand, um das Leben unserer selbstlosen Krieger ein klein wenig zu erleichtern.

Unser Fräulein zog einen Wäschekorb unter dem Pult hervor und stellte ihn darauf. Dann hielt sie ihn etwas schräg, damit wir seinen Inhalt besser sehen konnten. Dazu erklärte sie: »Hier seht ihr viele Wollknäuel und ausrangierte Stricksachen, alles Spenden von Mitbürgern, die ein Herz für unsere Soldaten haben. Daraus sollt ihr Socken für die Frontkämpfer stricken.«

Dass sich aus den Wollknäueln Socken erstellen ließen, leuchtete uns ein, wie aber sollte man aus einem alten Pullover Socken stricken?

»Jede von euch bringt morgen ein Nadelspiel mit und ein Frühstücksbrettchen. Dann werden wir das schon hinkriegen«, äußerte sich unsere Lehrerin optimistisch.

»Was ist ein Nadelspiel?«, fragte eine zaghaft.

»Wer weiß das?«, wandte sich die Lehrerin an die Klasse.

Eifrig streckte ich einen Arm in die Höhe.

»Waltraud, kannst du es uns erklären?«

»Klar«, antwortete ich im Brustton der Überzeugung. »Das sind fünf Strumpfnadeln, die zusammengehören.«

»Fein! Woher weißt du das so genau?«

»Im zweiten Kriegsjahr haben wir einige Wochen bei meiner Tante in Augsburg verbracht. Während der Bombenangriffe saßen wir immer in ihrem Keller. Weil mir so langweilig war, brachte sie mir das Stricken bei. Als Beleuchtung hatten wir nur eine Kerze, trotzdem klappte es. Zuerst entstand ein gerades Stück, nur aus rechten Maschen. Daraus nähte ich später zusammen mit meiner Tante eine Mütze für meinen Teddy. Bald wurde es mir zu öde, immer nur gerade und glatt zu stricken, da zeigte mir die Tante, wie man mit vier oder fünf Nadeln rundstrickt und die Ferse und das Käppchen macht. Ich war fünf, als ich mein erstes Paar Socken fertig hatte«, gab ich selbstbewusst von mir.

»Das ist ja großartig«, lobte mich die Lehrerin. »Dann kannst du den Mitschülerinnen, die auf diesem Gebiet noch unerfahren sind, ein bisschen helfen.« Dieser Auftrag erfüllte mich mit Stolz.

Am nächsten Tag hatte jede ein Nadelspiel dabei, und die Vorbereitungen für das Sockenstricken konnten beginnen. Die meisten der Mädchen hatten noch nie eine Stricknadel in der Hand gehabt. Ihnen musste ich erst mal beibringen, wie man Maschen aufschlägt. Während sie mit Maschenaufschlagen beschäftigt waren, ließ ich die Mädchen, die schon stricken konnten, an einem Probelappen das Zwei-rechts-zwei-links-Stricken üben.

Eine dritte Gruppe war damit beschäftigt, fabrikneue Wolle, die in Strängen gewickelt war, über Stuhlbeine zu spannen und zu ordentlichen Knäueln abzuwickeln.

Die Lehrerin hatte am Vortag einige Pullover und Westen in ihre Einzelteile zerlegt. Eine vierte Gruppe musste diese nun auftrennen, in anderen Gegenden würde man wohl sagen: »aufziehen«, »aufribbeln« oder »aufräufeln«. Das krause Garn wickelten sie straff um Frühstücksbrettchen und tauchten diese in eine kleine Wanne mit Wasser, bis sich die Wolle ganz vollgesogen hatte. Anschließend wurden die Brettchen zum Trocknen aufgestellt. Nach einigen Tagen war die Wolle trocken und so glatt, dass sie sich einwandfrei verstricken ließ.

Als meine »Lehrlinge« das Maschenaufschlagen und die Anfänger-Stricktechnik einigermaßen beherrschten, zeigte ich ihnen, wie man die benötigte Anzahl Maschen auf drei oder vier Nadeln verteilt, damit man rundstricken kann. Einige Schülerinnen hatten große Schwierigkeiten damit, deshalb empfahl ihnen die Lehrerin, sich zu Hause von der Mutter helfen zu lassen. Jene, denen es dennoch nicht gelang, waren natürlich am Ende sehr traurig, denn sie hätten doch auch zu gern etwas für unsere »Feldgrauen« getan. Um diese Mädchen zu trösten, erteilte ihnen unsere Lehrerin den Auftrag, einen Schal zu stricken: »Ein Frontsoldat freut sich auch, wenn er etwas Wärmendes für den Hals bekommt.«

Bis Ende November hatten alle ihre Strickwaren fertiggestellt. Nun hieß es, die liebevollen Gaben schnell zu versenden, damit sie pünktlich zum Weihnachtsfest ihre Empfänger erreichten. Jede brachte etwas Packpapier von zu Hause mit und wickelte ihr Werk sorgfältig ein. Unsere Lehrerin hatte Fichtenzweige besorgt. Davon legte jede ein Zweiglein dazu und einen kleinen Begleitbrief mit etwa folgendem Wortlaut:

»Lieber Soldat!
Zum Weihnachtsfest wünsche ich dir alles Gute. Ich hoffe, dass dir meine Socken gefallen. Sie sollen dabei helfen, deine Füße warm zu halten.
Liebe Grüße aus München,
Waltraud.«

Außen aufs Packerl schrieb jede eigenhändig eine Adresse, die wir von unserem Fräulein bekommen hatten. Dann folgte der aufregendste Teil der ganzen Aktion: Jede durfte ihr Päckchen selbst aufgeben. Da umliegende Schulen bereits durch Bomben zerstört waren, hatte man uns immer wieder neue Kinder zugewiesen, sodass unsere Klasse mittlerweile von fünfundsechzig Mädchen bevölkert wurde.

In gesitteter Formation marschierten wir dann in Zweierreihen zum »Postamt«. Weil unser zuständiges Postamt längst den Bomben zum Opfer gefallen war, hatte man in einem Privathaus ein Notpostamt eingerichtet. Doch ehe wir dieses erreichten, wurde es noch sehr brenzlig. Jedoch nicht wegen des Straßenverkehrs, es fuhren ja so gut wie keine Autos. Auch der kniehohe Schnee, durch den wir stapfen mussten, stellte für uns kein Problem dar. Nein, eine große Gefahr für uns bildeten die englischen Tiefflieger, aus denen auf alles geschossen wurde, was sich regte.

Beim Auftauchen des ersten Flugzeugs stürzten wir, wie wir das auf unserem Schulweg schon häufig praktiziert hatten, jeweils zu fünft oder sechst in den nächstgelegenen Hausflur, unsere Päckchen fest an uns drückend.

Als die Gefahr vorüber war, zählte unser Fräulein die Häupter ihrer Lieben, und siehe da, nicht eines fehlte, alle fünfundsechzig waren wohlbehalten aus den Hauseingängen geschlüpft. Endlich erreichten wir das provisorische Postamt.

Bei einem Einfamilienhaus hatte man ein Fenster geöffnet, hinter dem eine Frau saß, die das angelieferte Postgut entgegennahm. Damit man Briefe und Pakete ordentlich ablegen konnte, hatte man eigens auf die schmale Fensterbank ein breites Brett montiert. Jedes Mädchen von uns durfte sein Packerl persönlich aufgeben. Nie werde ich das Glücksgefühl vergessen, das mich in dem Moment durchströmte, als ich meine Liebesgabe auf das Brett schob. Wir waren so erzogen worden, dass wir in jedem Soldaten jemanden sahen, der sich für unseren persönlichen Schutz einsetzte und den wir als Retter des Vaterlandes betrachteten. Das Bewusstsein, für einen von ihnen etwas Gutes getan und seine Not gelindert zu haben, erfüllte mich mit ungemeinem Stolz.

Diebstahl für den lieben Gott

Theresia, Jahrgang 1939, aus Bischofshofen

Diese Geschichte liegt schon einige Jahre zurück, deshalb kann ich sie unbesorgt erzählen, ohne jemanden damit bloßzustellen.

In einer kleinen Gemeinde ganz in der Nähe von Berchtesgaden waltete Pfarrer W. schon seit einigen Jahren seines Amtes, nicht nur zur Zufriedenheit seiner Schäfchen, sondern auch zu der seiner Vorgesetzten. Den Haushalt für ihn versorgte seine Schwester Kunigunde. Sie muss eine ausgezeichnete Köchin gewesen sein, denn der geistliche Herr nahm eine immer rundlichere Form an.

Mit zunehmendem Alter glaubte Kunigunde, den vielfältigen Aufgaben im Hause ihres geistlichen Bruders nicht mehr gewachsen zu sein. Deshalb hielt sie Ausschau nach einer Hausgehilfin, die den hochwürdigen Herrn zudem bei seinen Schreibarbeiten unterstützen könnte.

Da ich, als gelernte Sekretärin, mich sowieso gerade beruflich verändern wollte, bewarb ich mich um diese Stelle. Es freute mich, dass ich unter der Vielzahl von Bewerberinnen für diesen abwechslungsreichen Posten ausgewählt wurde.

Im Pfarrbüro konnte ich meine Kenntnisse als Bürokraft unter Beweis stellen, und im Haushalt von Kunigunde lernte ich nicht nur Kochen, sondern auch, wie man einen Pfarrhaushalt in Ordnung hält und honorige Gäste bewirtet.

Anlässlich seiner Firmreisen kehrte immer wieder einmal der Bischof oder der Weihbischof mit Gefolge bei uns ein. Es besuchten uns auch Amtsbrüder meines Dienstherrn, die von weit her kamen, um in unserer schönen Gegend Urlaub zu machen.

Nicht ohne Reiz war es für mich auch, das ganze Jahr über für den Blumenschmuck in der Kirche zu sorgen. Ab dem Frühling war das kein Problem. In dem großzügigen Pfarrgarten zogen die Pfarrersschwester und ich alle möglichen Blumensorten. Zu meiner Freude gab es aber auch genügend Dorfbewohner, die mir aus ihren Gärten einiges zur Verfügung stellten, besonders wenn zu festlichen Anlässen der Blumenschmuck in der Kirche etwas üppiger ausfallen sollte.

Schwieriger wurde es erst ab Allerheiligen. Die meisten Blumen waren bis dahin bereits verblüht oder erfroren. Deshalb musste man auf Daxen zurückgreifen, wie man im süddeutschen Sprachraum die Zweige von Nadelbäumen nennt. Nun besaßen aber weder die Kirche noch der Pfarrgarten entsprechendes Grün für die Dekoration. In weitem Umkreis gab es jedoch genügend Wälder, bei denen es gar nicht auffallen würde, wenn der eine oder andere Zweig fehlte.

Am Tag vor Allerheiligen begab ich mich also in schöner Regelmäßigkeit mit meinem Radl in den Wald und holte das, was ich zu Gottes Ehr und zur Erbauung der Kirchenbesucher für nötig hielt.

Kurz vor Weihnachten musste ich aber diesen Schmuck – weil er mittlerweile unansehnlich geworden war – durch frisches Waldgrün ersetzen. Wieder strampelte ich bei Einbruch der Dunkelheit ins Holz. Normalerweise hatte ich ein gutes Auge dafür, wie viel ich von den Fichten- und Kieferzweigen brauchte.

Einmal aber, einen Tag vor dem Heiligen Abend, nachdem sich der Herr Pfarrer mit seiner Schwester meine geschmückte Kirche angesehen hatte, monierte er: »Theresia, das sieht alles ein bisschen ärmlich aus. Wir brauchen mehr Daxen. So leid es mir tut, du musst dich noch mal in den Wald bemühen.«

Er hatte recht, auch mir kam der ganze weihnachtliche Schmuck ein bisserl dürftig vor, und da das Wort meines Herrn für mich Gebot war, hätte ich mich umgehend auf mein Radl geschwungen und wäre in den Wald gedüst. In diesem Augenblick aber kam das Veto von Kunigunde: »Nein, Alois, das geht auf gar keinen Fall! Heute Abend muss ich noch einige Sorten Plätzchen backen, da ist mir die Theresia unentbehrlich. Wenn du dir einbildest, dass dir die Dekoration in der Kirche für Weihnachten nicht gut genug ist, musst du schon selbst in den Wald radeln.«

Der Pfarrer überlegte nicht lange, holte sich aus dem Schuppen einen Sack, eine Säge und seinen klapprigen Drahtesel. Schon strampelte er los. Trotz seiner Rundlichkeit und obwohl er gewiss schon lange nicht mehr auf einem Rad gesessen hatte, war er noch ganz schön beweglich.

Als er nach einigen Stunden in die Küche trat, wo es allerliebst nach Anis, Zimt und Ingwer roch, pflanzte er zwei Säcke auf den Boden, wobei ihm der Schalk aus den Augen blitzte. Am liebsten hätte er wohl sofort mit seinem Bericht losgelegt.

Seine Schwester aber bremste ihn: »Wart noch a bisserl, Alois. Wir müssen noch zwei Bleche backen. Wenn wir dir jetzt aber gebannt zuhören, verbrennen sie uns womöglich.«

Beim Nachtessen waren wir dann ganz Ohr. »Als ich in den Wald kam, war mir nicht wohl dabei. Was würde man denken, wenn man den Pfarrer beim Stehlen ertappte? Und überhaupt, dass ich etwas stibitzen würde, behagte mir gar nicht. Ach was, beruhigte ich dann mein Gewissen, es geschieht ja zu Ehren Gottes.«

»Da sehen S', Herr Pfarrer, wie's mir immer geht, wenn ich alle Jahre für den Kirchenschmuck Daxen klauen muss«, warf ich ein.

Er nickte verständnisinnig. »So hab ich das noch nie betrachtet.« Dann fuhr er fort: »Kaum hatte ich meine Säge angesetzt, hörte ich ein leises Knacken. Da scheint sich noch jemand an fremdem Eigentum zu vergreifen, dachte ich. In meiner Sorge, der oder die Täter könnten sich in meine Richtung bewegen und entdecken, dass der Pfarrer auf Diebestour ist, begann ich laut zu pfeifen. Schlagartig kehrte Ruhe im Wald ein. Erneut setzte ich meine Säge an. Außer dem von mir erzeugten Ritsch-Ratsch vernahm ich bald ein anderes Sägen, das entschieden weiter weg sein musste. Sofort stellte ich meine Arbeit wieder ein und begann erneut zu pfeifen. Schon hörte das andere Geräusch auf. Zum dritten Mal setzte ich die Säge an. Doch wenig später mischte sich abermals ein fremdes Sägegeräusch in das meinige. Die sind aber hartnäckig, dachte ich und begann mein Pfeifkonzert von Neuem. Kurz darauf vernahm ich knackende Geräusche, so als ob jemand hastig davonliefe. Aha, dachte ich, jetzt kannst du in Ruhe deine Daxen abmachen. Als ich mein Pensum beisammen und in meinen Sack gestopft hatte, dachte ich: Du musst doch mal nachschauen, wo der andere gearbeitet hat. Da der Mond inzwischen hell genug heraufgezogen war, fand ich ohne Mühe die Stelle, an der frisches Sägemehl auf dem Boden lag. Aber nicht nur das, ich entdeckte auch einen Sack, der prall gefüllt war mit Fichten- und Kiefernzweigen. Den hatte mein Konkurrent bei seiner überstürzten Flucht einfach stehen lassen. Der kommt heute bestimmt nicht mehr zurück, redete ich mir ein. Warum also die schönen Zweige im Wald verrotten lassen? Emsig schulterte ich beide Säcke und schleppte sie zu meinem Radl.«

Beide lobten wir den Herrn Pfarrer für seine mutige Tat und begaben uns zu dritt mit beiden Säcken in die Kirche. Dort ergänzten wir den Schmuck hie und da. Als wir anschließend unser Werk betrachteten, waren wir äußerst zufrieden damit und fest davon überzeugt, dass unsere Kirche zu Weihnachten noch nie festlicher geschmückt gewesen war.

Sehr zu meiner Erleichterung versicherte mir der Herr Pfarrer: »Theresia, du brauchst nie wieder Daxen zu stehlen. Ab dem nächsten Jahr werden wir das Grün für die Kirche beim Förster kaufen. Vielleicht haben wir sogar Glück, und er schenkt es uns.«

Das Friedenslicht von Bethlehem

Maria, Jahrgang 1938, aus Ruhpolding

Im Jahre 1986 hat das oberösterreichische Landesstudio des ORFs die Aktion »Das Friedenslicht von Bethlehem« ins Leben gerufen. Diesem wunderbaren Gedanken, mit einem besonderen Licht Frieden in die Welt zu tragen, schlossen sich immer mehr Nationen an. Mittlerweile sind es über dreißig Länder, in denen das Licht von Bethlehem zum Frieden gemahnt. In der Vorweihnachtszeit zündet ein ausgewähltes Kind aus Österreich das Licht in der Geburtsgrotte Jesu in Bethlehem an. Per Flugzeug wird diese kleine Flamme nach Wien gebracht und von dort in alle teilnehmenden Staaten getragen. Bei uns haben seit einigen Jahren die Pfadfinder die Aufgabe übernommen, das Licht von München aus in der ganzen Diözese zu verteilen.

Christl, meine Nichte, die über uns wohnt und Mutter dreier Töchter ist, kam mit ihrer Freundin Caroline, die zwei Töchter hat, im Jahre 2008 auf die Idee, eine Pfadfinderinnengruppe zu gründen, damit die Mädchen eine sinnvolle Freizeitbeschäftigung hätten. Da sie entsprechend Werbung machten, blickten sie bald auf eine stattliche Mitgliederzahl von über zwanzig Mädchen zwischen sieben und einundzwanzig Jahren, die begeisterte

Pfadfinderinnen wurden. Natürlich machten sie es sich zur Aufgabe, wie die anderen Pfadfinder das Friedenslicht von München in unseren Heimatort zu tragen.

Für den dritten Advent, wenn das Licht in München ankommt, lädt der Kardinal alle Pfadfinder seines Bistums zu einer Lichterfeier in die Frauenkirche ein. An dieser nimmt auch regelmäßig meine Nichte mit ihrer Gruppe teil. So kam das Licht von Bethlehem 2008 erstmals nach Ruhpolding. Seitdem brennt es dort immer erst eine Woche in der Schlosskapelle, wo man es sich schon holen kann.

Am letzten Samstag vor Heiligabend tragen es die Pfadfinderinnen dann in die Pfarrkirche. Meine Großnichten bringen es auch direkt zu mir, so brauche ich es mir weder aus der Schlosskapelle noch aus der Kirche zu holen.

Sobald mir in den ersten Jahren die Mädchen das Licht gebracht hatten, zündete ich ein Sieben-Tage-Grablicht damit an und stellte es im Hausgang auf das Garderobenschränkchen. Jedes Mal, wenn wir von einem Zimmer ins andere gingen, erfreuten wir uns daran, wie es friedlich vor sich hin flackert. Das ging alle Jahre gut, doch im Dezember 2013 ereignete sich etwas Ungeplantes.

Vor den Feiertagen wollte ich noch einmal etwas für meine Gesundheit tun. Deshalb entschloss ich mich am Tag vor Heiligabend, ins Schwimmbad zu gehen. Als ich mit meiner gepackten Schwimmtasche an meinem Garderobenschränkchen vorbeikam, stiegen Bedenken in mir auf. Was könnte passieren, wenn das Licht während meiner Abwesenheit – es war schon ziemlich weit heruntergebrannt – bis auf den Grund abbrennen würde? Womöglich würde es auf das Holz des Schränkchens übergreifen. Sollte ich es also besser jetzt schon löschen? Aber nein, dachte ich, dann haben wir ja an Heiligabend kein Friedenslicht mehr. Gewiss, ich hätte mir bei meiner Nichte ein neues holen oder mit dem noch brennenden eine zweite Grabkerze anzünden können, aber ich hatte den Ehrgeiz, mit meinem »Original-Licht« – wie alle Jahre auch – die Kerzen am Christbaum zu entzünden. Nach einigem Überlegen kam mir eine Idee. Bei uns im Bad war erst kürzlich eine funkelnagelneue Badewanne installiert worden, weil die alte Wanne schon mehrere Roststellen aufgewiesen hatte. Die Ersatzwanne war noch so neu, dass wir sie bisher nicht benutzt hatten. Wir bevorzugten das Duschen, weil es schneller ging und wassersparender war. Die Wanne war nur für den Fall gedacht, dass mal ein medizinisches Bad notwendig sei. Ja, in diesem großen Behälter aus solidem Metall würde mein Friedenslicht gut aufgehoben sein. Das dachte ich zumindest.

Ich stellte mein Grablicht also genau in die Mitte der Badewanne und machte mich unbesorgt auf den Weg. In aller Seelenruhe drehte ich im Schwimmbad meine Runden. Zur vereinbarten Zeit fand ich mich am Ausgang ein, wo mich mein Mann, der noch einige Besorgungen gemacht hatte, mit dem Auto abholte.

Seit meinem Weggang von zu Hause waren gut zwei Stunden vergangen. Ohne Hektik schloss ich die Haustür auf. Doch dann traf uns fast der Schlag.

Der schwarze, beißende Rauch, der uns entgegenquoll, kam eindeutig aus dem Bad. Der Gestank von verbranntem Kunststoff nahm uns fast den Atem. Es musste etwas Fürchterliches passiert sein!

Dennoch, mein erster Satz war: »Gott sei Dank, das Haus steht noch.« Dem fügte ich hinzu: »Wie gut, dass niemand im Haus war, sonst hätte es weitaus schlimmer ausgehen können.«

Zu dieser Zeit wusste ich noch nicht, dass sich Sophia, meine älteste Großnichte, in der oberen Wohnung befunden hatte. Mein Gott, wenn dem Kind etwas passiert wäre!

Jetzt musste rasch etwas geschehen, aber was? Während mein Mann wie angewurzelt neben mir stand, ergriff ich die Initiative. »Auf keinen Fall die Fenster öffnen«, erteilte ich uns einen Befehl. Mir war klar, dass ich dem anscheinend auf Sparflamme brennenden Feuer durch frische Sauerstoffzufuhr zu neuem Leben verhelfen könnte. Die Feuerwehr rufen? Das hielt ich nicht für notwendig, da uns ja keine Flammen entgegenschlugen. Vielleicht war das Feuer ja noch so klein, dass es sich mit einer Wolldecke ersticken ließ. Eine solche entnahm ich hastig dem Garderobenschrank, ehe ich zum Badezimmer ging und vorsichtig die Tür öffnete.

Schwarzer Qualm, den meine Blicke nicht durchdringen konnten, erfüllte den ganzen Raum. Das beruhigte mich geradezu. Denn hätte es hell gelodert, wäre mir das nicht verborgen geblieben. Es erübrigte sich also, die Decke zu werfen. Da sich der Qualm nun ungehindert in den Gang ergoss, konnte ich endlich die Stelle ausmachen, wo einst die

Badewanne gestanden hatte. Von ihr war nur noch ein verkohltes Etwas übrig. Von einer Metallwanne? Ein Versicherungsangestellter würde mich später belehren, dass die modernen Wannen aus Kunststoff bestehen.

Was ich bei meiner Grablichtaktion ebenfalls nicht bedacht hatte: Badewannen haben, damit das Wasser ablaufen kann, ein Gefälle. Dieses war meinem Adventslicht zum Verhängnis geworden. Entweder war es umgekippt, weil sich durch das flüssig gewordene Brennmaterial der Schwerpunkt verlagert hatte oder weil durch den Schiefstand die rote Ummantelung Feuer gefangen hatte. So erklärte es mir jedenfalls später der Herr von der Versicherung.

Noch bevor wir aber mit ihm zu tun hatten, beschäftigte mich die Frage, wieso es im Bad überhaupt aufgehört hatte zu brennen.

Mein Mann wusste die schlaue Antwort: »Da unser Bad relativ klein ist, das Fenster sehr dicht abschließt und die Tür zu war, ist dem Feuer wohl der Sauerstoff ausgegangen.«

Weihnachten konnten wir jedenfalls nicht in unserer Wohnung verbringen. Zum Glück stand in unserem Haus die Ferienwohnung frei, in dieser bezogen wir Domizil. Den Heiligen Abend jedoch verbrachten wir – wie jedes Jahr – mit Christl und ihrer Familie in deren Wohnung. Ich konnte Gott nur immer wieder danken, dass nichts Schlimmeres passiert war.

Es dauerte sehr lange, bis der schreckliche Rauchgeruch und der Feinstaub von dem verkohlten Plastikzeug – denn außer der Wanne befinden sich im

Bad ja noch viele andere Kunststoffsachen, die giftige Gase entwickeln – wieder aus der Wohnung war.

Nachdem wir monatelang gelüftet hatten und sich Leute von einer Firma, die aufs Entrußen spezialisiert war – Maurer, Schreiner, Fliesenleger, Installateur, Elektriker, Glaser und Maler –, die Klinke in die Hand gegeben hatten, waren unsere vier Wände endlich wieder bewohnbar. Unser Glück, dass die Versicherung den Schaden weitgehend bezahlte!

Jedenfalls habe ich seit dieser Katastrophe kein Friedenslicht mehr in die Wohnung gestellt, weder in den Hausgang noch ins Bad. Auf mein Licht aus Bethlehem verzichte ich dennoch nicht. Sobald es mir meine Großnichten gebracht haben, entzünde ich damit ein Grablicht, stecke es in die Laterne und stelle diese vor die Haustür. Von dort aus kann es auch Frieden verkünden, vielleicht sogar noch eindringlicher als vom Inneren des Hauses aus.

Advent, Advent, die Zeitung brennt!

Gisela, Jahrgang 1943, aus Gau-Bickelheim/ Rheinhessen

Um den vierten Advent gebührend zu feiern, hatten wir unsere Kinder mit ihren Familien zum Sonntagsnachmittagskaffee eingeladen. An der adventlich geschmückten Tafel waren wir zehn Personen, die dem Kuchen und den ersten Weihnachtsplätzchen, die ich herausrückte, eifrig zusprachen. Da am Esstisch, obwohl ich ihn ausgezogen hatte, kein Platz mehr für den Adventskranz war, ließen wir ihn auf seinem Stammplatz, dem Couchtisch, stehen. Es wäre für ihn auch gefährlich geworden, wenn wir ihn transportiert hätten. Da er bereits drei Wochen im geheizten Wohnzimmer gestanden hatte, war er schon recht dürr geworden und verlor bei der leisesten Berührung haufenweise Nadeln.

Am Samstag vor dem ersten Advent hatte ich ihn mit viel Liebe und Mühe aus Fichtenzweigen gebunden, die mein Mann im eigenen Garten »geerntet« hatte. Kunstvoll hatte ich ihn – den Kranz, nicht meinen Mann – mit roten Bändern, Kerzen und kleinen Kunststofffliegenpilzen geschmückt.

An besagtem vierten Adventssonntag, als es dämmrig zu werden begann, wollten wir uns noch ein letztes Mal an diesem Gebinde erfreuen. Mein Mann zündete alle vier Kerzen an, und wir sangen einige vorweihnachtliche Lieder. Die Enkelkinder durften schon mal probeweise ihre Gedichte aufsagen, die sie unterm Weihnachtsbaum vortragen wollten. Wir genossen von Herzen die trauliche, anheimelnde Stimmung.

Gegen sechs am Abend brachen unsere Gäste wieder auf, nun konnte sich mein Mann endlich seiner geliebten Zeitung widmen. Er legte sich auf die Couch und vertiefte sich in den politischen Teil des Blattes. Mir blieb unterdes die Aufgabe, das Kaffeegeschirr in die Küche zu tragen und in die Spülmaschine zu räumen. Unmittelbar danach begann ich, das Abendessen vorzubereiten. Viel würde es nicht sein, denn von dem vielen Backwerk waren wir noch ziemlich gesättigt. Aber eine herzhafte Kleinigkeit würde nach all dem Süßen guttun.

Gerade als ich alles appetitlich auf einer Glasplatte angerichtet hatte, vernahm ich aus dem Wohnzimmer markerschütternde Schreie. Ich verstand zwar kein Wort, ließ aber alles stehen und liegen und stürzte hinüber.

Was ich sah, konnte ich kaum glauben. Der Couchtisch stand in hellen Flammen und mein Mann wie eine Salzsäule daneben. Geistesgegenwärtig riss ich die Decke vom Sofa und warf sie über das Feuer, im Nu war es erstickt. Da ich den Eindruck hatte, mein Mann hätte einen Schock erlitten, befürchtete ich, er könne umkippen. Deshalb drückte ich ihn sanft auf die Couch nieder, nötigte ihn, sich auszustrecken, und legte ihm noch ein dickes Kissen unter die Beine.

Es dauerte eine Weile, bis seine Lebensgeister zurückkehrten und ich endlich erfuhr, was passiert war. Nachdem er mit den politischen Seiten der Zeitung durch gewesen war, hatte er sie, um den Rest der Zeitung besser in den Griff zu bekommen, achtlos auf den Couchtisch gelegt und dann, vertieft in den Lokalteil, weder nach rechts noch nach links geschaut. Daher war ihm entgangen, dass am Adventskranz noch sämtliche Kerzen brannten. Seine gedankenlos hingelegte Zeitung war also zumindest auf einer der Kerzen gelandet und hatte sogleich Feuer gefangen. In dem dürren Adventskranz fand das Feuer leichte Nahrung.

Das hatte mein Mann aber erst bemerkt, als er ein Knistern vernahm und ihm Brandgeruch in die Nase gestiegen war. Den Blick zum Tisch zu wenden, die züngelnden Flammen zu erblicken und von seiner Liegestatt aufzuspringen, war im Nu geschehen. Doch wie gebannt muss er zunächst in das Feuer gestarrt haben, bis er endlich die Hilfeschreie, die mich herbeigelockt hatten, ausstoßen konnte. Wie leicht hätte das ganze Haus abbrennen können!

Nach einiger Zeit zog ich die Couchdecke vom Brandherd und erkannte erleichtert, dass die Flammen völlig erloschen waren. Dann ging es an die Bestandsaufnahme: Den Adventskranz brauchten wir nicht mehr zu entsorgen, das hatte sich von selbst erledigt – nur der Blumendraht war noch übrig. Die Tischdecke konnten wir wegwerfen, und die kunstvolle Intarsien-Platte des Tisches war ruiniert. Der Tisch als solcher ließe sich noch retten, wenn man eine neue Platte auflegte. Aber ob das lohnte?

»Zum Glück ist nur der Teil der Zeitung verbrannt, den ich sowieso schon gelesen habe«, lautete der einzige Kommentar meines Mannes zu diesem Malheur.

Eingebrochen

Irmi, Jahrgang 1938, aus Augsburg

Egal ob man seinen Christbaum schon am ersten Advent kauft oder erst einen Tag vor Weihnachten, die Bäume sind ungefähr gleich alt. Denn nach unseren Beobachtungen werden alle Christbäume bereits vor dem ersten Advent geschlagen. Warum soll man mit dem Kauf also bis kurz vor dem Fest warten? Da sind doch die besten Bäume weg! Daher empfiehlt es sich, schon frühzeitig zum Kauf des Weihnachtsbaumes loszuziehen, dann bleibt einem noch die größte Auswahl.

Gewiss, für Menschen, die in der Stadt in einer Mietwohnung leben, ergibt sich das Problem der »baumgerechten Haltung«, falls man nicht über einen Keller, einen Gartenanteil oder einen Balkon verfügt. Hebt man ihn nämlich in der beheizten Wohnung auf, hat man zu Weihnachten nur noch ein rieselndes Gerippe. Obwohl wir nicht über die genannten Aufbewahrungsmöglichkeiten für Christbäume verfügen, kaufen wir unseren Baum schon seit Jahren um den 1. Dezember herum. Wir haben nämlich äußerst nette Bekannte, die in etwa 300 Metern Entfernung von uns wohnen und ein villenartiges Haus inmitten eines riesigen Grundstücks besitzen. In diesem stehen so viele Nadelbäume, dass man ihren parkartigen Garten geradezu als Wäldchen bezeichnen kann.

Schon seit Jahren durften wir unseren Baum bis zum Weihnachtsfest dort »parken«. Zwischen seinen »bodenständigen« Kameraden blieb er frischer als in jedem Keller oder auf jedem Balkon. Diese Art der Aufbewahrung hatte auch den Vorteil, dass er bis zum Heiligen Abend den Augen unserer beiden Kinder verborgen blieb. Denn uns war daran gelegen, sie so lange wie möglich glauben zu lassen, dass der Weihnachtsbaum vom Christkind gebracht wird.

Die zahlreichen Bäume unserer Bekannten stehen aber nicht nur ungeordnet auf dem gesamten Grundstück herum, nein, ein Teil von ihnen säumt recht ordentlich einen kleinen Teich. Diesen hat Heinz eigens angelegt, weil er ein großer Freund von Fischen ist. Außer den zahlreichen Goldfischen tummeln sich seit je einige Karpfen in dem Gewässer, von denen es in jedem Jahr zu Weihnachten einem an den Kragen geht.

Mit diesem Fischteich gab es wohl jahrelang keine Probleme, doch kurz vor Weihnachten 1985 war ein Kälteeinbruch gekommen und der Teich zugefroren. Das wäre nicht weiter tragisch gewesen, doch zusätzlich hatte es in der Nacht zum Heiligen Abend geschneit und alles rundum in eine Zauberlandschaft verwandelt, so auch den Garten unserer Freunde. Am Morgen des 24. Dezember schneite es unentwegt weiter. Normalerweise weiß man ein solches Wetterphänomen zu Weihnachten sehr zu schätzen. Für meinen armen Mann aber sollte sich diese Wetterlage zu einer mittleren Katastrophe entwickeln.

Am späten Vormittag, als wir uns auf den Weg machten, um unseren Baum zu holen, lag bereits alles unter einer Schneedecke von etwa zehn Zentimetern.

Adolf, in seinen gefütterten Winterstiefeln, schritt zügig voraus. Ich aber, in meinen Halbschuhen, war bemüht, in seine Fußstapfen zu treten, damit mir der Schnee nicht oben in die Schuhe lief. Da ich nur langsam vorankam, vergrößerte sich der Abstand von mir zu meinem Mann immer mehr. Das war mein Glück. Denn plötzlich ertönte ein Schrei – und Adolf versank vor meinen Augen bis zum Bauchnabel. Was war geschehen?

Da sich der Schnee nicht nur über das Land gelegt hatte, sondern auch über die Eisdecke des Teiches, war mein Mann ahnungslos in die »Falle getappt«. Auf dem Teich, der einen Durchmesser von etwa sechs Metern hatte, war er fast bis zur Mitte gekommen, als die Eisdecke für ihn zu schwach wurde und nachgab. Wie aber reagierte ich? Statt sogleich um Hilfe zu rufen, lachte ich schallend los. Es sah wirklich zu lustig aus, wie mein Mann plötzlich versank und dabei Hilfe suchend die Arme hochriss. Doch selbst als mir bewusst wurde, wie gefährlich es für ihn sein konnte, obwohl der Teich nicht besonders tief war, kam mir keine rettende Idee. Aber irgendetwas musste ich tun, er stand schließlich in eiskaltem Wasser.

»Was soll ich machen?«, rief ich ihm zu.

»Nichts!«, rief er zurück. »Ich versuche, hier allein rauszukommen.«

Tatsächlich, er schaffte es. Aber nicht so, wie er sich das eigentlich vorgestellt hatte. Er wollte über das Eis denselben Weg zurück nehmen, den er gekommen war. Beim Versuch jedoch, sich aus dem Loch auf das Eis zu schwingen, brach das Stück vor ihm unter der Last seines Gewichts ab. Deshalb hangelte er sich auf das nächste Stück, aber auch das gab nach. So erreichte er schließlich »Stück für Stück« das rettende Ufer.

»Saus gleich heim!«, rief ich ihm zu. »Zieh dich aus und stell dich unter die heiße Dusche.«

Das hätte ich ihm gar nicht zu sagen brauchen. Er wusste selbst, wie gefährlich es war, sich bei Minusgraden in nassen Sachen im Freien aufzuhalten.

Als ich wenig später unsere Wohnung betrat, begegnete mir Bernhard, unser Sohn, der inzwischen eingetroffen war, weil er die Weihnachtstage zusammen mit uns verbringen wollte.

»Hast du deinen Vater gesehen?«, fragte ich.

»Nicht direkt«, antwortete dieser lachend. »Eben ist etwas wie der Blitz ins Bad gesaust. Das könnte er gewesen sein.«

Während mein Mann heiß duschte, hängte ich seine Kleidung zum Trocknen auf. Die Stiefel stopfte ich mit zusammengeknülltem Zeitungspapier aus, das ich von Zeit zu Zeit durch trockenes ersetzte. Sie brauchten ganze fünf Tage, bis sie endlich trocken waren. Mittlerweile war auch Ulrike, unsere Tochter, eingetroffen. Bei einem heißen Jagertee erzählten wir unseren zwei Kindern abwechselnd von dem abenteuerlichen Versuch, den Christbaum zu holen.

Als beide in herzhaftes Lachen ausbrachen, fiel meinem Mann plötzlich etwas ein: »Beim Einbrechen muss ich einen der Goldfische platt getreten haben. Unter meinem linken Fuß hab ich nämlich etwas Weiches gespürt.«

»Wahrscheinlich ist der vor Schreck nicht schnell genug weggekommen«, kommentierte unser Sohn lachend.

»Du lachst, mir ist das aber furchtbar peinlich. Wenn die Nachbarn schon so freundlich sind und unseren Weihnachtsbaum kostenlos beherbergen, sollen sie doch durch mich nicht auch noch einen Schaden an ihren Fischen erleiden!«

Um Adolf nicht erneut der Kälte auszusetzen, erbot sich Bernhard, mit mir den Baum heimzuholen.

»Bei der Gelegenheit kannst du gleich zu Heinz gehen und ihm gestehen, dass ich vermutlich einen seiner Goldfische zertreten habe und selbstverständlich ersetzen werde.«

Nachdem ich unseren Freunden die Schandtat meines Mannes gebeichtet hatte, zeigte sich Heinz großzügig: »Ach, was, den braucht er mir doch nicht zu ersetzen. Die vermehren sich doch von selbst. Sag ihm einen schönen Gruß, der Teich wäre schon wieder zugefroren, er könne also einen neuen Versuch wagen.«

Sorgsam umgingen mein Sohn und ich auf dem Rückweg die schneebedeckte Eisfläche. Das war eigentlich eine ganz einfache Sache: Wir brauchten uns nur an den Bäumen zu orientieren, die um den Teich herumstanden. Keuchend und schnaufend schleppten wir die zweieinhalb Meter lange Fichte den Hang hinauf, wobei sie schon das meiste ihrer Schneelast verlor.

Da es inzwischen schon ziemlich spät geworden war, schafften wir sie sogleich in unser geräumiges Bad, damit der Rest schneller abtaute. So kamen wir doch noch fast pünktlich zu unserer Bescherung, wo wir aus voller Kehle sangen: »O Tannenbaum! O Tannenbaum!«

Die heiße Dusche hatte bei meinem Mann Wunder gewirkt. Nach seinem unfreiwilligen Bad in dem eisigen Teich trug er nicht den geringsten Schaden davon, nicht die befürchtete Lungenentzündung, keine Erkältung, ja, noch nicht einmal ein Schnüpflein.

Das Christkind hinterm Schlüsselloch

Gerti, Jahrgang 1957, aus Mommenheim/ Rheinhessen

Schon in meiner Kindheit war es üblich gewesen, das Wohnzimmer einige Tage vor Weihnachten zu verschließen. Diesen Brauch übernahm ich bei meiner eigenen Familie, so konnte ich ungestört den Baum schmücken und die Geschenke aufbauen. Auch noch etwas anderes übernahm ich von meinen Eltern: Als meine Geschwister und ich noch klein waren, hatten meine Eltern vom Schreiner eigens einen Kaufladen für uns anfertigen lassen – ein solides Stück, das mehrere Generationen überdauern würde. Zu dritt hatten wir tagelang begeistert damit gespielt. Am Dreikönigstag verschwand er auf geheimnisvolle Weise. Im Jahr darauf wurde der Schreiner wieder bemüht. Diesmal fertigte er ein Puppenhaus für meine Schwester und mich an, es war oben offen und hatte zwei Zimmer. Mit großer Inbrunst spielten wir Mädchen damit.

Doch auch der Kaufladen war plötzlich wieder da. Aber nach dem Dreikönigstag waren die Sachen wieder verschwunden. So ging das alle Jahre, bis wir drei dem Spielalter entwachsen waren, dann landeten diese beiden großen Teile endgültig auf dem Speicher.

Als mir meine beiden älteren Töchter alt genug erschienen, um mit einem Kaufladen und einem Puppenhaus richtig umzugehen, befreite ich beide Spielsachen vom Staub der Jahre und verpasste ihnen einen neuen Anstrich. Zu Weihnachten bekam dann die eine den Kaufladen und die andere das Puppenhaus. Wie nicht anders zu erwarten, spielten die zwei gemeinsam mit beiden Sachen. Bei der Geschenkeverteilung hatten wir nur darauf geachtet, dass die Besitzverhältnisse geklärt waren. Bis zum Dreikönigstag durften die Kleinen ausgiebig damit spielen. Danach verschwanden Kaufladen und Puppenhaus auf mysteriöse Weise, um am nächsten Weihnachtsfest wieder in alter Frische unter dem Christbaum zu stehen. Natürlich hatten wir sie um nette Kleinigkeiten bereichert: Im Puppenhaus entdeckten die Mädchen das eine oder andere neue Möbelchen; im Kaufladen fanden sich neue kleine Tüten, und die Schubladen waren mit Rosinen, Nüssen und Bonbons aufgefüllt worden. Zusätzlich gab es kleine Geschenke: eine Puppe, ein Spiel oder ein Puzzle, und auch ein Buch für jedes durfte nicht fehlen. Auch praktische Dinge lagen je nach Bedarf auf dem Gabentisch: Pulli, Hose, Schal, Handschuhe oder Mütze. Mitten auf dem Tisch stand immer ein großer Teller, gefüllt mit selbst gebackenen Plätzchen, bei dem jeder zugreifen durfte.

Im Jahre 1998 kam eine dritte Tochter bei uns an: Melina. Als diese vier Jahre alt war, zählte Madlen bereits dreizehn Lenze und Marielle gar sechzehn. Sie hatten ihre Freude daran, die kleine Schwester während der Adventszeit auf das Weihnachtsfest einzustimmen. Diese lauschte, die Augen vor Begeisterung weit aufgerissen und die Bäckchen gerötet, wenn die Schwestern ihr vom Christkind erzählten.

Als Melina am Tag vor Heiligabend ins Wohnzimmer stürmen wollte, um die Mama zu suchen, stellte sie zu ihrer Enttäuschung fest, dass die Tür verschlossen war. Aufgeregt rannte sie zurück in die Küche, um sich bei ihren Schwestern zu beschweren: »Wo ist die Mama? Und warum ist das Wohnzimmer abgeschlossen?«

»Die Mama ist zur Tante Petra gegangen und wird wohl bald zurück sein«, beantwortete man die erste Frage der kleinen Schwester.

»Und warum ist das Wohnzimmer nicht mehr offen?«

Die großen Schwestern blickten sich fragend an, dann erklärte die ältere: »Ja, weißt du, Melina, das Christkind ist im Wohnzimmer. Es muss doch den Baum schmücken und Geschenke für uns hinlegen.«

Diese Aussage gefiel der Kleinen. Sogleich äußerte sie den Wunsch: »Dabei möchte ich so gerne zugucken!«

»Das geht nicht. Das Christkind darf man nicht stören«, erklärte Madlen.

»Ich werde es bestimmt nicht stören. Ich will nur ganz leise zugucken.«

Als man ihr klarmachte, dass auch das nicht gehe, hatte sie eine weitere wichtige Frage an ihre Schwestern: »Wie sieht denn das Christkind aus?«

Wieder sahen sich die beiden Großen vielsagend an, dann antwortete die eine: »Das wissen wir nicht. Wir haben es noch nie gesehen.«

Wenig später ertönte die Türklingel. Marielle öffnete und führte Mareike, die große Cousine – immerhin schon achtzehn – in die Küche. Die Vierjährige witterte ihre Chance: »Mareike, weißt du, wie das Christkind aussieht?«

Diese zuckte die Schultern und verneinte.

Doch das Kind ließ nicht locker.

Auf einmal hatte es die Cousine sehr eilig, verabschiedete sich, und unsere Älteste begleitete sie angeblich zur Haustür, während Madlen in der Küche die Kleine unterhielt.

Mareike aber dachte noch nicht daran, nach Hause zu gehen. Sie flüsterte ihrer Cousine etwas zu. Marielle klopfte daraufhin leise an die Wohnzimmertür. Ich ließ meine Nichte ein. Wir tuschelten ein bisschen miteinander, dann überließ ich ihr das Feld. Ich begab mich in die Küche und tat so, als sei ich gerade von dem Besuch bei meiner Schwester zurückgekehrt. Unsere älteren Töchter waren immer noch damit beschäftigt, der Kleinen etwas über das Christkind zu erzählen. Nach einer Weile klinkte ich mich in das Gespräch ein: »Ich habe da eine Idee, Melina. Wenn du das Christkind unbedingt sehen willst, solltest du vielleicht mal durchs Schlüsselloch gucken. Vielleicht ist es gerade bei uns im Wohnzimmer. Es muss zwar auch in andere Häuser, um Geschenke für die Kinder zu bringen. Aber vielleicht hast du Glück, und es ist gerade bei uns.«

Bevor wir alle miteinander die Küche verließen, ermahnte Madlen die kleine Schwester: »Sei ja leise, sonst fliegt das Christkind noch davon!«

Und Marielle fügte hinzu: »Man darf es bei seiner Arbeit nicht stören, sonst nimmt es die Geschenke gleich wieder mit.«

Auf leisen Sohlen schlich das kleine Mädchen zur Wohnzimmertür und stellte sich auf die Zehenspitzen, um durchs Schlüsselloch sehen zu können. Meine beiden Großen und ich hielten uns im Hintergrund und waren ebenfalls mucksmäuschenstill. Wir waren genauso gespannt wie Melina, denn wir hatten keine Ahnung, was sie im Innern des Weihnachtszimmers zu sehen kriegen würde. Nach einer Weile drehte sie sich zu uns um, ihre Augen strahlten. Aber sie sagte kein Wort. Sie legte den Zeigefinger auf die Lippen und zog mich in die Küche. Ihre beiden Schwestern folgten. Wir waren alle bis zum Platzen gespannt. Erst als wir die Tür hinter uns zugezogen hatten, sprudelte das Kind, völlig aus dem Häuschen, los: »Ich habe das Christkind gesehen! Ich habe das Christkind gesehen!«

»Und, wie sieht es aus?«, zeigten meine beiden Großen lebhaftes Interesse.

Da geriet Melina regelrecht ins Schwärmen: »Es hat gestrahlt! Alles hat geglitzert! Es hat ein weißes Kleid an, goldene Haare und goldene Flügel und ist vor dem Baum immer hin- und hergeschwebt.«

Von diesem Bericht waren wir überwältigt. Aber nicht nur das, wir waren auch neugierig, wie es meine Nichte Mareike geschafft hatte, dem kleinen Mädchen das Christkind so glaubhaft vor Augen zu führen.

Am Abend, als Melina längst in süßem Schlummer lag, bat ich meine Nichte zu uns herüber. Ihre

Mutter, also meine Schwester, kam gleich mit, weil sie ebenfalls wissen wollte, wie unsere Kleine auf das Erscheinen des Christkinds reagiert hatte. Deshalb erzählten wir ihnen zunächst, mit welchen Worten es Melina beschrieben hatte. Dann waren wir ganz Ohr, als Mareike berichtete:

»Als ich in euer Wohnzimmer ging, hatte ich noch nicht die geringste Ahnung, wie ich meiner kleinen Cousine das Christkind vorspielen wollte. Ich war lediglich beseelt von dem Gedanken, ihr eine Freude zu machen. Da erblickte ich zu meiner Überraschung ein Bettlaken, das zusammengefaltet auf einem Sessel lag.«

»Ja«, erklärte ich, »damit will ich Kaufladen und Puppenhaus verhüllen, damit Melina die Sachen nicht gleich sieht, wenn sie nach dem Läuten des Glöckchens ins Zimmer stürmt. Wenn wir das Laken dann mit viel Trara und Tamtam wegziehen, macht das doch viel mehr her.«

Meine Nichte fuhr in ihrem Bericht fort: »Das Betttuch kam mir wie gerufen. Ich schaltete die Christbaumbeleuchtung ein und die Deckenbeleuchtung aus. Dann hängte ich mir das Laken über und wandelte leichtfüßig ein paarmal vor dem Baum hin und her, wobei ich die Arme auf und nieder schwang.«

»Mehr nicht?«, fragte ich ungläubig.

»Mehr nicht!«, bestätigte Mareike.

Wir lachten alle herzhaft, erstaunt darüber, welch blühende Fantasie ein kleines Mädchen doch haben kann.

Plötzlich gingen die Lichter aus

Fanny, Jahrgang 1939, aus Bernau am Chiemsee

Meine Geschichte spielt im Jahre 1950. Die Hungerjahre nach dem Krieg gerieten langsam in Vergessenheit. Inzwischen konnte man an Lebensmitteln kaufen, was das Herz begehrte, sofern man das nötige Kleingeld dazu besaß. Auf uns traf das leider nicht zu, deshalb lebten wir nicht gerade in Saus und Braus.

Gustl, mein Vater, hatte als nachgeborener Bauernsohn verständlicherweise keinen Anspruch auf den Hof gehabt, aber auch keinen Beruf erlernen dürfen. In seiner Jugend, er war Jahrgang 1914, pflegte man die jüngeren Söhne als ledige Knechte auf dem Hof zu behalten. Mein Vater aber hatte keine Lust, als billige Arbeitskraft unter seinem ältesten Bruder zu dienen. Auch erkannte er – wie viele andere in jener Zeit –, dass bei den steigenden Ansprüchen die Höfe in Zukunft nicht mehr so viele Leute würden ernähren können.

Als ihm dann noch die hübsche Magd Katharina über den Weg lief, die auf einem Gutshof diente, stand bei ihm fest: *Ich will eine Familie gründen.* Um diese ernähren zu können, brauchte er ein sicheres Einkommen. Als ungelernter Arbeiter fand er schließlich eine Anstellung in einem Sägewerk, bei bescheidenem Lohn, wie allgemein üblich. Doch dieser ermöglichte es ihm, mit seiner Braut 1938 zum Traualtar zu schreiten. Nach einem knappen Jahr kam ich zur Welt. Einige Wochen später brach der Zweite Weltkrieg aus, und mein Vater musste einrücken.

Er wurde in Norwegen und Frankreich eingesetzt, wo er eine schwere Verwundung erlitt. Das brachte ihm zwar einen langen Lazarettaufenthalt ein, ersparte ihm aber einen erneuten Fronteinsatz. Wir waren alle glücklich, als er kurz nach Kriegsende nach Hause entlassen wurde. Inzwischen zählte seine Familie mit ihm sechs Mitglieder: 1940 war der Baptist auf die Welt gekommen und 1943 der Peter. Mit Hubert hatte 1946 ein dritter Sohn das Licht der Welt erblickt.

Aufgrund seiner sehr schweren Kriegsverletzung konnte der Vater die anstrengende Tätigkeit im Sägewerk nicht wieder ausüben. Er fand als Zivilangestellter bei der amerikanischen Besatzungsmacht eine leichtere Arbeit. Auch dort war der Lohn nicht gerade umwerfend, aber er reichte aus, die große Familie zu ernähren. Daher ging es, wie gesagt, auch in der Zeit des Wirtschaftswunders bei uns weiterhin bescheiden zu. Abgesehen davon, dass es gleich nach dem Krieg so gut wie keine Süßigkeiten gab, wurden wir auch einige Jahre nach Kriegsende mit Naschwerk knapp gehalten.

Mutter achtete dennoch stets darauf, einen ansehnlichen Vorrat an Eiern, Margarine, Mehl und Zucker in ihrer Vorratskammer zu haben. Sie beherrschte die Kunst, aus noch so wenigen Zutaten etwas Wohlschmeckendes herzustellen. So backte sie am Samstag regelmäßig einen Sonntagskuchen, der immer ein bisschen anders schmeckte. Dabei war sie nicht kleinlich, sondern verwendete immer ein Ei und etwas Zucker mehr, als es das Rezept vorschrieb, damit auch für uns Kinder etwas abfalle. Kaum hatte sie die braune Rührschüssel auf den Tisch gestellt, standen wir vier, ein jedes mit einem Esslöffel bewaffnet, um die Mutter herum. Sobald sie die Eier mit dem Zucker ordentlich verrührt hatte, durften wir ihr unsere Löffel reichen. Jedes bekam ihn bis zum Rand gefüllt zurück. Viel zu schnell war der Löffel abgeschleckt. Dann hieß es wieder eine ganze Woche bis zum nächsten Backtag warten.

Einmal, zwei Tage vor Weihnachten, ergab sich für mich eine günstige Gelegenheit. Mit Freuden hatte ich festgestellt, dass ich mich ganz allein im Haus befand. Der Vater war auf der Arbeit, die Mutter machte letzte Weihnachtseinkäufe, und meine Brüder tollten vor dem Haus im Schnee. Diese einmalige Möglichkeit musste ich nutzen! Schnell war Mutters große Teigschüssel, die aus emailliertem Blech bestand, aus dem Topfschrank geholt. Von ihrem Eier- und Zuckervorrat bediente ich mich großzügig. Gekonnt, wie ich das bei der Mama beobachtet hatte, schlug ich einige Eier in die Schüssel und schüttete Zucker nach Gefühl dazu. Mit dem Schneebesen rührte ich kräftig, bis mir die Masse die richtige Konsistenz zu haben schien. Mit einem Teelöffel begann ich dann, das süße Zeug genüsslich in mich hineinzuschaufeln. Mmh, war das gut! Leider war ich noch nicht weit gekommen, da hörte ich, dass die Haustür geöffnet wurde. Blitzschnell packte ich meine Schüssel, huschte in die angrenzende Stube und lauschte gespannt, was sich tun würde.

Wie ich vermutet hatte, betrat die Mutter zunächst die Küche. Das verschaffte mir die Gelegenheit, durch die andere Stubentür in den Hausgang zu entkommen. Von dort war es ein Leichtes, über die Stiege hinauf ins Dachgeschoss zu gelangen. Außer den beiden Schlafkammern für uns Kinder befand sich dort ein Abstellraum. In diesem war es zwar bitterkalt, aber ich konnte weiterhin ungestört von meinem süßen Brei naschen.

Bald jedoch hing mir das Zeug zum Halse heraus. In meiner Gier hatte ich zu viel davon angerührt. Was tun damit? Den Rest mit hinunternehmen? Dann würde meine Schandtat sofort auffallen. Ihn einfach oben stehen lassen? Unmöglich! Die Mutter würde am nächsten Tag die Schüssel brauchen, um Weihnachtsplatzerl zu backen.

Suchend schaute ich mich nach einer Möglichkeit um, wie ich das Zeug entsorgen könne. Zu meiner Erleichterung entdeckte ich einen ansehnlichen Spalt zwischen der gemauerten Wand und der Holzverschalung. Kurz entschlossen kippte ich den Inhalt der Schüssel hinein, ohne mir darüber Gedanken zu machen, wo er landen würde. Sogleich huschte ich nach unten und passte einen Moment ab, in dem die Mama nicht in der Küche war. Schnell spülte ich die Schüssel säuberlich aus und stellte sie an ihren angestammten Platz zurück.

Obwohl ich so sorgsam zu Werke gegangen war, brach bereits am nächsten Morgen das Donnerwetter über mich herein. Meiner Mutter fiel auf, als sie schon ein paar Weihnachtspackerl in die Stube legen wollte, dass eine gelbe Schicht, die da nicht hingehörte, die Wand verschandelte. Erst roch sie daran, dann kratzte sie mit dem Zeigefinger ein bisschen ab und kostete davon. Danach war ihr alles klar. Als Täter kam nur ich infrage, die Buben hatten ein einwandfreies Alibi.

Zu meiner Überraschung schimpfte sie nicht, weil ich eigenmächtig Eier und Zucker entwendet hatte, sondern machte mir nur ernste Vorhaltungen, weil ich die überschüssige Masse auf so unsachgemäße Weise entsorgt hatte. »Fanny, das Zeug schimmelt doch und wird bald anfangen zu stinken! Deshalb muss dein armer Papa es nun mühsam abkratzen und die Wand wieder weißeln.«

Das tat er noch am selben Tag.

»Wenn du wieder mal Appetit auf eine Ei-Zucker-Masse hast, sagst es mir einfach. Dann rührst du dir eine so kleine Menge an, die du auch essen kannst.«

Dieses Angebot war wirklich großzügig und gut gemeint. Mir aber war durch das Übermaß, das ich mir zubereitet hatte, und das hastige In-mich-Hineinschaufeln der Appetit auf die Masse dermaßen vergangen, dass ich nie wieder Verlangen danach hatte. Die Weihnachtsstimmung in unserem Hause war in diesem Jahr aber dahin. Und das einen Tag vor Heiligabend!

Den ganzen Tag lief ich wie ein geprügelter Hund herum, und auch noch am Morgen des nächsten

Tages. Die Mutter schaute mich strafend an, und auch der Vater hatte kein gutes Wort für mich übrig, weil ich ihm so viel Mühe bereitet hatte. Nach dem Mittagessen hellte sich die Stimmung etwas auf.

»Du darfst nachher mit deinem Papa und deinen Brüdern in den Wald, den Weihnachtsbaum holen«, erklärte mir die Mutter.

Das ließ ich mir nicht zweimal sagen – eindeutig ein Friedensangebot! Mein »großer« Bruder, der Baptist, nur ein Jahr jünger als ich, und meine Wenigkeit wussten natürlich, wie der Hase läuft. Den beiden Kleinen aber hatte die Mutter vorher weisgemacht, der Vater müsse dem Christkind helfen. Es könne unmöglich für die vielen Häuser die Bäume selbst fällen; es habe schon genug damit zu tun, die Bäume zu schmücken und die Geschenke darunter zu legen.

Warm eingemummelt, zogen wir Kinder mit dem Papa wohlgemut los, als er glaubte, für sein Unternehmen sei es dunkel genug. Überall sah man in den Häusern schon Lichter brennen, oder es wurde gerade angeschaltet. Die beiden Kleinen durften auf dem Schlitten sitzen, den der Vater zog. Baptist, der die Säge trug, schritt neben dem Vater. Ich selbst trottete hinter dem Trupp her wie ein Schutzengel. Denn immer wieder, wenn der Schlitten umzukippen drohte, denn der Weg war recht bucklig, hielt ich meine Brüder fest, damit sie nicht in den Schnee purzelten.

Im Wald angekommen, der nur einige Hundert Meter von unserem Haus entfernt am einem Hang lag, fand der Vater schnell das gesuchte Objekt. Bereits Tage vorher hatte er es sich bei Tageslicht ausgeguckt.

Obwohl nur ein Halbmond am Himmel stand, war der »Arbeitsplatz« ausreichend beleuchtet. Während der Vater und sein Ältester eifrig sägten, schauten wir anderen interessiert zu. In dem Moment, als der Baum umfiel, vernahmen wir ein gewaltiges Geräusch. Das konnte aber unmöglich vom Fallen des Baumes herrühren.

Erschrocken schaute sich der Vater um und entdeckte, dass die Stromleitung, die nicht weit von uns oberhalb vorbeiführte, gerissen war. Das musste das Geräusch verursacht haben.

Tief beunruhigt wies er in Richtung Dorf. »Schaut nur, Kinder, alles dunkel!«

Richtig, man sah kein einziges erleuchtetes Fenster mehr, und auch die Straßenlaternen waren aus.

»Wir müssen schnell weg hier, damit man uns nicht als Urheber dieser plötzlichen Finsternis ausmachen kann!«

Das leuchtete uns beiden Großen ein. Der Vater lud den Baum auf den Schlitten und band ihn hastig fest. Wir Kinder marschierten tapfer schweigend und recht schuldbewusst hinterdrein. An unserem Wohnhaus angekommen – es war das Zuhaus zum Gutshof –, lud der Vater den Baum eilig ab. Wir hatten die Erlaubnis, hier zu wohnen, weil meine Mutter noch hin und wieder auf dem Gut aushalf. Bevor Vater den Baum ins Haus trug, gab er uns den Auftrag: »Ihr müsst fleißig rodeln, um unsere Spuren zu verwischen.«

Das ließen wir uns nicht zweimal sagen. Das war doch mal was: Rodeln im Mondschein! Ehe wir aber loslegten, entdeckte ich, dass hinter unserem Küchenfenster eine einzelne Kerze flackerte. Auch hinter den Fenstern des Gutshofes ließ sich ein spärliches Licht ausmachen. Das deutete darauf hin, dass auch die Herrschaften von dem Stromausfall betroffen waren.

Als wir nach einer gefühlten Stunde völlig erschöpft und ziemlich durchnässt in unserer Küche eintrafen, stand das Nachtessen schon auf dem Tisch, und zwei Kerzen erhellten notdürftig den Raum, sodass wir einigermaßen sehen konnten, was wir aßen.

Während wir ziemlich schweigsam, weil noch immer schuldbewusst, unser Mahl einnahmen, erkundigte sich die Mutter: »Was ist eigentlich los mit euch? So kenne ich euch gar nicht! Hat's euch die Petersilie verhagelt?«

Demnach hatte der Vater der Mutter unser Missgeschick mit der gerissenen Stromleitung noch nicht offenbart. Wann auch? Mit dem Baum war er ja gleich in die Stube verschwunden. Nun schaute er uns der Reihe nach an, dann begann er, ihr alles zu beichten – jedoch erst, nachdem er ihr das Versprechen abgerungen hatte, niemandem ein Sterbenswörtchen davon zu erzählen.

»Wir sind schuld an dem Stromausfall.« So, nun war es heraus.

»Ihr? Wie denn?«

Der Vater beschrieb ihr, dass uns in dem Augenblick, als unser Christbaum fiel, ein lautes Geräusch erschreckt hatte, der Baum hätte wohl im Fallen die Stromleitung zerrissen.

Da lachte die Mutter hell auf. Und wir starrten sie entsetzt an.

»Das glaubst du doch selbst nicht«, legte sie los. »Dieses Bäumchen? Das ist höchstens eins zwanzig hoch, das reicht doch bei Weitem nicht an die Stromleitung heran!«

Sie hatte recht. Vor lauter Schreck war keiner von uns auf diese Idee gekommen, selbst der Vater nicht.

»Aber in dem Moment, als der Baum fiel, hat es doch gekracht, und in allen Häusern ging das Licht aus«, versuchte er, die Sache zu erklären.

»Zufall! Purer Zufall! Die Leitung ist wahrscheinlich deshalb gerissen, weil ihr die Schneelast zu schwer wurde.«

Kaum hatte Mutter diese Worte ausgesprochen, blitzte die Lampe über dem Küchentisch auf. Der Strom war wieder da!

Wir schauten hinüber zum Gutshaus. Auch dort sah man wieder einige hell erleuchtete Fenster, und selbst die Straßenlaternen strahlten wieder.

Es wurde dann doch noch ein schöner harmonischer Weihnachtsabend, der damit endete, dass der Vater mit uns Älteren in die Christmette ging. Die Mutter musste ja daheimbleiben und den Schlaf der kleinen Söhne bewachen.

Nach dem feierlichen Gottesdienst drückte der Vater, wie viele andere auch, dem Gutsherrn die Hand, um ihm eine frohe Weihnacht zu wünschen. Leutselig stellte dieser den Umstehenden die Frage:

»Gewiss ist bei euch heute Abend auch der Strom ausgefallen?«

Alle bejahten. »Und wisst ihr auch, was die Ursache war?«

Alle verneinten.

Nun sah der Herr seine Chance, sein Wissen kundzutun: »Als es plötzlich im ganzen Haus dunkel wurde, rief ich sogleich beim E-Werk an. Die schickten sofort den Notdienst los. Die Männer hatten den Schaden schnell gefunden: Im Wald oberhalb von uns war die Stromleitung unter der Schneelast zusammengebrochen. Zum Glück war im Nu alles repariert. ›Eine unserer leichtesten Übungen‹, erzählten mir die Elektriker, als sie nach getaner Arbeit bei mir einkehrten, um sich mit dem versprochenen Schnaps die Kehle zu wärmen.«

Nach diesem Bericht sahen der Vater und wir Kinder uns vielsagend an. Zu Hause berichteten wir der Mutter brühwarm davon.

Sie brach in herzhaftes Lachen aus: »Na, was habe ich euch gesagt?«

Der Organist auf der Leiter

Christel, Jahrgang 1938, aus Thalfang/ Hunsrück

Mein Mann Michel, von Beruf Lehrer, übte schon seit vielen Jahren in der katholischen Pfarrkirche zu Thalfang das Amt des Organisten aus. Stets war er pünktlich zur Stelle und versah seinen Dienst äußerst gewissenhaft, nicht nur zur Ehre Gottes, sondern auch zur Freude seiner Mitchristen. Selbst durch Wind und Wetter, Schnee und Glatteis ließ er sich nicht abhalten.

Nur einmal, an einem Heiligen Abend, trat ein ernstes Problem auf. Michel hatte es sich zur Gewohnheit gemacht, von zu Hause so frühzeitig loszugehen, dass er eine halbe Stunde vor Beginn des Gottesdienstes in der Sakristei ankam. Dadurch blieb ihm genug Zeit, mit dem Pfarrer zu besprechen, welche Lieder und wie viele Strophen jeweils gespielt werden sollten.

Für mich reichte es normalerweise, unser Haus zwanzig Minuten nach Michel zu verlassen, um rechtzeitig im Gottesdienst zu sein. Nur am Heiligen Abend pflegte ich zeitgleich mit ihm hinauszugehen, um mir einen Sitzplatz in der Kirche zu sichern. Dann besuchten viele Leute die Kirche, die man sonst das ganze Jahr über dort nicht sah.

Es mag nun neun oder zehn Jahre her sein, und die Christmette sollte wie immer um 18:30 Uhr beginnen. Kurz vor sechs durchschritten wir das Kirchenportal. Wie ich befürchtet hatte, waren nahezu alle Bänke, obwohl noch eine halbe Stunde Zeit war bis zum Beginn des Gottesdienstes, schon besetzt.

Während sich mein Mann eiligen Schrittes in die Sakristei begab, fand ich noch mit Mühe einen Platz in einer der vorderen Bänke. Mir war daran gelegen, einen Platz in den ersten Reihen zu haben, um recht viel von dem Geschehen am Altar mitzubekommen.

Nach etwa zehn Minuten verließ mein Mann die Sakristei wieder, nickte mir im Vorbeigehen freundlich zu und strebte zu der geheimen Stelle, wo der Schlüssel zur Empore aufbewahrt wurde. Er hing so, dass ihn kein Kirchenbesucher zufällig entdecken konnte, war aber so platziert, dass jeder Befugte, wie Pfarrer, Küsterin und Organist, Zugriff hatten. Mein Mann würde also rechtzeitig auf seinem Orgelstuhl sitzen und seine Noten zurechtlegen können. Zu meiner Überraschung beugte er sich wenig später zu mir in die Bank und raunte mir zu: »Der Schlüssel ist nicht an seinem Platz!«

»Das gibt's doch gar nicht!«, raunte ich zurück. Schon verschwand Michel wieder in der Sakristei.

Wie ich später erfuhr, hatte sich dort folgende Szene abgespielt:

»Weiß jemand, wo der Schlüssel zur Empore ist?«, hatte Michel gefragt. »An seinem Platz hängt er nicht.«

Der Pfarrer, die Küsterin und eine stattliche Anzahl von Messdienern, die gerade dabei waren, sich in ihre »Dienstkleidung« zu werfen, zuckten die Schultern.

»Er wird wohl runtergefallen sein«, vermutete der Geistliche.

»Nein, ist er nicht«, entgegnete Michel. »Den Boden habe ich rundherum sorgfältig abgesucht. Für solche Fälle hab ich immer eine Taschenlampe dabei.«

»Haben Sie ihn denn nach dem letzten Gottesdienst wieder aufgehängt?«, fragte der Pfarrer misstrauisch.

»Natürlich!«

»Vielleicht steckt er ja noch in Ihrer Hosentasche«, äußerte der geistliche Herr einen Verdacht. »Vermutlich haben Sie einfach vergessen, ihn aufzuhängen.«

»Ausgeschlossen! Den stecke ich nie ein. Wenn ich die Emporentür abgeschlossen habe, behalte ich den Schlüssel in der Hand, damit ich nicht vergesse, ihn aufzuhängen«, verteidigte sich mein Mann.

Nun hielt es der Pfarrer für nötig, seine Messbuben ins Gebet zu nehmen: »Hat ihn vielleicht einer von euch weggenommen? Vielleicht, um uns zu ärgern?«

Alle schüttelten den Kopf und machten dabei so unschuldige Gesichter, dass man gar nicht umhin kam, ihnen zu glauben. Außerdem, so fiel dem Geistlichen nachher ein, wussten die Messdiener ja gar nicht, wo sich der Schlüssel zu befinden hatte.

»Hat im Laufe der letzten Woche vielleicht jemand anderer auf der Orgel gespielt?«, wandte sich mein Mann nun wieder an den Pfarrer und die Küsterin.

Es kam hin und wieder vor, dass man einen Orgelschüler üben ließ, weil es ja wichtig war, dem Nachwuchs auf dem königlichen Instrument eine Chance zu geben. Manchmal bat auch jemand, der zu Gast im Ort weilte, um den Schlüssel, weil er den Ehrgeiz hatte, sich auch einmal auf einer fremden Orgel zu beweisen.

»Bei mir hat in der letzten Zeit niemand nachgefragt«, antwortete der Seelenhirt, und seine Kirchendienerin fügte hinzu: »Bei mir auch nicht.«

Unerbittlich rückte der Uhrzeiger vor, und die Kirche füllte sich zusehends. Aber der Schlüssel zur Empore blieb unauffindbar.

»Was sollen wir jetzt nur machen?«, jammerte der Pfarrer. »Eine Christmette ohne Orgel ist doch undenkbar!«

»Vor nahezu 200 Jahren hat es doch in Österreich auch mal einen Fall gegeben«, tat die belesene Küsterin nun ihr Wissen kund. »Da war ebenfalls aus irgendeinem Grund die Orgel ausgefallen. Deshalb hat der Pfarrer ein Lied gedichtet, und der Organist hat dazu eine Melodie komponiert. Dann hat er es in der Christmette auf der Gitarre gespielt, und alle waren begeistert. Dieses Lied ›Stille Nacht, heilige Nacht‹, wurde dann weltberühmt.«

»Jaja, die Geschichte ist mir auch bekannt«, antwortete der Pfarrer ungeduldig. »Das war der Pfarrer Joseph Mohr. Der hatte den Text aber schon zwei Jahre vorher gedichtet und brauchte ihn nur aus der Schublade zu holen. Und auch der Lehrer Franz Gruber hatte genügend Vorlaufzeit für seine Komposition.«

»Abgesehen davon«, gab mein Mann nun seinen Kommentar dazu, »habe ich weder eine Gitarre zur Hand noch könnte ich sie spielen.«

»Eben. Das mit der Gitarre am Heiligen Abend ist eine nette Geschichte, aber sie bringt uns nicht weiter«, äußerte der Pfarrer resignierend.

»Ich hab eine Idee«, kam es plötzlich vonseiten des Organisten.

»Und die wäre?«, fragte der Kirchenmann gespannt.

»Sie verkünden Ihren Schäfchen, dass der Gottesdienst heute aus technischen Gründen etwas später beginnt. In der Zwischenzeit werde ich mich um eine Leiter bemühen.«

Schon war er flink durch die Außentür der Sakristei entschwunden. Als unser Seelenhirte so ganz ohne Brimborium den Altarraum betrat, wunderte nicht nur ich mich. Nachdem er seine Verkündigung gemacht hatte, ging ein Raunen durch die Kirche. Ich konnte mir zwar denken, worum es ging, sah mich aber nicht befugt, meine Banknachbarinnen aufzuklären.

Michel hatte in der Zwischenzeit am Nachbarhaus geläutet. Der Bewohner war glücklicherweise daheim. Ein weiteres Glück, dass der eine Leiter in der benötigten Größe besaß. Zu zweit schleppten sie diese in die Kirche und legten sie an der Brüstung zur Empore an. Das war natürlich nicht ohne Geräusch vonstatten gegangen. Ruckartig wendeten sich alle nach hinten um, auch ich. An der Empore lehnte eine Leiter, die von zwei Männern gehalten wurde. Schon schickte sich mein Mann an, auf dieser hinaufzuklettern. Vor Aufregung hielt ich den Atem an, denn er war nicht mehr der Jüngste. Was hat das zu bedeuten?, fragte ich mich.

Die beiden Männer trugen die Leiter kurz darauf wieder hinaus und legten sie neben die Kirche, wie ich später erfuhr, damit sie zur Hand sei, wenn der Organist die Empore wieder verlassen wollte.

Wenig später verkündete die Glocke neben der Sakristei-Tür, dass die Mette beginne. Schon marschierte, gefolgt vom Herrn Pfarrer, eine stattliche Messdienerschar von hinten her durch den Mittelgang auf den Altar zu, unter dem feierlichen Vorspiel der Orgel. Da atmete ich auf.

Die Küsterin aber, nachdem sie die Sakristei-Glocke betätigt hatte, war offensichtlich in sich gegangen. Sie rekapitulierte, so erzählte sie später, was sie in den letzten Tagen in der Kirche getan hatte. Wie Schuppen fiel es ihr von den Augen, dass sie zwei Tage vor Heiligabend in den Glockenturm hinaufgestiegen war, um dort vor Jahresende einmal wieder gründlich sauber zu machen. Das Letzte, an das sie sich erinnerte, war, dass sie nach getaner Arbeit die Tür zur Empore gewissenhaft abgeschlossen hatte. Wo aber verbarg sich der Schlüssel bloß? Sie konnte sich beim besten Willen nicht daran erinnern, dass sie ihn aufgehängt, wohl aber daran, dass sie während des Abschließens den Mülleimer in der Hand gehalten hatte. Womöglich war ihr der Schlüssel unversehens in diesen gefallen. Sofort öffnete sie die Besenkammer, um den bewussten Eimer in Augenschein zu nehmen. Er war leer! Leerer konnte ein Mülleimer gar nicht sein.

Dann fiel ihr ein, dass sie, ordentlich, wie sie war, den Inhalt in die Mülltonne der Kirche neben der Sakristei gekippt hatte. Mein Gott, lass die Müllabfuhr noch nicht dagewesen sein!, schickte sie ein Stoßgebet zum Himmel. Denn dann war alles verloren. Sie stürzte ins Freie und rückte die Mülltonne unter die Außenbeleuchtung. Wie sollte sie zwischen dem vielen Staub, dem Papier und dem Mäusekot nur einen Schlüssel entdecken? Sie wusste sich jedoch zu helfen. Kurz entschlossen kippte sie die Tonne um und scharrte mit bloßen Händen auf dem Boden den Müll auseinander. Da blitzte doch tatsächlich etwas Metallenes zwischen all dem Unrat hervor. Ein Griff – und sie hatte den Schlüssel!

Wie eine Siegestrophäe trug sie ihn in die Sakristei und legte ihn auf einen Tisch, damit er nicht wieder abhandenkommen konnte. Erst dann begab sie sich mit Besen und Schaufel zu dem Unrat und kippte ihn wieder in die Tonne.

Kaum war dies geschehen, hörte sie, wie der Organist das Schlusslied intonierte. Hochwürden, der mit seiner Messdienerschar vor der untersten Altarstufe Aufstellung genommen hatte, sang inbrünstig und vermutlich sehr erleichtert das schöne Lied »Stille Nacht« mit. Ihren ganzen Mut zusammennehmend, huschte die Küsterin auf ihn zu und flüsterte ihm etwas ins Ohr. Nachdem der letzte Ton des Weihnachtsliedes verklungen war, drehte sich der Herr Pfarrer noch einmal zu seiner Gemeinde um und berichtete allen von dem aufregenden Erlebnis. »Mein lieber Herr Organist«, schloss er, »Sie können jetzt ganz offiziell die Treppe benutzen, sobald Sie zusammengepackt haben.«

Nach seiner Rede brandete tosender Applaus auf. Galt dieser nun den Worten des Pfarrers oder dem fleißigen Suchen der Küsterin? – Vor allem wohl dem tapferen Organisten, der sich trotz widriger Umstände nicht davon hatte abhalten lassen, am Heiligen Abend seinen Dienst zu versehen.

Blöde Sau

Resi, Jahrgang 1930, aus Reit im Winkl

Bei unseren Kindern zeigte sich schon recht früh, dass sie alle drei sehr musikalisch sind. Deshalb ließen wir ihnen Klavierunterricht geben, noch bevor sie eingeschult wurden. Die Begabteste von den dreien war wohl Uschi, unsere Älteste. Von ihr gibt es ein aufregendes Weihnachtserlebnis zu erzählen.

Im Alter von fünf Jahren konnte sie bereits einwandfrei Noten lesen und danach spielen. Dies riss ihre Klavierlehrerin immer wieder zu begeisterten Äußerungen hin, obwohl sie sonst eher ein zurückhaltender Mensch war. Die Lehrerin machte einen sehr feinen Eindruck und schien mal bessere Tage und vornehmere Gesellschaft erlebt zu haben. Nach dem Zweiten Weltkrieg hatte es sie, die aus der Großstadt München stammte, in unseren kleinen Ort verschlagen. Um sich ihren Lebensunterhalt zu verdienen, brachte sie den mehr oder minder begabten Dorfkindern die Klaviertöne bei, was ihr bestimmt nicht immer leichtfiel. Anfänglich bewies sie wirklich viel Geduld mit ihren Schülern, doch mit zunehmendem Alter sollte sie ungnädiger werden.

Man konnte nur schätzen, wie alt sie war. Stets tadellos frisiert und immer elegant gekleidet, machte sie selbst ein recht großes Geheimnis um ihr Alter.

Immer häufiger geschah es, dass sie nervös wurde und die Schüler anfauchte. Selbst ihre Lieblingsschülerin Uschi bekam das zu spüren.

Zu dem Weihnachtsfest, an dem Uschi acht Jahre alt war, hatte die alte Dame den Ehrgeiz, dem Kind ein Stück beizubringen, von dem wir Eltern nichts wissen sollten. Dieses sollte uns unsere Tochter am Heiligen Abend zur Stunde der Bescherung als große Überraschung darbieten. Weil es also eine Überraschung werden sollte, konnte unsere Älteste das Stück nicht so oft üben, wie es notwendig gewesen wäre oder wie sie selbst es für nötig befand. Den Vormittag verbrachte die Kleine in der Schule, doch ab 14 Uhr, wenn sie Zeit gehabt hätte, war nichts mit Üben, denn im Zimmer nebenan hielt der Vater stets seinen wohlverdienten Mittagsschlaf. Nachdem er diesen beendet hatte, begab ich mich zum Einkaufen, egal ob es nötig war oder nicht, damit unsere Tochter unbelauscht ihre Überraschung für uns üben konnte.

In der letzten Adventswoche musste Uschi dann täglich um 17 Uhr zur Klavierstunde. Weil das Stück zwei Tage vor dem Weihnachtsfest aber noch immer nicht so klappte, wie das die gestrenge Lehrerin erwartete, musste die fleißige Klavierspielerin selbst am Tag vor Heiligabend morgens um neun noch einmal zu ihr.

Kurz nach zehn befand ich mich in der Küche mit unserer Tochter Marion. Obwohl diese noch keine drei Lenze zählte, war sie schon ein richtiges Hausmütterchen. Wie allmorgendlich erledigte sie den Abwasch des Frühstücksgeschirrs, so gut es eben mit drei Jahren ging. Weil sie ob ihrer geringen Größe nicht ans Spülbecken reichte, erledigte sie die Arbeit auf einem Fußbänkchen stehend. Da unsere Kleine schon immer, egal ob sie spülte oder ob wir mit ihr ausgingen, Wert auf hübsche Kleidung legte, sehe ich sie noch heute vor mir in ihrem weißen Kleidchen, mit der Spülbüste in der Hand, wie sie Tassen und Teller bearbeitete. Plötzlich wurde die Küchentür mit Schwung geöffnet, und herein stürzte unsere Achtjährige. In Tränen aufgelöst, warf sie sich mir an die Brust.

Noch ehe ich dazu kam, entsprechende Fragen zu stellen, brachte sie, von heftigen Schluchzern unterbrochen, heraus: »So ein Mist! – Nur weil Frau S. schlecht gelaunt war, muss ich noch mal um 14 Uhr antanzen! – Dabei hab ich es so gut gekonnt! – Besser wird's nicht mehr.«

Während ich nach geeigneten Trostworten suchte, rührte meine Jüngste mit der Spülbürste seelenruhig in einer Tasse herum. Daher nahm ich an, sie habe von dem Kummer ihrer Schwester, entstanden durch die vermeintlich ungerechte Behandlung seitens der Klavierlehrerin, nichts mitbekommen.

Auf einmal drehte sich Marion zu Uschi um und gab ihr den Rat: »Sag zu ihr doch einfach ›blöde Sau!‹.«

Im ersten Schreck wusste ich nicht, ob ich mich darüber aufregen oder lachen sollte. Dieser Ausdruck stammte nicht aus unserem Repertoire. Sie musste ihn in den letzten Wochen, seit sie auf der Straße spielen durfte, von älteren Nachbarskindern aufgeschnappt haben. Während ich noch überlegte, wie ich pädagogisch einschreiten sollte, lachte Uschi befreit auf und wischte sich mit dem Handrücken die Tränen ab. Damit war der Frust gebrochen. Herzlich stimmte ich in das Lachen meiner älteren Tochter ein.

Marion aber wandte sich wieder dem Spülbecken zu und polierte ungerührt weiter die Tassen, nicht ahnend, wie sehr sie ihrer Schwester geholfen hatte.

»Das werde ich zwar nicht zu ihr sagen«, erklärte Uschi sodann. »Aber wenn die Lehrerin mir heute Nachmittag wieder dumm kommt, werde ich an Marions Rat denken, dann macht es mir gar nichts mehr aus.«

Damit sie sich in ihrem Musikstück verbessern konnte, ließ ich ihr vor dem Mittagessen noch anderthalb Stunden Zeit zum Üben. Und damit sie das Gefühl hatte, heimlich üben zu können, versicherte ich ihr, ich werde die Küche nicht verlassen, und in der Küche höre man absolut gar nichts von dem Klavier.

Kurz vor 14 Uhr marschierte dann eine gut gelaunte, selbstbewusste Uschi los. Nach einer Stunde kam sie ebenso gut gelaunt und selbstbewusst wieder zurück.

»Frau S. war total zufrieden mit mir«, verkündete sie beim Betreten der Küche. Und am Heiligen Abend erfreute sie uns mit einem tadellosen »Weihnachtskonzert«.

Die Mama und der Ölofen

Jeannette, Jahrgang 1955, aus Reit im Winkl

Als ich noch an das Christkind glaubte, war der Heilige Abend für mich immer etwas Wunderbares. Es ging stets alles so geheimnisvoll und spannend zu – immer wieder huschte die Mutter zwischen den Zimmern hin und her, während ich in der Küche auf die Bescherung warten sollte. Wenn ich gar zu ungeduldig wurde, schickte mich die Mutter hinaus auf den Hof. Da mein Vater Postangestellter war, wohnten wir in einem lang gestreckten Gebäude, das der Post gehörte. In diesem lebten mehrere Postler-Familien, und es gab außer mir viele Kinder, mit denen ich dann im Schnee herumtollte. Wir bauten Schneemänner, bewarfen uns mit Schnee oder eines zog das andere mit dem Schlitten im Hof herum. So verging die Zeit bis zur Bescherung wie im Flug.

Schon bald war ich ein Schulkind und wurde von meinen Mitschülern darüber aufgeklärt, dass nicht das Christkind die Geschenke bringe, sondern die Eltern. Diese neue Erkenntnis machte mich doch ein bisschen traurig. Aber die Mutter verstand es, das Weihnachtsfest für mich wieder als reizvoll erscheinen zu lassen, indem sie mich geschickt in die Vorbereitungen miteinbezog.

Seit 1960 hatte ich einen Bruder, den Klaus. Nachdem ich von meinen Mitschülern so schonungslos in Sachen Weihnachten aufgeklärt worden war, sah ich mich als große Schwester verpflichtet, alles zu tun, um für den Kleinen das Weihnachtsfest 1962 schön und geheimnisvoll erscheinen zu lassen, obwohl er im Alter von zwei Jahren wahrscheinlich noch nicht viel vom Zauber der Weihnacht mitbekam.

Dieses Fest ist mir noch so lebhaft in Erinnerung, als sei es erst gestern gewesen. Nachdem Mama mit uns Kindern zu Mittag gegessen hatte, legte sie den Kleinen zum Schlafen nieder. »So, Jeannette«, sagte sie zu mir. »Jetzt gehen wir beide in die Stube und bereiten alles vor. Der Klaus wird staunen, wenn er nachher den Baum sieht.«

Ja, das konnte ich mir sehr gut vorstellen. Es erfüllte mich mit Stolz, dass ich beim Schmücken des Baumes helfen durfte, den Papa schon am Vorabend aufgestellt hatte. Die Mutter schmückte die obere Hälfte, und ich behängte die untere mit Kugeln, Lametta und Schokoladentannenzapfen, die mit Silberpapier umhüllt waren.

Als der Baum in seiner ganzen Pracht vor uns stand, durfte ich der Mutter auch helfen, das Kripperl aufzubauen. Dabei freute ich mich besonders, dass sie mir die Entscheidung überließ, wo die Figuren stehen sollten. Zufrieden betrachtete ich anschließend mein Werk und war stolz über das Lob der Mutter. Der Papa und der Klaus würden Augen machen!

Als es auf 15 Uhr zuging, fragte ich ungeduldig, weil ich schon ganz ordentlich durchgefroren war: »Wann kommt denn der Papa endlich?«

Dazu muss ich erklären, dass wir die Stube nicht beheizten. Zu Beginn dieses Winters hatte mein Vater den alten holzbeheizten Kanonenofen entsorgt und durch einen der Ölöfen ersetzt, die gerade in Mode kamen. Das fanden wir alle gut, denn wenn man bei dem alten Ofen nicht rechtzeitig nachgelegt hatte, war er schnell ausgegangen, und man saß im Kalten. Zudem ersparte uns der neue Ofen die Holzschlepperei und das Entleeren des Aschekastens. Mit dem Ölofen war das eine feine Sache. Man brauchte nur einmal am Tag eine Kanne Öl hereinzuholen, es in den Tank zu gießen – und schon hatte man es immer gemütlich warm. Bis jetzt aber war der Ölofen ausschließlich Vaters Domäne gewesen. Er hatte es nicht für nötig befunden, die Mama in die Handhabung dieser neuen Heizquelle einzuweisen, sah er es doch ausschließlich als seine Aufgabe an, den Ofen mit Öl zu versorgen und ihn anzuzünden. Normalerweise kam der Papa, der ja als Postbote arbeitete, kurz nach 14 Uhr heim.

»Ja, weißt du«, beantwortete die Mutter meine Frage. »Es ist doch Heiligabend. Da sind schrecklich viele Pakete und Päckchen auszutragen, die die Omas geschickt haben. Die sollen doch noch pünktlich bei den Enkeln ankommen. Deshalb muss der Papa Überstunden machen.«

Dafür zeigte ich volles Verständnis.

Gegen halb vier jedoch wurde es selbst meiner Mutter in der Stube zu kühl. »So schwierig kann das mit dem Ölofen doch wohl nicht sein«, dachte sie laut, nahm die Ölkanne und begab sich schnell

Perser, den hätten sich meine Eltern nicht leisten können, aber er sah aus wie ein echter und war zudem noch fast neu.

Der Vater erklärte: »Das übergelaufene Öl war nicht das Problem, das lässt sich leicht mit Zeitungspapier aufsaugen. Aber die Mama hatte schon zu viel Öl in die Brennkammer laufen lassen. Da ich nicht wusste, wie ich es da rauskriegen sollte, hab ich es einfach angezündet. Zunächst blubberte der Ofen friedlich vor sich hin. Doch plötzlich verpuffte das Öl, und der Deckel flog in die Luft, gefolgt von einer schwarzen Rußwolke.« Wir konnten alle von Glück sagen, dass der Deckel den Papa verfehlt hatte.

Wie wollte die Mutter das jemals wieder sauber kriegen?

Während ich wenig später in der Küche auf mein Brüderchen aufpasste, bemühte sich die Mama, mit warmem Wasser, Spülmittel, Schwamm und Lappen das Gröbste zu beseitigen, damit wir doch noch Weihnachten feiern konnten. Der Ofen war zum Glück heil geblieben. Der Vater brauchte nur den Deckel wiederaufzulegen, als dieser abgekühlt war, und den Ofen ganz normal anzuzünden. Allmählich wurde es warm im Weihnachtszimmer. An der Stelle aber, wo der Deckel gelegen hatte, prangte auf dem Teppich ein großer schwarzer, kreisrunder Fleck. Den würde man wohl nur in der chemischen Reinigung wegkriegen.

Mit einer knappen Stunde Verspätung fand dann die Bescherung doch noch statt. Nie vergesse ich die leuchtenden Augen des kleinen Klaus, als er den strahlenden Lichterbaum erblickte. Und als er darunter den Baukasten mit den bunten Holzklötzchen entdeckte, jauchzte er vor Freude. Ich selbst freute mich so über meine Babypuppe, dass ich die Explosion und den Ölgestank für eine Weile vergaß.

Aber noch wochenlang roch es in der Wohnung nach Heizöl und Ruß. Erst als das schöne Frühjahr kam und man gründlicher lüften konnte, wurden Polstermöbel und Teppich in die Reinigung gegeben und die Wände frisch gestrichen, um sämtliche restliche Geruchsfetzen zu tilgen.

Damit es nicht irgendwann wieder zu einer Katastrophe kommen würde, wenn er mal wieder zu spät vom Dienst käme, wies der Papa seine Frau natürlich genauestens in die Handhabung des Ölofens ein.

Beschissene Weihnachten

Daniela, Jahrgang 1966, aus Niedergladbach/ Taunus

Jahrelang hatten wir uns mit einem kleinen, recht armseligen Weihnachtsbäumchen begnügen müssen, weil wir mit dem Kauf immer zu spät dran waren. Kurz vor Torschluss war, um es direkt zu sagen, in der Regel nur noch Schrott übrig.

Um einmal einen richtig schönen Baum zu erwischen, zogen wir vor drei Jahren bereits mehr als zwei Wochen vor dem Fest los. Wir hatten ganz bestimmte Vorstellungen. Das gute Stück sollte mindestens zwei Meter hoch und gerade gewachsen sein, dichtes Zweigwerk haben, damit der Baum sich gut schmücken ließe und nicht irgendwelche Lücken klafften.

Auf dem ersten Markt fanden wir nichts, das unseren Ansprüchen auch nur annähernd genügt hätte. Auf dem zweiten schraubte mein Mann seine Anforderungen schon etwas zurück. »Wenn wir einen nehmen, der die eine oder andere Lücke hat, ist das nicht so schlimm. Ich bin geschickt genug, Zweige, die unten abfallen, weiter oben einzusetzen.«

»Dann müssen wir aber einen Baum nehmen, der höher ist als zwei Meter, damit unten genug Zweige abfallen«, empfahl ich, zu beachten.

»Das ist mir klar«, bestätigte Bogdan und steuerte auf einen Baum von etwa zwei Meter fünfzig zu. Diesen drehte er langsam, sodass wir ihn von allen Seiten begutachten konnten. Im Prinzip war er wirklich schön und gerade gewachsen, leider wies er drei Stellen auf, die einer kleinen Ergänzung bedurft hätten.

Noch ehe mein Mann dem Christbaumverkäufer den geforderten Betrag aushändigen konnte, legte ich mein Veto ein: »Die eingesetzten Zweige werden nicht mit Wasser versorgt und deshalb garantiert schneller ihre Nadeln verlieren als der übrige Baum.«

Dazu muss ich erklären, dass wir uns eigens einen Christbaumständer zugelegt hatten, bei dem der Baum mit dem Stamm im Wasser steht, damit er länger frisch bleibt.

»Ach was«, versuchte mein Mann, die Bedenken zu zerstreuen. »Wir lassen den doch nur bis Dreikönig stehen. So lange werden die Zweige schon durchhalten.«

»Vielleicht … Wenn wir aber Kerzen aufstecken und Kugeln und Lametta dranhängen, wird ihr Gewicht die eingesetzten Zweige gewiss aus der Verankerung ziehen.«

Dieser Einwand ließ meinen Mann zögern: »Hast recht, Daniela«, lenkte er ein. »Lass uns weitersuchen.«

Auf dem dritten Weihnachtsbaummarkt klapperten wir den ganzen Bestand ab. Entweder waren die Bäume schief oder sie wiesen die berüchtigten Riesenlücken auf.

Der Händler wurde schon ungeduldig. »Ich weiß gar nicht, was Sie eigentlich wollen. Ist doch klar, dass alle Weihnachtsbäume eine Macke haben. Die tadellosen Bäume sägt man doch nicht ab. Wenn Sie wirklich einen fehlerlosen Baum wollen, müssen Sie sich einen malen.«

Aha! Während ich noch überlegte, ob ich aufgrund dieser Äußerung beleidigt von dannen ziehen sollte, griff sich mein Mann ein Exemplar von 2,20 Metern Höhe, mit lückenlosem Astwerk, nur ein bisschen schief.

»Den stellen wir dann eben so auf, dass er gerade wirkt«, erklärte Bogdan in einem Ton, der keinen Widerspruch zuließ.

Nach Entrichtung des Kaufpreises steckte der Verkäufer das gute Stück, mit dem Stamm zuvorderst, in die große Öffnung eines Trichters. Es rumpelte ein bisschen, dann kam der Baum bei der kleinen Öffnung wieder heraus, äußerst schlank, weil von einem strammen Netz umhüllt. Nun war er so handlich, dass er auf dem Gepäckträger unseres Autos leicht zu transportieren war.

Zu Hause trugen wir ihn gemeinsam in unsere Wohnung im ersten Stock. Dort konnten wir ihn natürlich nicht lagern, sonst wäre er schon zu Beginn des Weihnachtsfestes kahl gewesen. Aber wozu hat man einen geräumigen Balkon? Auf diesem bewahrten wir den Baum liegend bis zum Fest auf, und er hatte es dort wirklich kühl genug. Die Tage bis Weihnachten flogen nur so dahin. Mit Plätzchenbacken, dem Kauf und Verpacken von Geschenken war ich als berufstätige Frau voll im Stress. Auf die Idee, zwischendurch einmal nach unserem Baum zu gucken, kam ich gar nicht. Er lag ja gut da und würde schon nicht gleich gestohlen werden.

Als Heiligabend herangekommen war, bat ich meinen Mann schon morgens um neun, den Baum hereinzuholen und aufzustellen, um ihn rechtzeitig schmücken zu können.

»Jaja«, vertröstete er mich. »Das mach ich schon. Vorher muss ich aber noch mal fort, ich habe noch einiges zu erledigen.«

Er schien so viel zu tun zu haben, dass er sich bis zwei nicht blicken ließ. Das wird mir zu knapp mit dem Schmücken, dachte ich, um 18 Uhr soll doch schon die Bescherung sein! »Selbst ist die Frau«, gab ich mir einen Ruck und schleifte die Fichte ins Wohnzimmer. Mit sehr viel Mühe gelang es mir, sie in den Ständer zu stecken. Mit diesem schob ich sie, noch im Netz, in eine Ecke, damit sie von zwei Seiten Halt habe und ich die drei Schrauben festdrehen konnte. Wenn man das allein macht, ist das sehr schwierig. Aber mit List und Tücke schaffte ich es. Nun zog ich das Ganze etwas vor, um zu sehen, ob der Baum auch ohne »moralischen Halt« stehen bleiben würde. Er blieb! Nur wirkte er noch immer ein bisschen schief. Also tanzte ich um ihn herum und schraubte hier ein bisschen und da ein bisschen. Und siehe da, bald stand er wie eine Eins. Richtig stolz war ich auf mein Werk.

Doch noch hielt das Netz ihn zusammen. Wie würde er reagieren, wenn ich die schützende Hülle abzog? Zuerst galt es, ihn so weit aus seiner Ecke herausziehen, dass die Zweige genug Platz hatten, sich zu entfalten. Ich zog ein Stück, dann betrachtete ich mir den Baum aus einem gewissen Abstand. Nein, das reichte nicht. Also zog ich ihn noch etwas weiter vor. Zu weit durfte ich ihn auch nicht aus der Ecke herausziehen, denn wenn er erst einmal seine Äste ausgebreitet hatte, würde er zu unhandlich sein, um ihn wieder zurück in die Ecke schieben zu können.

Als ich den Eindruck hatte, nun stehe er genau richtig, schob ich mir einen Stuhl an den Baum und setzte eine Schere an. Nachdem ich etwa fünfzig Zentimeter des Netzes aufgeschnitten hatte, stieg ich herab und schnitt weiter nach unten. Zu meiner Überraschung reagierte der Baum völlig anders als erwartet. Er entfaltete seine Zweige nicht langsam, nein, endlich von dem einengenden Netz befreit, schnellten seine Arme auseinander, und ich bekam den einen oder anderen Schlag ins Gesicht ab.

Das war aber nicht das Schlimmste. Gleichzeitig spritzte eine übel riechende Masse nach allen Seiten. Eine Ladung davon erwischte mich voll. Mein Haar, meine Kleidung, das ganze Gesicht waren voller »Sommersprossen«. Die Wände, der Teppich, die Sitzgruppe, ja sogar der Schrank waren von kleinen stinkenden Flecken übersät. Es roch verdächtig nach Hundekot.

Ich hatte mich noch nicht von meinem Schrecken erholt, da erschien mein Mann auf der Bildfläche; es war schon 15 Uhr durch.

»Was ist denn hier passiert?«, rief er, als er eintrat. »Das stinkt ja wie in einem Affenstall!«

Des Rätsels Lösung: Niklas, unser Sohn, besaß seit drei Monaten einen jungen Hund, eine süße kleine Promenadenmischung, die ihm einfach zugelaufen war. Kein leichtes Unterfangen, den Vierbeiner stubenrein zu kriegen, doch mit unendlicher Geduld und Konsequenz hatten wir es bis kurz vor Weihnachten geschafft. Bald verrichtete Struppi weder sein großes noch sein kleines Geschäft in der Wohnung. Wenn er ein dringendes Bedürfnis verspürte, stellte er sich vor die Wohnungstür. Dann wussten wir, dass wir mit ihm Gassi zu gehen hatten. Das funktionierte prima.

Der Tatsache aber, dass er sich – wenn wir die Balkontür zum Lüften geöffnet hatten – immer wieder einmal auf dem Balkon erging, hatten wir keine Bedeutung beigemessen. Das stellte sich jetzt jedoch als Fehler heraus. Nun hatten wir die Bescherung! Unser sorgfältig ausgesuchter Weihnachtsbaum muss ihm als Toilette äußerst geeignet erschienen sein. Denn der Menge der Spritzer nach zu urteilen, musste er ihn sogar mehrmals benutzt haben, nach dem Motto: Baum ist Baum, auch wenn er nicht senkrecht steht, sondern im Netz verpackt waagerecht auf dem Boden liegt.

Wie ließ sich der Heilige Abend doch noch retten? Mittlerweile war es fast halb sechs. Wenn wir den sperrigen Baum aus der Wohnung trugen, würden die verunreinigten Zweige zusätzlich die Türrahmen versauen und das ganze Treppenhaus dazu. Das würde nicht nur hässlich aussehen und übel riechen, sondern uns garantiert auch Ärger mit dem Hauseigentümer einbringen.

»Weißt du was?«, sagte ich zu meinem Mann, Tränen standen mir in den Augen. »Den können wir nur noch entsorgen. Du, wir schmeißen ihn einfach vom Balkon.«

»Ich denk ja gar nicht daran«, widersprach Bogdan. »Wir haben diesen Baum mit so viel Liebe ausgesucht – der wird recycelt! Denn wo willst du jetzt noch einen anderen herkriegen?«

Wie ließ sich der Baum aber in den Hof befördern, ohne dass er Schaden nahm? Das Netz war schließlich zerschnitten, in dieses konnten wir ihn nicht mehr zwängen, abgesehen davon, dass wir das technisch gar nicht hinbekommen hätten.

Die Lösung war ein Knäuel Bindfaden, das mein Mann in der Garage in seiner Werkzeugkiste fand. Mit Todesverachtung und ohne Rücksicht auf unsere Hände und Kleidung schleppten wir den Baum wieder auf den Balkon. Dort banden wir das Seil um das dicke Ende der Fichte und ließen sie vorsichtig vom Balkon in die Tiefe sinken.

Während mein Mann im Hof den Baum mit dem Hochdruckreiniger bearbeitete, kämpfte ich in der Wohnung mit warmem Wasser, Spülmittel und Lappen gegen die braune Pest an. Tisch, Schrank, Heizkörper und die Ledersitzgruppe waren noch einigermaßen leicht sauber zu kriegen. Beim Teppich und den Wänden versagten meine Reinigungskünste weitgehend. Die braunen Tupfen verschwanden zwar, dafür zierten nun große Wasserflecken Teppich und Wände.

Nun ja, als ich glaubte, den letzten Sprenkel erwischt zu haben, war mein Mann auch mit dem Hochdruckreiniger fertig. Damit der Baum nicht triefnass in unserer Wohnung landete, wischte er

Zweig für Zweig mit Küchenkrepp ab. Danach zogen wir den Christbaum wieder per Seil mit vereinten Kräften auf den Balkon.

Gemeinsam stielten wir ihn im Wohnzimmer ein. Das ging ganz mühelos, da wir ja zu zweit waren. Ich füllte den Ständer mit Wasser, und Bogdan hängte die elektrische Beleuchtung auf. Dann schmückte ich den Baum mit Lametta und silbernen Kugeln, wie alle Jahre.

Nachdem wir uns selbst vom Hundekot gereinigt hatten, waren wir völlig erschöpft. Das tat der Weihnachtsfreude aber keinen Abbruch. Es war schon acht durch, als unser Sohn endlich Einzug ins Wohnzimmer halten konnte. Wer mit ihm ins Zimmer stürmte, war Struppi, sein kleiner Hund. Mit Unschuldsmiene schaute der zum Baum auf. Ob er ihn in dieser Position wiedererkannte? Zumindest hieß es in den nächsten Tagen: aufpassen wie ein Luchs, damit der kleine Kläffer ihn nicht weiterhin zur Erledigung seiner Geschäfte benutzte.

Es wurde doch noch ein schöner besinnlicher Weihnachtsabend, und uns fiel nichts weiter auf. Am nächsten Tag aber, als meine Eltern und die Schwiegereltern zum Festessen erschienen, bewunderten sie zunächst unseren stattlichen, schön geschmückten Baum. Doch bald rümpften sie die Nasen: »Riecht es nicht eigenartig in eurem Wohnzimmer?«

»Nein, wieso?«, fragten wir beide scheinheilig. »Wonach denn?«

»Nach Hundescheiße, eindeutig«, stellte mein Schwiegervater unverblümt fest. »Schaut doch mal nach, ob euer kleiner Liebling nicht in eine Ecke gemacht hat.«

Anscheinend hatten wir beide uns an den Geruch schon so gewöhnt, dass er uns gar nicht mehr auffiel. Wir lachten, und mein Mann klärte die Eltern auf: »In eine Ecke hat er nicht gemacht. Aber er hat den Baum von oben bis unten beschissen.«

Wir glaubten ja, alles Notwendige getan zu haben, um den üblen Geruch zu beseitigen. Uns war nun nicht ganz klar, ob der Hochdruckreiniger versagt hatte oder mein Kampf mit Spülmittel und Wasser.

Noch nach Wochen, als der Baum längst entsorgt war – den Dreikönigstag hatten wir gar nicht abgewartet – rümpften Freunde, die uns besuchten, die Nase mit der Frage: »Was riecht denn bei euch so eigenartig?«

Da wurde uns klar, dass es nicht nur am Baum gelegen hatte, dass unser Wohnzimmer stank. Jetzt erst kam ich auf die Idee, auch die Gardinen zu waschen. Den Teppich gaben wir in die chemische Reinigung und das ganze Zimmer ließen wir neu streichen, danach roch es wieder normal bei uns. Wir aber schworen uns: »Nie wieder werden wir einen Weihnachtsbaum liegend auf dem Balkon lagern.«

Die Eislaufprinzessin

Maria H., Jahrgang 1930, aus Neustadt/Schlesien

Als Maurer verdiente mein Vater nicht so viel, dass er seine sechsköpfige Familie davon hätte ernähren können, deshalb hielt meine Mutter einiges an Kleinvieh. Das Grundstück ums Haus herum war nämlich so groß, dass für ein Schwein, einige Hühner, Gänse und Kaninchen genug an Futter abfiel. Die notwendigen Stallungen hatte sie sich von ihrem Mann bauen lassen.

Mein Bruder Willi war 1928 geboren worden, dann kam ich 1930 zur Welt. Es folgte Herbert 1933, und das Schlusslicht bildete Ruth im Jahre 1937. Da meine Schwester also »wesentlich« jünger war als ich, blieb mir nichts anderes übrig, als mit meinen Brüdern und deren Freunden zu spielen. So wurde ich selbst »ein halber Bub«, wie meine Mutter es auszudrücken pflegte. Für Puppen und andere mädchengerechte Spielsachen zeigte ich nicht das geringste Interesse. Dagegen gehörte es zu meinem größten Vergnügen, mit Willi zum Fischen zu gehen. Diese Leidenschaft sollte schon bald von einer anderen übertroffen werden: dem Eislaufen.

Im Januar 1935, ich war gerade einmal viereinhalb Jahre alt, nahm mich mein großer Bruder mit an die Braune, unseren Fluss, der zugefroren war. Was ich da beobachtete, ließ mein Herz höherschlagen. Die Buben, die dort übers Eis flitzten, trugen so etwas wie Kufen unter den Schuhen. Als ich das sah, kribbelte es mir regelrecht in den Füßen. Solche Dinger musst du auch haben, sagte ich mir. Ich erfuhr, dass man sie »Schlittschuhe« nannte. Diese waren aber keinesfalls mit den heutigen zu vergleichen, bei denen Kufen und Schuh fest miteinander verbunden sind. Damals waren das einfache, in der Größe verstellbare Eisenkufen, die man unter normalen Schuhen befestigte.

Da auch Willi keine Schlittschuhe besaß, aber an dem Treiben auf dem zugefrorenen Fluss teilnehmen wollte, schlitterte er einfach mit den blanken Schuhsohlen über das Eis. Sofort tat ich es ihm gleich, und es klappte auf Anhieb. Was für ein herrliches Gefühl, so auf dem Eis dahinzurutschen, wenn ich mich auch ein paarmal auf mein Hinterteil setzte! Um wie viel schöner musste es sein, auf solch silbernen Kufen dahinzugleiten.

Zum nächsten Weihnachtsfest, so viel war klar, würde bei uns beiden als einziger Wunsch in dem Brief an das Christkind »Schlittschuhe« stehen.

Da ich selbst noch nicht schreiben konnte, verließ ich mich darauf, dass mein großer Bruder das gewissenhaft für mich erledigen würde. Schon am ersten Adventssonntag legte er unsere Wunschzettel auf die Fensterbank.

Wie fieberten alle beide dem Weihnachtsfest entgegen!

Endlich kam der große Augenblick. Die Tür zum Weihnachtszimmer wurde geöffnet, es strahlte uns der schöne Baum entgegen, darunter lagen die Pakete.

Interessiert schaute ich zu, wie Willi das seine öffnete. Tatsächlich kamen funkelnagelneue blitzblanke Schlittschuhe zum Vorschein. Erwartungsvoll öffnete ich mein Paket. Aber dann kam die größte Enttäuschung meines Lebens. Statt Schlittschuhen fand ich eine neue Puppe darin. Gewiss, sie hatte bewegliche Glieder, echtes Haar, ein liebes Gesicht und ein schönes Kleid. Eigentlich ein Traum von einer Puppe, und sie hätte sicher so manches Mädchenherz erobert. Aber doch nicht das meine! Ich brach in Tränen aus.

»Was ist los?«, erkundigte sich die Mutter besorgt. »Ist die Puppe nicht wunderschön, die dir das Christkind gebracht hat?«

»Ja, schon«, schluchzte ich. »Aber ich hab mir doch gar keine bestellt. Ich hatte mir doch Schlittschuhe gewünscht!«

»Aber Kind, Schlittschuhe sind doch nichts für Mädchen. Du kannst doch nicht mit den Buben auf dem Fluss rumsausen.«

»Doch, sehr wohl«, widersprach ich heftig.

Über mein Verhalten war meine Mutter maßlos enttäuscht, aber das gestand sie mir erst nach Jahren. Als sie auf meinem Weihnachtsbrief den Wunsch »Schlittschuhe« gelesen hatte, glaubte sie, mein großer Bruder habe sich vertan. Da er ihr aber versicherte, das sei genau das, was sich Maria wünsche, tat sie das als eine momentane Laune ab. Sie dachte, wenn mir das Christkind stattdessen eine bildschöne Puppe bringe, würde ich den anderen, »albernen« Wunsch schnell vergessen. Damit sie für mich aber eine besonders schöne Puppe kaufen konnte, brauchte sie mehr Geld, als für mein Geschenk vorgesehen gewesen war. Um den fehlenden Betrag zusammenzukriegen, verkaufte sie fast alle Eier, die unsere Hühner hergaben. Uns Kindern war es nicht aufgefallen, dass sie nahezu keine Eier mehr in die Pfannkuchen gab und es statt Rühr- oder Spiegelei öfter mal eine Gemüse- oder Kartoffelsuppe gab. Der Vater hatte auch nichts davon mitbekommen, weil er sich sein Mittagessen meist in Form von belegten Broten mit auf die Arbeit nahm.

Nun hatte meine arme Mutter feststellen müssen, dass ihre ganze Sparsamkeit für die Katz gewesen war. Das undankbare Töchterchen schaute die wunderschöne Puppe nicht einmal an! Stattdessen zog ich mit Willi los, als er sich mit seinen neuen Schlittschuhen zur Braune aufmachte. Sehnsüchtig schaute ich ihm nach, wenn er seine Linien und Kreise zog, die zusehends sicherer wurden. Ich werde noch ganz andere Figuren laufen, dachte ich mir. Eine Acht schwebte mir vor, oder eine Schnecke.

Am zweiten Weihnachtstag begleitete ich meinen Bruder wieder zum Fluss. Allerdings hatte ich da den kleinen Herbert im Schlepptau. Die Mutter meinte, ein bisschen frische Luft würde dem Kerlchen nicht schaden und ich sei gut beschäftigt.

So sehr ich meinen großen Bruder auch anflehte, er möge mir mal seine Schlittschuhe leihen, wenigstens für ein paar Minuten, er blieb unerbittlich. Die wenigen Stunden, die ihm am Nachmittag blieben, wollte er selbst auskosten. Am Vormittag durfte er nämlich nicht zum Eislaufen, weil er da kleine häusliche Pflichten zu erledigen hatte.

Nach einigen Tagen aber konnte ich ihn mit meinem Betteln und Schmeicheln endlich erweichen. Er überließ mir seine geliebten Schlittschuhe für eine halbe Stunde, wie er sagte. Doch so lange sollte ich sie gar nicht nutzen können, wie sich bald darauf zeigte. Er, ganz Kavalier, führte mir vor, wie man sie kleiner stellte und sie an den Straßenschuhen befestigte.

Wie auf dem ungewohnten Element nicht anders zu erwarten, landete ich gleich einmal auf meinem Allerwertesten. Willi und seine umstehenden Freunde grinsten. Euch werd ich's schon noch zeigen, dachte ich mir, rappelte mich schnell hoch und zog meine erste Bahn. Bald war ich so kühn, einen großen Kreis zu wagen. Nun staunten die Buben nur so. Doch als ich mich an kleineren Kreisen versuchte, knackste ich um und landete wieder auf dem Hinterteil. Als ich mich schnell auf die Füße schwingen wollte, ging das nicht, ein Schlittschuh hing nämlich herunter. Mit Schrecken stellte ich fest, dass der Absatz von meinem linken Schuh abgebrochen war. Oh weh!

Meine zarten Mädchenschuhe schienen wohl nicht dazu geschaffen, die Belastung von Schlittschuhen bei gleichzeitiger Drehung auszuhalten. Damit war meine »Trainingsstunde« vorzeitig beendet, und mein Bruder hatte seine geliebten Kufen schneller zurück als gedacht.

Was aber sollte ich tun? Wenn ich mit dem lädierten Schuh nach Hause kam, würde es ein Donnerwetter geben und einen neuerlichen Hinweis, dass Schlittschuhlaufen nichts für Mädchen sei. Da kam mir eine Idee. Es gelang mir, unbemerkt ins Haus zu humpeln und mein Erspartes zu holen.

Dann humpelte ich zu unserem Schuster, klagte ihm mein Leid und bat ihn, mir den Schuh zu reparieren, damit meine Mutter nichts davon merke.

Er kam meinem Wunsch sofort nach. Schnell hatte er ein paar Nägel eingeschlagen, und der Absatz saß fester als vorher. Als er mir meine Fußbekleidung wieder zurückgab und mir augenzwinkernd den Preis für die Reparatur nannte, zuckte ich noch nicht einmal mit der Wimper. Aus der Tiefe meiner Schürzentasche fingerte ich den verlangten Betrag und legte ihn selbstbewusst vor ihn hin. Darüber war er so erstaunt, dass er sagte: »Ja, Prinzesschen, woher hast du denn das Geld?«

Das konnte ich ihm leicht erklären: »Ja, weißt du, meine Eltern schlachten jedes Jahr ein Schwein, vier Zentner schwer. Da fällt eine Menge Wurstsuppe an. Die können wir allein gar nicht aufessen, deshalb darf ich sie in der Nachbarschaft verteilen. Darüber freuen sich die Nachbarn und stecken mir zur Belohnung immer etwas zu, mal einen Zweier, mal einen Fünfer. Ganz besonders Großzügige bedanken sich sogar mit einem Zehnpfennigstück. Das hab ich alles gespart.«

»Das war sehr klug von dir. Nun hast du mit dem Geld etwas Vernünftiges anfangen können.«

Während ich meinen Schuh anzog, machte mir der Schuster ein Angebot: »Weil du so prompt bezahlt hast, repariere ich den Schuh nächstes Mal gratis, wenn du beim Eislaufen wieder einen Absatz verlierst.«

Auf dieses Angebot musste ich leider schon bald zurückkommen, als es den rechten Absatz erwischte.

Als ich mich nach der Reparatur bedankte, machte mir der Schuster einen Vorschlag: »Wenn du mich bei der Verteilung der Wurstsuppe bedenkst, repariere ich künftig deine abgebrochenen Absätze immer kostenlos.«

Das war ein Wort!

Aber zurück zu Willi. Als nach den Weihnachtsferien für ihn die Schule wieder begann, musste auch ich morgens das Haus verlassen, mit Herbert an der Hand, und in den Kindergarten laufen. Weil aber der kleine Bruder seinen Mittagsschlaf brauchte, durfte ich am Nachmittag schwänzen. Von zwei bis vier Uhr konnte ich mit dem großen Bruder zu unserem zugefrorenen Fluss, etwa eine halbe Übungsstunde sprang jedes Mal für mich dabei heraus.

So wurde ich auf dem Eis immer sicherer. Ich bewegte mich in Schlangenlinien, zeichnete Achten und Spiralen aufs Eis. Ja, bald war ich so kühn, dass ich ein Bein hob und auf nur einem Fuß dahinglitt. Dann probierte ich sogar etwas aus, für das ich keinen Namen hatte. Erst später sollte ich erfahren, dass man es Pirouette nennt.

Ich war das einzige Mädchen, das da zwischen den Buben seine Eislaufkünste zeigte, und bald akzeptierten sie mich voll. Der Mama aber erzählten wir nichts von alledem. Sie hätte sich bestimmt aufgeregt. Wahrscheinlich wäre es ihr sogar peinlich gewesen, wenn die Tochter eine Sportart ausübte, die ihrer Meinung nach Buben vorbehalten war. Doch wenig später hatten wir ein Schlüsselerlebnis.

An einem Nachmittag, als wir vom Eislaufen heimkamen, lag die Zeitung aufgeschlagen auf dem Tisch. Sogleich fiel mir ein Bild ins Auge, auf dem ein Mädchen und ein junger Mann zu sehen waren. Es zeigte sie beim Eislaufen, eindeutig! Diese Entdeckung nahm mir fast den Atem. Sofort bat ich Willi, mir die Bildunterschrift vorzulesen: *Maxi Herber und Ernst Baier, deutsche Meister im Paarlauf.*

Kurz darauf betrat die Mutter die Küche. Als ich ihr ganz aufgeregt das Bild zeigen wollte, lachte sie: »Ich hab die Zeitung extra für dich hingelegt. Demnach scheint das Eislaufen ja doch etwas für Mädchen zu sein.«

In diesem Zusammenhang gab sie zu, dass sie längst über meine heimlichen Eislaufübungen Bescheid wisse und man mich im Dorf bereits »Eislaufprinzessin« nenne. Von da an übte ich natürlich noch mehr und viel unbeschwerter.

Es mag zwei Wochen später gewesen sein, da fand ich auf dem Küchentisch wieder eine aufgeschlagene Zeitung, wieder ein Foto von dem Eislaufpaar. Darunter stand: *Maxi Herber und Ernst Baier gewinnen die Europameisterschaft.*

Ja, und etwa drei Wochen danach war das Paar erneut in der Zeitung abgebildet. Diesmal lautete die Bildunterschrift: *Herber/Baier gewinnen bei den Olympischen Spielen die Goldmedaille.*

Ab da kannte mein Ehrgeiz keine Grenzen mehr. »So weit will ich auch kommen«, verkündete ich in der Familie.

»Das kannst du dir gleich aus dem Kopf schlagen«, holte mich die Mutter unsanft auf den Boden der Tatsachen zurück. »Um das zu erreichen, muss man eine Eislaufschule besuchen. Das kostet viel Geld, und das haben wir nicht. Außerdem wüsste ich nicht, wo es hier in der Nähe überhaupt eine solche Schule gibt.«

Das leuchtete mir ein. Es minderte jedoch nicht meine Freude am Eissport. Leider setzte die Natur schon bald für diese Saison ihre Grenzen. Das Eis auf der Braune wurde von Tag zu Tag dünner, und bald war es gefährlich, es zu betreten. Also hängte mein Bruder die Schlittschuhe sprichwörtlich an den Nagel.

Zum nächsten Weihnachtsfest aber – inzwischen war ich ein Schulkind – konnte ich schreiben. Auf meinem Wunschzettel stand nur ein Wort: »Schlittschuhe«.

Ja, und als am Heiligen Abend die Tür zum Weihnachtszimmer aufging, sah ich sie schon unter dem Baum liegen: unverpackt und wunderbar glänzend – meine ersten Schlittschuhe!

Der falsche Weihnachtskuchen

Lynn, Jahrgang 1990, aus Petingen/Luxemburg

Bei uns ist es Brauch, dass es am Heiligen Abend nach der Bescherung, die zwischen fünf und sechs stattfindet, ein festliches Mahl gibt. Dieses besteht aus einer opulenten Fleischspeise – das kann eine Gans, eine Pute oder ein Hirschbraten sein – mit entsprechenden Beilagen wie Kartoffeln und Rotkohl. Die Krönung des Ganzen bildet aber immer das Dessert. Dieses besteht aus einem besonderen Kuchen, der bei uns »Bûche de Noël« oder »Paradiso« genannt wird. Ins Deutsche wird er oft als »Weihnachtsbaumstamm« übersetzt, also nicht zu verwechseln mit Baumkuchen. Er sieht auch ganz anders aus und besteht aus einem flach gebackenen Biskuitteig, der mit einer Buttercreme bestrichen und eingerollt wird. So sieht er schon fast aus wie ein Baumstamm. Er erhält noch eine äußere Cremeschicht, die rillenartig verziert wird, um Baumrinde nachzuahmen. Damit der Baumstammcharakter noch mehr hervorgehoben wird, setzt man meist noch ein dünnes gerolltes Biskuitstück so an, dass es wie ein abgesägter Ast aussieht. Diese Bûche ist bei Groß und Klein als Weihnachtsdessert sehr beliebt. Vor langer Zeit muss die Tradition aus Frankreich zu uns nach Luxemburg gebracht worden sein.

Diese Bûche kann man natürlich selbst machen. Die meisten Hausfrauen aber scheuen die viele Arbeit und kaufen die Leckerei lieber fertig. Daher sind alle Bäcker des Landes längst auf dieses Ereignis eingestellt und produzieren rechtzeitig eine Riesenmenge dieser Köstlichkeit. Diese gibt es nicht nur in verschiedenen Geschmacksrichtungen, sondern auch in unterschiedlicher Größe, es gibt solche für vier und solche für zehn Personen.

Am Morgen des 24. Dezember braucht man also nur zum Bäcker zu gehen und sich den entsprechenden Weihnachtskuchen auszusuchen. Wer aber sichergehen will, dass er sein Dessert genau mit der Füllung bekommt, die er wünscht, bestellt die Bûche schon ein paar Tage vorher.

Offensichtlich hatte meine Mutter das im Dezember 2010 aber versäumt. Siedend heiß fiel ihr das gleich nach dem Aufwachen an Heiligabend ein. Damit wir an diesem Tag in puncto Dessert nicht leer ausgehen sollten, schickte sie meinen Vater gleich um sechs Uhr, wenn die Bäckereien öffneten, mit dem Auftrag los, wie immer eine Bûche mit Schokocreme zu holen.

Weil er die Dringlichkeit einsah, marschierte er sofort los. Es dauerte eine halbe Ewigkeit, bis er wieder zurück war. Zu seiner Entschuldigung gab er an, vor ihm habe eine unübersehbare Menschenschlange gestanden, die alle ihren Weihnachtskuchen abholen wollten. Nun gut, das ließ meine Mutter gelten. Als sie aber den Karton öffnete, stieß sie einen Schrei aus. Unmittelbar darauf ergoss sich eine wahre Schimpfkanonade über das Haupt meines armen Vaters: »Was hast du dir denn dabei gedacht? Hab ich dir nicht ausdrücklich gesagt, eine Bûche mit Schokocremefüllung? Du weißt doch, dass wir die jedes Jahr haben! Aber was bringst du daher? Irgend so ein exotisches Zeug! So etwas haben wir noch nie gegessen! Und das will auch kein Mensch haben!«

Als meiner Mutter der Atem ausging, kam mein Vater endlich dazu, sich auch mal zu äußern: »Sie hatten keine Schoko-Bûche mehr.«

Inzwischen hatte die Mutter tief Luft geholt und war in der Lage, ihre Vorwürfe fortzusetzen: »Wenn sie schon keine Schoko-Bûche mehr hatten, hättest du eben eine mit Mokkafüllung nehmen sollen, oder eine mit Vanillecreme. Das sind wenigstens Geschmacksrichtungen, die wir kennen. Das wäre auf jeden Fall besser gewesen als so eine Fruchtpampe!«

Wieder gelang es meinem Vater, einen Satz zu seiner Verteidigung einzuschieben: »Sie hatten auch keine mehr mit Mokka oder Vanille. Bis ich endlich an die Reihe kam, hatten sie nur noch Mango-Kuchen da.«

»Ach, das glaubst du doch selbst nicht! Du hast dich nur nicht getraut, den Mund aufzumachen. Du hast dir den erstbesten andrehen lassen! Bestimmt wollte der Bäcker den los sein. Und dann bringst du noch einen für zehn Personen daher! So viel wird nie und nimmer bei uns gegessen!«

Resigniert ließ mein Papa die Schultern sinken, wissend, dass jedes weitere Wort verschwendet war. Ich glaubte ihm jedenfalls, und er tat mir leid.

Für eine lange Mitleidstour blieb mir jedoch keine Zeit. Schon wandte sich meine Mutter an mich: »Du nimmst den Unglückskuchen, gehst zu unserem Bäcker und tauschst ihn um.«

Was blieb mir anderes übrig, als zu gehorchen, obwohl ich mein Unternehmen für aussichtslos hielt. Darin sah ich die einzige Chance, den Weihnachtsfrieden wiederherzustellen. Mit dem Kuchenkarton unter dem Arm begab ich mich zu meinem Auto und düste los. Wie ich erwartet hatte, gab es nur noch Weihnachtsstammkuchen, wie mein Vater bereits einen mitgebracht hatte: Sie alle hatten eine exotische Füllung aus Mango und anderen südländischen Früchten. Also packte ich meine Schachtel wieder ins Auto und fuhr nach Hause.

Dort erklärte ich meiner Mutter, dass ich mir diesen Weg eigentlich hätte sparen können. Mein armer Vater aber war wenigstens rehabilitiert und schaute mich dankbar an.

Wer glaubt, meine Mutter hätte nun aufgegeben, der kennt sie schlecht. »Es muss doch irgendwo hier im Ort noch ein anständiger Paradiso aufzutreiben sein! Lynn, das ist jetzt deine Aufgabe. Du gehst von Bäckerei zu Bäckerei, bis du die richtige Bûche gefunden hast. Inzwischen ist es mir schon egal, ob mit Schoko-, Mokka- oder Vanillecreme. Hauptsache, ich muss das exotische Zeug nicht essen. So was will ich heute Abend meinen Gästen nicht anbieten, da müsste ich mich ja in Grund und Boden schämen!«

Wider besseres Wissen zog ich also noch einmal los, unseren exotischen Kuchen ließ ich aber daheim –

den konnte ich doch nicht in einer anderen Bäckerei umtauschen. In unserem Ort klapperte ich alle Bäckereien ab und bekam immer die gleiche Antwort: »Die Sorten, die Sie wünschen, sind längst ausverkauft. Sie hätten eben vorher bestellen sollen.«

Nachdem ich den vierten Bäckerladen besucht hatte – mehr gab es bei uns nicht –, machte ich mich auf den Heimweg.

Enttäuscht guckte meine Mutter auf meine leeren Hände. »Da wird uns wohl heute Abend nichts anderes übrig bleiben, als in den sauren Apfel, oder besser gesagt, die Mango zu beißen«, sagte sie lachend.

Mit Erleichterung nahm ich zur Kenntnis, dass sie ihren Humor wiedergefunden hatte.

Nach der Bescherung saßen wir im Esszimmer an der weihnachtlich geschmückten Tafel. Außer meinen Eltern und mir waren das mein Bruder Daniel mit seiner Freundin, unsere Großmutter mütterlicherseits und zwei Schwestern meines Vaters.

Nachdem wir dem Hauptgang – Kartoffeln, Rotkohl und eine goldbraune Gans, die diesmal besonders gut geraten war – eifrig zugesprochen hatten, stellte meine Mutter dann den obligatorischen Weihnachtskuchen auf den Tisch. Dabei machte sie allerdings ein äußerst süß-säuerliches Gesicht. Wie würden ihre Gäste wohl auf dieses fremdartige Dessert reagieren? Vorsichtig, wie sie war, hatte sie den Kuchen in sechzehn schmale Stücke geschnitten, damit sich niemand mit einem breiten Stück überfordert fühlen sollte.

Nach dem ersten Bissen hagelte es sogleich nur Komplimente:

»Diesmal hast du aber wirklich eine besonders gute Bûche!«

»So etwas Gutes habe ich noch nie gegessen!«

»Mit dem Kuchen hast du dich selbst übertroffen!«

Mit einer bescheidenen Geste winkte meine Mutter ab: »Ehre, wem Ehre gebührt! Diese Bûche habe ich nicht selbst ausgesucht, sondern der Papa.«

Applaus für Papa. Der strahlte natürlich übers ganze Gesicht, während sich jeder ein zweites Stück geben ließ, das mit der gleichen Begeisterung gegessen wurde wie das erste.

Man bedauerte, dass es nicht noch mehr von diesem Wunderwerk gab, und war einhellig der Meinung, dass im nächsten Jahr wieder ein Paradiso mit genau dieser Füllung serviert werden solle. Die Mutter versprach es und fügte hinzu, dass sie ihn rechtzeitig in Auftrag geben werde, damit sie auch ja den mit den exotischen Früchten bekomme.

Wie Maria und Josef

Katharina, Jahrgang 1950, aus Reit im Winkl

Die Geschichte, die ich erzählen will, war nicht für mich selbst aufregend, sondern für meine Eltern. Dazu muss ich aber ein bisschen weiter ausholen. Anton, mein Vater, kehrte erst 1949 nach fünfjähriger Kriegsgefangenschaft in Russland nach Hause zurück. Nun konnte er endlich seine geliebte Kathi als Bäuerin heimführen.

Als sie ihm schon bald darauf ein süßes Geheimnis anvertraute, war seine Freude riesig. Dass die Hebamme als Geburtstermin den 25. Dezember genannt hatte, störte ihn nicht. Denn obwohl er ein Mann und durch Krieg und Gefangenschaft dem wirklichen Leben lange entzogen gewesen war, wusste er, dass sich die meisten Babys nicht an den errechneten Termin hielten. »Und wenn schon«, er lächelte gottergeben, »dann haben wir ein echtes Christkindl.«

Nun muss ich noch erwähnen, dass wir nicht im Dorf wohnten, sondern auf einem abgelegenen Bauernhof, ziemlich hoch in den Bergen. Von diesem führte nicht einmal eine gescheite Straße ins Dorf hinunter, es existierte lediglich ein holpriger Feldweg. Im Sommer kam man mit diesem ganz gut zurecht, wollte man aber im Winter ins Dorf, stand man vor einem echten Problem.

Die Winter begannen damals meist schon Mitte Oktober sehr kalt und schneereich. Deshalb war man darauf bedacht, sich rechtzeitig mit allem einzudecken, was man in der kalten Jahreszeit brauchen würde und auf dem Hof nicht selbst erzeugen konnte.

Der Dorfhebamme war ebenfalls bekannt, wie schwierig sich der Zugang zu uns im Winter gestaltete. Deshalb erklärte sie meiner Mutter ganz unverblümt, nachdem sie ihr den Geburtstermin errechnet hatte: »Du brauchst dir nicht einzubilden, dass ich mich jeden Tag zu dir hinaufquäle, wenn du im Wochenbett liegst. Deshalb empfehle ich dir: Sobald die Wehen einsetzen, sieh schnell zu, dass du es irgendwie schaffst, ins Krankenhaus zu kommen. Dort werde ich dich dann entbinden und jeden Tag nach dir schauen, solange es nötig ist.«

»Diesen Rat werde ich befolgen«, gab meine Mutter geflissentlich zurück.

Am Vormittag des Heiligen Abends befand sie sich noch so wohl, dass sie einen ganzen Berg Platzerl backte. Um den Stall, den Weihnachtsbaum und das Heizen der Stube brauchte sie sich nicht zu kümmern. Diese Aufgaben übernahmen mein Vater, seine Mutter und seine drei ledigen Schwestern, die noch auf dem Hof lebten.

Die Stunde der Bescherung verlief wie üblich und ohne jeglichen Zwischenfall. Danach saß man gemütlich um den großen Esstisch in der Stubenecke und verzehrte die traditionellen Weißwürste mit süßem Senf und Brezn. Nicht lange nach dieser Mahlzeit verspürte meine Mutter ein leichtes Ziehen im

Bauch. Das schob sie auf den Genuss der guten Weißwürste. Als das Ziehen nach einer Stunde in verstärktem Maße wiederkam und länger anhielt als das erste, begab sie sich in ihre Kammer, um den Koffer zu holen, der schon seit Tagen gepackt in einer Ecke stand. Da sie sich zur Feier des Heiligen Abends schon von Kopf bis Fuß gewaschen, frische Wäsche und ihr gutes Gewand angezogen hatte, ersparte sie sich jetzt das Umziehen und warf sich lediglich das große wollene Tuch um die Schultern, das man damals anstelle eines Mantels trug.

Als sie kurz darauf so, mit dem Koffer in der Hand, wieder in der Stube erschien, richteten sich alle Blicke fragend auf sie.

»Jaja, schaut's nur«, sagte sie. »Es ist so weit.«

Mein Vater, der sie zuerst ungläubig angeschaut hatte, begriff sehr schnell, dass es nun ernst wurde. Er war ebenfalls startklar, da er zur Feier des Tages seinen Sonntags-Trachtenanzug angelegt hatte. Sogleich sprang er auf und rief seiner Frau zu: »Wart noch ein Momenterl, ich werde dich gleich holen!«

Er eilte in den Stall, führte ein Ross heraus und spannte es vor den großen Schlitten, der eigentlich zum Transport von Baumstämmen diente. Nachdem er eine Pferdedecke darübergebreitet hatte, geleitete er seine Frau aus dem Haus und bedeutete ihr, sich auf den Schlitten zu setzen.

»Nein, Anton«, weigerte sich meine sonst so couragierte Mutter. »Auf keinen Fall. Das ist mir viel zu gefährlich.«

»Aber Kathi, wie willst du denn sonst rechtzeitig ins Krankenhaus kommen? Du weißt doch selbst, dass man im Sommer schon zwei Stunden bis dahin braucht. Und jetzt, bei dem hohen Schnee, dem Schneefall und da du immer wieder Wehen hast, werden wir gewiss doppelt so lange brauchen.«

»Das ist mir gleich. Lieber komme ich auf meinen zwei Füßen wohlbehalten dort an, als dass ich mit dem Pferdeschlitten im Graben lande.«

Das musste der Vater zugeben, diese Gefahr bestand wirklich. Erstens aufgrund der Unebenheiten des Weges und zweitens, weil bei der Dunkelheit und dem Schneefall zu befürchten war, dass sich das Pferd auch nicht leichttun würde, in der Spur zu bleiben.

Die junge Frau hatte noch ein weiteres Argument: »Wenn ich still auf dem Schlitten sitze, wird es mich frieren. Und das ist gewiss nicht gut für Mutter und Kind. Marschiere ich aber, wird mir sicher warm ums Herz.«

Das leuchtete dem werdenden Vater ein, und er brachte das Pferd zurück in den Stall. Eigentlich war er recht froh über diese Entwicklung, denn so wurde das Pferd geschont für die schwere Aufgabe des Holztransports, die im Januar wieder einsetzen würde.

Es war gegen 21:30 Uhr, als die werdenden Eltern endlich aufbrachen. Im sanft huschenden Schein der Stalllaterne bahnte sich das junge Paar seinen Weg durch den kniehohen Schnee und den dichten Flockenfall. Der Mann ging voraus, um der Schwangeren gewissermaßen eine Spur zu bahnen. Sie tat sich wesentlich leichter, da sie in seine Fußstapfen trat. Bei jeder Wehe blieb sie jedoch stehen und schnaufte tief durch.

»Packst du es noch?«, fragte Anton jedes Mal besorgt.

»Natürlich! Mir bleibt ja nichts anderes übrig, ich kann doch nicht im Schnee mein Kind kriegen.«

Als ich längst erwachsen war, erzählte mir meine Mutter von ihrem abenteuerlichen Gang durch die Christnacht: »Als wir beide so dahinwanderten, musste ich immer wieder an Maria und Josef denken, wie sie sich auf ihren Weg nach Bethlehem begaben. Unsere Situation schien ja ganz ähnlich. Wenn es mir gar zu schwer wurde, ein Bein vor das andere zu setzen, tröstete ich mich damit, dass ich doch einen großen Vorteil gegenüber Maria hatte: Auf mich würde am Ziel ein gemütliches Krankenhausbett warten, und ich würde rundum versorgt sein. Maria dagegen hatte bei ihrer Ankunft noch die mühsame und vergebliche Herbergssuche vor sich und würde ihr Kind schließlich in einem Stall gebären müssen, von aller Welt verlassen. Allerdings hatte sie auch einen nicht zu verachtenden Vorteil mir gegenüber: Sie war am helllichten Tag unterwegs gewesen, und zwischen Nazareth und Bethlehem hatte sie sich mit Sicherheit nicht durch Schnee kämpfen müssen.«

Anton atmete auf, als sie endlich das Dorf erreicht hatten. Er war zwar kein Mann vieler Worte, aber Folgendes vertraute er seiner Frau an, nachdem sie alles gut überstanden hatten: »Sobald wir die ersten Häuser sahen, dachte ich, wenn es nun ernst wird, brauchst du nur an einem anzuklopfen und um Hilfe zu bitten. Wenig später aber kamen mir Bedenken. Würden die Leute wirklich öffnen? Es war ja fast Mitternacht, da lagen doch alle längst im Schlaf. Würde es uns vielleicht wie Maria und Josef ergehen, dass wir nirgends Einlass fänden? Für den Notfall überlegte ich mir schon, welche Scheunen am Wegesrand lagen, damit du dort das Kind zur Welt bringen könntest.«

Aber die beiden hatten Glück – oder besser gesagt, wir drei. Gegen ein Uhr in der Nacht erreichten meine Eltern die Krankenhauspforte.

»Frohe Weihnachten«, empfing die Nachtschwester meine Eltern und fügte zu Kathi gewandt hinzu: »Du kommst mir gerade recht. So kriegen wir doch noch ein echtes Christkindl. Das letzte Kind, das bei uns geboren wurde, ist nämlich schon zwei Tage alt.«

Mein Vater, der seine Frau nun in besten Händen wusste, verabschiedete sich schnell, und die Schwester benachrichtigte per Telefon noch die Hebamme. Dann führte sie die Schwangere in den Kreißsaal. Es dauerte keine Stunde, da traf die Geburtshelferin ein; es war auch höchste Zeit. Alles ging ruck, zuck, und um 2:45 Uhr tat ich – ein rundum gesundes Kind – meinen ersten Schrei. Zu dieser Zeit war mein Vater schon längst wieder zu Hause.

Obwohl sich die Hebamme nach der vorgeschriebenen Wartezeit bemühte, die Wöchnerin möglichst geräuschlos in ihr Zimmer zu schieben, wachte die Bettnachbarin auf. Erstaunt fragte diese: »Nanu, Kathi, was machst du denn hier?«

»Ja, Hanni, das könnte ich dich auch fragen«, antwortete meine Mutter ebenso überrascht.

Die beiden jungen Mütter waren Cousinen oder »Geschwisterkinder«, wie man bei uns sagt, da ihre

Väter Brüder waren. Hanni hatte zwei Tage zuvor entbunden. Da jede von ihnen auf einem Bergbauernhof lebte, an entgegengesetzten Dorfenden, war man sich lange Zeit nicht begegnet. Daher hatte keine von der anderen gewusst, dass sie in anderen Umständen war. Ich, Klein-Katharina, und Klein-Hanni waren also Nachgeschwisterkinder, wie man bei uns die Kinder von Vettern oder Cousinen nennt. Anderswo bezeichnet man diesen Verwandtschaftsgrad als »Klein-Cousinen«.

In den folgenden Tagen genossen es die beiden Cousinen, dass sie viel Zeit zum Erzählen hatten, während wir beiden Klein-Cousinen im Kinderzimmer friedlich nebeneinander schlummerten und noch nichts von verwandtschaftlichen Verhältnissen ahnten. Das sollte sich aber ändern, als wir beide in die Schule kamen. Wir saßen dann auch nebeneinander und blieben jahrelang unzertrennlich.

Ehe es aber so weit war, gab es noch ein bedeutendes Ereignis in unserem jungen Leben. Unsere Taufe stand an. Da ein Bruder meiner Mutter, der Onkel Korbinian, gerade zwei Wochen vor meiner Geburt die Weihe zum Diakon empfangen hatte, durfte er in der Krankenhauskapelle die Taufe vornehmen. Damit waren wir seine ersten Täuflinge, und er blieb sein Leben lang stolz darauf, dass er kurz nach Weihnachten gleich zwei Christkindl hatte taufen dürfen – und noch dazu welche aus der eigenen Verwandtschaft.

Das Rossdirndl

Ursula, Jahrgang 1937, aus Neuhausen bei Haag/ Oberbayern

Meine Eltern bewirtschafteten etwas außerhalb von Neuhausen einen stattlichen Bauernhof, den mein Vater von seinen Eltern übernommen hatte. Dass unser Anwesen ein recht ansehnliches war, ließ sich schon daran erkennen, dass wir außer 18 bis 20 Kühen und 10 bis 15 Jungtieren vier Ackerpferde und zusätzlich noch eine Stute besaßen, die jedes Jahr ein Fohlen zur Welt brachte, das wir entweder verkauften oder zur Verjüngung unseres Pferdebestandes behielten. Die Kleinbauern des Dorfes konnten sich keine Pferde leisten, sie ackerten entweder mit Ochsen oder gar mit Kühen. In mittleren Betrieben hatte man ein Pferd, das man neben einen Ochsen vor den Wagen oder den Pflug spannte.

Natürlich nannten wir auch Schweine unser Eigen, die Zahl wechselte immer zwischen zwei und vier Tieren. Dazu gab es etwa 50 Hühner und einige stolze Hähne. Dass eine Familie all die anfallende Arbeit nicht allein bewältigen kann, versteht sich, deshalb beschäftigten wir zwei Knechte und zwei Mägde. Solange Oma und Opa noch rüstig waren, halfen sie ebenfalls fleißig mit. Als kurz nach Kriegsbeginn dann die Knechte eingezogen wurden, schickte man uns als Ersatz einen Polen und eine Polin.

Meine Brüder Franz, Jahrgang 1932, und Fritz, Jahrgang 1934, wurden auch schon früh eingespannt. Ja, selbst ich als Nesthäkchen übernahm schon beizeiten Aufgaben.

Auf einem so großen Hof produziert man natürlich nicht nur für den Eigenbedarf. Wir verkauften Eier, Vieh, Getreide und Kartoffeln.

Zusätzlich hielten wir einige Schafe. Darauf legte Oma großen Wert, denn sie verarbeitete die Wolle. Wenn sie nicht gerade das Spinnrad in Schwung hielt, ließ sie unablässig die Stricknadeln klappern – schließlich brauchten nicht nur die Familienmitglieder unentwegt neue Westen, Mützen und Handschuhe, vor allem aber warme Socken. Mir brachte sie schon im Alter von sechs Jahren das Stricken und Spinnen bei. Dafür zeigte ich aber nicht viel Begeisterung, meine Interessen lagen ganz woanders.

Soweit ich zurückdenken kann, trieb ich mich am liebsten bei den Pferden herum. Es waren ihre Größe und Kraft, die mich beeindruckten.

Die Geschichte, die ich nun erzählen will, spielte um die Weihnachtszeit 1940. Da ich im Februar 1937 geboren bin, war ich zu der Zeit also noch keine vier Jahre alt. Ende November war bei uns eine Frau mit zwei Kindern einquartiert worden, der Bub ebenso alt wie ich, das Mädchen ein Jahr jünger.

»Ihr müsst sehr lieb zu der Frau und den Kindern sein«, ermahnte uns meine Mutter. »Die arme Familie ist in Hamburg ausgebombt worden, und ihr

Papa, der bei der Marine war, ist bei einer Seeschlacht umgekommen.«

Ich konnte zwar weder etwas mit der Bezeichnung »ausgebombt« noch mit den Wörtern »Seeschlacht« oder »umgekommen« anfangen. Weil die Mama darauf aber bestanden hatte, war ich sehr lieb zu der Frau und den Kindern, wenn ich mich nicht gerade bei den Pferden aufhielt.

Von unserem Hof aus brauchte man zu Fuß etwa vier bis fünf Minuten bis zum ersten Haus des Ortes. Dass wir so weit weg vom Dorf wohnten, hing damit zusammen, dass unsere Felder um das Anwesen herum lagen. Einige davon befanden sich in der Ebene, einige oben auf dem Berg – Letztere waren aber dennoch einigermaßen eben, sodass es ebenfalls keine Probleme bereitete, sie zu bestellen. Schwierigkeiten hatten wir bloß mit den Feldern, die an einem ziemlich steilen Hang lagen. Deshalb nutzte man diese nicht als Ackerflächen, sondern als Wiesen. Dennoch waren sie zu bearbeiten, sie mussten ja gemäht und das Heu eingebracht werden.

Seit Ende November 1940 lag bereits eine dünne Schneedecke über dem Land. Das hinderte die Bauern aber nicht daran, den Mist auszubringen. Da zusätzlich eine knackige Kälte herrschte, war der Boden hart gefroren, und den Rössern fiel es leichter, sich auf den Feldern zu bewegen.

Bis zum 24. Dezember hatte man alle unten in der Ebene liegenden Äcker mit Mist »eingedeckt«, doch kein Landwirt konnte es sich leisten, an diesem Tag die Hände schon in den Schoß zu legen. Bei uns waren noch die Felder auf der Hochebene mit Mist zu versorgen. Da der Weg ziemlich steil bergauf führte, schafften zwei Pferde – wie sonst üblich – die schwere Fuhre nicht. Also wurde ein drittes vorgespannt. Aber selbst zu dritt mühten sich die Pferde ganz schön ab und schnauften mächtig, als sie nach oben stapften.

Mir machte die Steigung jedoch nichts aus. Wie in den vorangegangenen Tagen folgte ich, wie immer warm angezogen, dem Mistgefährt, das vom Papa und dem Polen begleitet wurde. Einer von den beiden Männern hatte die Aufgabe, den Mist vom Wagen zu werfen, den der andere sodann möglichst gleichmäßig auf dem Feld verteilen sollte, denn so etwas wie einen Miststreuer besaß man damals noch nicht.

Als der ganze Trupp schwitzend und schnaufend oben angekommen war, hörte ich, wie mein Vater zu dem polnischen Arbeiter sagte: »Hier oben können leicht zwei Pferde den Wagen hin- und herziehen. Das dritte würde die beiden anderen bloß behindern. Aber was machen wir mit dem in dieser Zeit?«

Franjek, der Pole, schlug vor: »Wir könnten es doch an einen Baum binden.«

»Das schon«, gab der Vater zu. »Aber wenn das Tier so lange stillstehen muss, wird es sich doch erkälten.«

Da mischte ich mich ein: »Wenn ihr das Pferd nicht mehr braucht, kann ich es doch derweil in den Stall führen?«

Die beiden Männer sahen mich erstaunt an, dann meinte der Zwangsarbeiter, der mittlerweile recht gut

Bayerisch gelernt hatte: »Das Dirndl hat recht. Das wär wirklich das Gescheiteste.«

Mein Vater äußerte Bedenken, doch diese wischte Franjek mit einem Satz weg: »Bauer, da brauchst dir keine Sorgen machen. Die Ursula weiß schon, wie man mit Rössern umgeht.«

Er schirrte das überzählige Pferd aus, und ich übernahm wie selbstverständlich die Zügel. Es stellte wirklich kein Problem dar, mit dem lammfrommen Tier zu Tal zu trotten. Der Schnee war so griffig, dass wir beim Abwärtsgehen gut Halt fanden.

Als wir auf Sichtweite an unser Haus herangekommen waren, stürzte meine Mutter heraus und rannte auf mich zu. »Um Gottes Willen, Dirndl! Was haben sich die beiden alten Esel nur dabei gedacht, dich kleines Hascherl allein mit dem Ross nach Hause zu schicken?«

»Wieso? Das war doch meine Idee«, gab ich stolz von mir und ließ mir von der Mutter das Pferd nicht abnehmen. Die Zügel übergab ich ihr erst im Stall, damit sie das Tier anbinden konnte. Das hätte ich nämlich nicht geschafft, dazu war ich noch zu klein.

Gegen 17 Uhr waren der Vater und sein Helfer längst zurück, sodass die Bescherung auch pünktlich stattfinden konnte, natürlich für alle gemeinsam: die Familie, die Angestellten und die Flüchtlinge.

Wie überrascht war ich, dass auf meinem Platz eine Puppe lag, ich hatte mir doch gar keine gewünscht! Dennoch, sie war wunderschön, zwölf Zentimeter hoch und aus Kautschuk – damals offenbar der letzte Schrei. Sie trug ein rosa Samtkleid, unter dem eine weiße Spitzenhose hervorschaute.

Die weißen Strümpfe und die schwarzen Schuhe waren allerdings nur aufgemalt, ebenso wie die »blonden« Haare. Auf dem Kopf trug sie ein zierliches Hütchen aus dem gleichen Material wie das Kleid.

Zunächst zeigte ich mich entzückt, worüber sich die Flüchtlingsfrau aus Hamburg sehr freute. Sie war es gewesen, die sich schweren Herzens von dem Püppchen trennte, nachdem sie es durch Bombenhagel und Flucht bis nach Neuhausen »durchgebracht« hatte. Da unsere Familie sie mit ihren Kindern so freundlich aufgenommen hatte, wollte sie sich auf diese Weise erkenntlich zeigen, das erfuhr ich aber erst Jahre später.

Den ganzen Heiligen Abend trug ich die Puppe eng an mich gedrückt herum. Aber ich habe nie mit ihr gespielt. Am nächsten Tag bat ich meine Mutter, sie in die Vitrine zu stellen, dort hat das Spielzeug seinen Platz noch bis heute.

Die Hamburgerin, die mitbekam, dass ich die Puppe so bald aufs »Abstellgleis« verbannte, zeigte sich ein wenig enttäuscht darüber. Um sie zu trösten, erklärte ich ihr: »Zum Spielen ist die doch viel zu schade. Aber ich gehe jeden Tag an die Vitrine und schau sie mir an, versprochen.«

Damit zeigte sich die edle Spenderin halbwegs zufrieden.

Meine Mutter fügte noch erklärend hinzu: »Dass die Ursula nicht mit Puppen spielt, dabei brauchen Sie sich nichts zu denken. Sie ist halt ein echtes Rossdirndl.«

Schreck am Weihnachtsmorgen

Adrian, Jahrgang 1959, aus Traunstein

Diese Geschichte ereignete sich am 25. Dezember 1992. Damit man sie und meine Reaktion besser versteht, will ich zwei Erlebnisse erwähnen, die sich einige Wochen zuvor zugetragen hatten.

Etwa drei Wochen vorher lief im Fernsehen der Film »So weit die Füße tragen«, der mich tief beeindruckte.

Und noch eine Woche früher befand ich mich auf dem Bahnhof des Nachbarortes, etwa zehn Kilometer von unserem Dorf entfernt, weil es bei uns keine Bahnstation gab. Da ich nach München zu fahren gedachte, studierte ich aufmerksam den Fahrplan.

Plötzlich war ich von Polizisten umringt. Einer postierte sich links von mir, einer rechts und ein weiterer direkt hinter mir. Diesen bemerkte ich aber erst, als ich mich umdrehte. Für mich hätte also im Bedarfsfall keine Möglichkeit bestanden, zu fliehen. Einer der Beamten verlangte meinen Ausweis.

Nervös durchsuchte ich alle meine Taschen und musste gestehen: »Den hab ich leider nicht bei mir.«

Der Zweite zückte sein Notizbuch und wollte meinen Namen und meine Adresse wissen. Noch ehe ich diese angeben konnte, schaltete sich der Dritte ein, der sich bisher noch zurückgehalten hatte:

»Ach, das ist ja der Adrian! Er wohnt im selben Dorf wie ich.« Daraufhin ließen sie mich ungeschoren laufen. Ich weiß nicht, was mit mir geschehen wäre, wenn mich der eine Beamte nicht zufällig wiedererkannt hätte.

Soweit meine Erlebnisse, die der eigentlichen Geschichte vorausgegangen sind. Damals lebte ich mit meiner Familie unweit der österreichischen Grenze in einem kleinen beschaulichen Dorf, in dem die Welt noch in Ordnung war. Deshalb hielt ich es nicht für notwendig, mein Auto abzuschließen, auch nicht über Nacht. Das sollte ich aber spätestens an diesem Weihnachtsmorgen bereuen.

Um sechs Uhr sollte ich an meinem Arbeitsplatz in Traunstein sein, die reine Fahrtzeit betrug eine halbe Stunde. Ich hatte es mir aber zur Gewohnheit gemacht, mich schon immer frühzeitig auf den Weg zu begeben. Man konnte ja nie wissen, welche Hindernisse auf einen warteten. Mit einem Stau um diese Tageszeit hatte ich zwar nicht zu rechnen, zumal es der erste Weihnachtsfeiertag war, aber die Scheiben oder die Straße hätten nach einem Kälteeinbruch vereist sein können. Zu meiner Freude war beides ausgeblieben.

Kurz nach fünf steuerte ich auf meinen Kombi zu, der von mir unweit einer Laterne am Straßenrand geparkt worden war. Vorsorglich hatte ich am Abend zuvor die Frontscheibe mit einer speziellen Folie abgedeckt. Diese zog ich mit einer Hand weg, als ich an meinen Wagen herantrat. In der anderen Hand hielt ich einen Kassettenrecorder. Beides wollte ich rasch auf dem Beifahrersitz ablegen, weshalb ich mit Schwung die Tür aufriss. Eigentlich hätte es mich vorher schon stutzig machen müssen, dass die Scheiben von innen beschlagen waren, denn ich konnte weder durch die Frontscheibe noch durch die Scheibe der Beifahrertür ins Innere des Fahrzeugs sehen. Erstaunt nahm ich zur Kenntnis, dass auf dem Sitz etwas Graues lag. Ach, da hat mir die Mutter in ihrer Besorgnis einen Mantel ins Auto gelegt, ging es mir durch den Kopf. Obwohl ich längst eine Ehefrau hatte, die sich um mich kümmerte, konnte meine Mutter, die im Nachbarhaus wohnte, es nicht lassen, weiterhin hier und da für mich zu sorgen.

Während ich mir diese Gedanken machte, taumelte vor mir ein Kopf in die Höhe. Wer von uns beiden – der eben Erwachte oder ich – entsetzter geschaut hat, vermag ich im Nachhinein nicht zu sagen. In den Minuten, die nun folgten, reagierte ich nicht mit dem Verstand, sondern nach Bauchgefühl. Weil ich den Recorder und die Abdeckplane seinetwegen nicht auf den Sitz legen konnte, drückte ich wie ferngesteuert die Sachen dem Unbekannten in die Hand und schlug die Tür zu, bevor ich um mein Auto herumeilte und die Fahrertür aufzog. Wie immer warf ich mich mit Schwung hinein, landete aber nicht auf meinem leeren Sitz, sondern auf den Knien einer Person, die meinen Platz eingenommen hatte. Als ob ich mich auf eine heiße Herdplatte gesetzt hätte, fuhr ich hoch und stieß mit dem Kopf ans Wagendach.

»Das träumst du bloß«, redete ich mir ein, obwohl mich die Beule an meinem Kopf ahnen ließ, dass ich mich in der Wirklichkeit befand. Mich halb aus dem Wagen hängend, bedeutete ich meinem blinden Passagier, sich umgehend zwischen den beiden Sitzen hindurch nach hinten zu bewegen. Das tat er auch brav, zumal er so schlank war, dass er das leicht schaffte.

Um meinen zweiten ungebetenen Fahrgast im Auge behalten zu können, verstellte ich den Rückspiegel so, dass ich den rückwärtigen Teil des Autos überblicken konnte. Mit Entsetzen stellte ich fest, dass sich auf der Rückbank drei weitere Männer befanden! »Das gibt's doch nicht!«, wollte ich mir weismachen, »das ist nur ein Albtraum!«

Als mir allmählich dämmerte, dass dies leider kein Traum war, überlegte ich fieberhaft, wie ich mich in einer solchen Situation am besten zu verhalten hatte. Sollte ich die Männer einfach sitzen lassen und mich aus dem Staub machen? Aber wie dann zur Arbeit kommen? Sollte ich sie höflich bitten, auszusteigen? Wenn sie meiner Bitte aber nicht nachkommen würden? Der Übermacht von fünf zu eins fühlte ich mich nicht gewachsen. Ich hätte wohl sowieso keine Chance gehabt.

Nach dem ersten Schreck stieg in mir die Erinnerung an den Film »So weit die Füße tragen« auf. Diesem Mann, der sich durch die Schnee- und Eiswüste Russlands bis in seine Heimat durchgeschlagen hatte, war das nur geglückt, weil ihm wildfremde Menschen immer wieder geholfen hatten. Nun war also auch ich gefordert. Diese Fremden befanden sich wahrscheinlich in einer Notlage, und nun fühlte ich mich verpflichtet, ihnen weiterzuhelfen.

Nachdem meine Gedanken diesen Weg eingeschlagen hatten, ließ ich den Motor an und fuhr los. Um das bedrückende Schweigen zu unterbrechen und um ein bisschen über meine Reisegefährten zu erfahren, stellte ich einige Fragen, auf die ich aber keine Antworten bekam. Daraus schloss ich, dass meine mir aufgenötigten Mitfahrer mich nicht verstanden. Also fragte ich auf Englisch nach dem Woher und Wohin.

Nun wuchsen tatsächlich einige Informationen herüber, wenn auch in gebrochenem Englisch. Demnach stammten die Männer aus Algerien und hatten sich auf abenteuerliche Weise nach Italien durchgeschlagen. Aus ihren Antworten reimte ich mir zusammen, dass sie in der vergangenen Nacht von Italien über Villach und Salzburg nach Deutschland gelangt waren. Auf ihrer Suche nach einem Schlafplatz muss ihnen mein unverschlossener Wagen wie ein Geschenk des Himmels vorgekommen sein. Auf meine Frage nach dem Wohin nannten sie: »München« und »Frankfurt«.

Aha, wenn das so ist, dass sie über München nach Frankfurt zu reisen gedenken, ist es sicher das Gescheiteste, ich bringe sie zu dem nächstgelegenen Bahnhof, dachte ich mir. Dieser lag, wie bereits erwähnt, zehn Kilometer von meinem Wohnort entfernt. Außer dem Willen zu helfen, regte sich in mir aber noch ein Hintergedanke. Vor meinem geistigen Auge tauchte die Situation wieder auf, wie mich die Bahnpolizisten vier Wochen zuvor kontrolliert hatten. Es mag ja sein, dass meine Fahrgäste völlig harmlose Leute sind, sinnierte ich. Ebenso gut kann es aber auch sein, dass sie nichts Gutes im Schilde führen, dann sind sie bei der Bahnpolizei genau an der richtigen Adresse, dachte ich mir.

Ich bog also von der gewohnten Route ab, die mich zu meiner Arbeitsstätte führen sollte, und schlug die Richtung zum Bahnhof ein. Notgedrungen musste ich dabei ein kleines Waldstück durchfahren, da wurde es mir doch etwas mulmig zumute. Aber du bist nicht ganz schutzlos, jagte es mir durch den Kopf. Mit der linken Hand tastete ich im Fach der Fahrertür, wo ich für alle möglichen Fälle des Lebens immer ein feststehendes Messer liegen hatte. Ich griff ins Leere! Ich tastete noch einmal. Nichts!

In dem Moment bekam ich weiche Knie, Todesangst überfiel mich. Ich sah mein letztes Stündchen bereits gekommen. Die folgenden 500 Meter waren die längsten meines Lebens. Da drückte mir der »Beifahrer«, als sei es die selbstverständlichste Sache der Welt, mein Messer in die Hand. Es ist mir unmöglich, die Gefühle genau zu beschreiben, die mich in diesem Augenblick durchströmten. Ich atmete auf, war gleichzeitig erleichtert, dankbar und irgendwie auch erfreut, vielleicht sogar glücklich.

Nun führte unser Weg wieder zwischen Häusern hindurch, und obwohl es noch stockdunkel war und sich keine Menschenseele auf der Straße befand, fühlte ich mich wohler.

Noch trennten uns etwa zwei Kilometer vom Bahnhofsgelände, da wurden wir durch eine geschlossene Bahnschranke aufgehalten, diese war jedoch gut beleuchtet. Deshalb dachte ich: Jetzt gilt's!

Ich wartete nicht ab, bis die Schranke wieder geöffnet wurde, sondern sprang aus dem Wagen und bedeutete meinen Mitfahrern, ebenfalls auszusteigen. Dieser Aufforderung kamen sie tatsächlich nach. Mit zwei Fingern klopfte ich auf meine Armbanduhr und stammelte etwas von »Job – Work – Arbeit.« Das schienen sie zu verstehen. Dann deutete ich mit der Hand in Richtung Bahnhof mit der Bemerkung: »Railway station, two kilometers only.« Sie nickten verständnisinnig.

Unter der Straßenlaterne hatte ich endlich die Gelegenheit, mir die Gesichter meiner unfreiwilligen Begleiter anzuschauen. Sie alle hatten schwarze Haare und einen auffallend dunklen Teint, was ihre Aussage wirklich glaubhaft erscheinen ließ, dass sie aus Algerien stammten. Sie mochten alle zwischen achtzehn und einundzwanzig Jahren alt gewesen sein. Zum Abschied drückte ich jedem freundlich die Hand und wünschte »Merry Christmas«. Dann warf ich mich wieder in mein Fahrzeug, haute den Rückwärtsgang rein, und weg war ich. Nie zuvor in meinem Leben und nie wieder danach habe ich eine solche Erleichterung empfunden.

Trotz des zeitraubenden Zwischenfalls erschien ich pünktlich an meinem Arbeitsplatz. Ganz aufgebracht berichtete ich meinen Kollegen von dem Abenteuer, diese aber glaubten mir kein Wort. Eigentlich kein Wunder, denn bei ihnen war ich als einer bekannt, der die Leute tratzte, sie also ein ums andere Mal neckte.

Als ich diese Geschichte nach meiner Rückkehr vom Dienst meiner Frau erzählte, schlug sie entsetzt die Hände vors Gesicht. Doch sogleich folgte die Belehrung: »Das kommt dabei heraus, wenn man sein Auto nicht abschließt.«

Wenig später kamen meine Eltern herüber, weil wir sie zum festlichen Abendessen eingeladen hatten. Auch ihnen schilderte ich mein morgendliches Abenteuer ausführlich. Die beiden, ebenfalls bestürzt, schickten, wie ich nicht anders erwartet hatte, die gleiche Belehrung hinterdrein: »Aber Bub, hättest du deinen Wagen ordentlich abgeschlossen, wäre das nicht passiert!«

»Ihr habt ja recht«, gab ich zerknirscht zu.

Bevor ich mich aber unbeschwert an die weihnachtliche Tafel zu setzen vermochte, drängte es mich noch einmal hinaus zu meinem Auto. Da einer der Burschen bereits mein Messer an sich genommen hatte, befürchtete ich, dass noch mehr fehlte. Doch zu meiner Verwunderung war alles an seinem Platz, was man so zum sicheren Fahren braucht: Starterkabel, Klappspaten, Abschleppseil, Luftpumpe, Autoatlas, Feuerlöscher und sogar die obligatorische Rolle Toilettenpapier.

Im Nachhinein stellte ich die Überlegung an: Wer von uns mag wohl die größere Angst ausgestanden haben? Die jungen Kerlchen oder ich? Sie, die da – fern der Heimat – zusammengepfercht in meinem Auto gehockt hatten, konnten ja nicht wissen, was ich mit ihnen vorhatte, als ich plötzlich mit ihnen davongebraust war.

Wie auch immer, seit diesem Schrecken in den frühen Morgenstunden des ersten Weihnachtstages schließe ich mein Auto stets gewissenhaft ab.

Die verbogenen Weihnachtskerzen

Renate G., Jahrgang 1959, aus Bad Gastein/ Österreich

Als ich die siebte Klasse besuchte, grassierte bei uns im Dorf kurz vor Weihnachten eine schlimme Grippe. Von Tag zu Tag leerten sich die Klassenzimmer mehr und mehr. Noch waren meine Brüder, die jeweils die erste und dritte Klasse besuchten, und ich davon verschont geblieben.

Doch am vorletzten Tag vor den Ferien schien es auch mich erwischt zu haben. Müde und lustlos hing ich in meiner Bank und fühlte mich zusehends elender. Der Hals tat weh, der Kopf brummte, die Nase lief, die Augen trieften, die Glieder schmerzten, und zu guter Letzt ergriff mich auch noch Schüttelfrost. Die Lehrerin, die mich wohl aufmerksam beobachtet hatte, schickte mich nach Hause, noch ehe die Glocke das Ende des Unterrichts verkündete.

Daheim steckte mir die Mutter gleich ein Fieberthermometer unter den Arm. Nach fünf Minuten zeigte es knapp 39 Grad an. Deshalb packte die Mama mich sogleich ins Bett und verabreichte mir Lindenblütentee, damit ich die Krankheit ausschwitze. Da ich keinerlei Appetit verspürte, ermunterte sie mich, wenigstens viel zu trinken, damit ich nicht austrockne. Meine Brüder kamen zur regulären Zeit nach Hause und machten noch einen munteren Eindruck. Am Spätnachmittag jedoch traten bei ihnen erste Beschwerden auf, und noch ehe es richtig Abend war, hingen sie ebenfalls nur noch lustlos herum und verweigerten das Nachtessen. Auch bei ihnen stieg die Temperatur des Thermometers weit über 38 Grad an. Ihnen wurde dieselbe Prozedur wie mir zuteil.

Am folgenden Morgen ging es uns noch schlechter. Nun hielt meine Mutter es für ratsam, den Hausarzt kommen zu lassen. Der bestätigte ihr, dass uns die übliche Grippe erwischt hätte, und verschrieb Hustensaft, Tropfen für die Nase und etwas zum Einreiben.

Als mein Vater am Abend heimkam, schaffte sie mit ihm mein Bett in die Bubenkammer, um sich die Pflege zu erleichtern und damit es mir nicht langweilig werden sollte. Das war gut gemeint, aber nach Unterhaltung stand uns allen dreien nicht der Sinn, dazu waren wir wirklich viel zu schwach. Nur schlafen, schlafen, schlafen, dachten wir.

Ich hörte noch, wie die Mutter zum Vater sagte: »Wie gut. Wenn's schon so sein soll, dass es sie alle drei gleichzeitig erwischt hat. Dann bringen wir es in einem Aufwasch hinter uns, und es zieht sich nicht über Wochen hin.«

So sah ich das auch. Aber am nächsten Tag war Heiligabend, und welches Kind mag schon gern über Weihnachten das Bett hüten? Das empfand ich allerdings als nicht so schlimm wie die Tatsache, dass unsere Krankheit in die Ferien fiel.

Während der Schulzeit hätte es uns nichts ausgemacht, mal für ein bis zwei Wochen das Bett zu hüten. Aber in den Ferien! Die waren doch viel zu schade dazu. Draußen lag ein wunderbarer Schnee, und man hätte die schönste Zeit gehabt zum Rodeln, zum Skifahren, für Schneeballschlachten oder zum Schneemannbauen. Das schien uns nun alles verwehrt. Meine Brüder sahen das ebenso. Am nächsten Tag ging es uns noch miserabler: kein Appetit, Schmerzen, die Nase verstopft, sodass wir uns noch nicht einmal darüber aufregen konnten, dass uns die Winterfreuden entgingen.

Unser Papa, ein ganz Fürsorglicher, wollte es uns Kindern wenigstens ermöglichen, bei der Bescherung in der Bauernstube dabei sein zu können. Er, von Beruf Fiaker, verdiente unseren Lebensunterhalt damit, dass er die Kurgäste durch unseren schönen Ort kutschierte, im Sommer mit dem Fiaker, im Winter mit dem Schlitten. Das fanden die Leute besonders romantisch, wenn es mit Glöckchengeläut durch die verschneiten Täler ging. An Heiligabend aber, das hatte sich der Vater schon vor Jahren vorgenommen, wurden keine Ausflüge mit Touristen unternommen, dieser Tag gehörte der Familie. Eigenartigerweise hatten die Kurgäste dann auch gar nicht das Bedürfnis nach Ausflugsfahrten. Wie jeder Einheimische an diesem Tag damit beschäftigt war, alles für den Abend vorzubereiten, schienen auch die Urlauber mit Weihnachtsvorbereitungen ausgelastet zu sein.

In dem Jahr aber, in dem wir Kinder mit Grippe darniederlagen, gab es eine Ausnahme. Eine vierköpfige Familie hatte sich für die Feiertage in einen abseits gelegenen Berghof eingemietet. Da es aber nach ihrer Ankunft mächtig geschneit hatte, kamen sie mit dem Auto nicht mehr ins Dorf. Sie wollten dort aber gern um 17 Uhr die Christmette besuchen. Deshalb hatten sie meinen Vater gebeten, sie mit dem Pferdeschlitten rechtzeitig zur Kirche zu fahren und anschließend wieder in ihr Ferienquartier zu bringen.

Bevor der Papa diese Familie zur Mette abholte, schmückte er im Wohnzimmer den Baum und fachte den eisernen Holzofen an.

Da zwischen den beiden Fahrten eine gute Stunde Zeit blieb, kam er nach Hause und legte im Ofen tüchtig nach. Für seine kranken Kinder wollte er den Raum besonders warm machen, damit sie nur ja nicht froren.

Die Wohnung unserer Großeltern befand sich im Erdgeschoss, die unsere im ersten Stock des Hauses, und zwei ledige Tanten, Schwestern meines Vaters, lebten unter dem Dach in zwei süßen Stübchen. Zur Feier des Heiligen Abends wollten wir uns, einer alljährlichen Tradition folgend, bei uns in der Bauernstube versammeln. Zunächst aber traf man sich in der Küche, während wir Kinder noch auf der »Krankenstation« lagen.

Nach seiner Heimkehr begab sich mein Vater sogleich ins Weihnachtszimmer, um die Kerzen am Baum zu entzünden. Als das Glöckchen endlich läutete, stürmten wir nicht wie sonst ins Weihnachtszimmer, sondern blieben apathisch in unseren Betten liegen, bis wir abgeholt wurden. Dieser Vorgang zog sich natürlich ein bisschen in die Länge. Der

Vater führte Günther, seinen Ältesten, die Mutter den kleinen Heinz, und Tante Gisela geleitete mich in Richtung Wohnzimmer. Die anderen Erwachsenen folgten dem »Krankentransport«.

Kaum hatte der Vater die Tür zum Weihnachtszimmer geöffnet, ließ er seinen Sohn unsanft auf das Sofa fallen, und die Mutter verfuhr mit dem jüngeren Sohn nicht anders. Trotz meines verschleierten Blicks nahm ich wahr, dass sich die Eltern auf den Baum stürzten und hastig die Kerzen ausbliesen. Entsetzt schauten wir anderen zu.

»Was hat das denn zu bedeuten?«, wollte Oma wissen.

»Siehst du das nicht?«, rief der Papa, nachdem alle Kerzen gelöscht waren. Dann erklärte er: »Nur ein paar Sekunden später, und der Baum hätte Feuer gefangen!«

Mit dem Einheizen hatte er es offensichtlich zu gut gemeint, der Ofen verbreitete in dem Raum eine Sauhitze. Hinzu kam noch die Wärme, die von den brennenden Kerzen erzeugt wurde. Dadurch hatten sich diese völlig verbogen, und ihre Flammen züngelten bereits eifrig nach den Zweigen.

Die Weihnachtslieder mussten in diesem Jahr ohne den vertrauten Kerzenschein gesungen werden. Es sangen eh nur die Erwachsenen, wir Kinder waren viel zu schwach dazu. Bevor der Opa aber die Weihnachtsgeschichte aus der alten Familien-Bibel vorlas, stellte Mutter die dicke Kerze neben das Buch, wie sie das alle Jahre zuvor getan hatte. So verbreitete sich doch noch ein weihnachtlicher Zauber an diesem Abend.

Anschließend dankten wir alle dem lieben Gott, dass die Sache mit den verbogenen Kerzen noch einmal gut gegangen war. Durch das beherzte Eingreifen der Eltern war vermutlich ein riesiges Unglück verhindert worden. Wenn der Baum Feuer gefangen hätte, wäre wahrscheinlich das ganze Haus abgebrannt, da es weitgehend aus Holz gezimmert war.

Die Lawine

Peter, Jahrgang 1937, aus Altdorf/Schweiz

Eine selbst erlebte Weihnachtsgeschichte, die etwas aufregend gewesen wäre, fällt mir nicht ein. Aber zu Beginn der Fünfzigerjahre passierte im Nachbardorf meines damaligen Wohnortes ein furchtbares Unglück, die Zeitungen waren voll davon. Auch von den Leuten, die zu uns herüberkamen, erfuhr ich so einiges.

Der Bauer Urs lebte mit seiner Familie auf einem einsam gelegenen Hof, der sich schon seit Jahrhunderten in der Familie befand. Am Morgen des ersten Weihnachtstages begab er sich zwischen sechs und sieben Uhr – es war noch stockdunkel – in den Stall. Erst fütterte er die Kühe, dann mistete er aus, und zuletzt begab er sich ans Melken. Normalerweise tat das immer seine Frau, doch sie hatte erst vor wenigen Wochen ein Kind zur Welt gebracht, deshalb hatte sie noch Schonung nötig. Mit dem Melken war er fast fertig, als die Kühe begannen, sehr unruhig zu werden. Sie scharrten mit den Hufen, rissen an den Ketten, und diejenigen, die noch nicht gemolken waren, ließen ihn nicht mehr an ihre Euter.

Urs wusste nicht, was er davon halten sollte, befürchtete aber, dass das Gebaren der Tiere nichts

Gutes zu bedeuten hatte. Plötzlich vernahm er ein Rauschen, das sich zu einem Brausen steigerte. Dann erfolgte ein mächtiger Schlag, ein Splittern, das Bersten von Glas, das Rumpeln von Steinen, und der ganze Stall schien zu schwanken. Von einer Sekunde auf die andere trat eine gespenstische Ruhe ein. Das muss eine Lawine gewesen sein, dachte der Bauer und atmete auf, weil ihm und den Tieren nichts passiert war.

Oh Gott, meine Frau – oh Gott, meine Kinder!, durchzuckte ihn gleich darauf ein noch furchtbarerer Gedanke. Die Stalltür, die ins Wohnhaus führte, ließ sich nicht mehr öffnen, so sehr er sich auch dagegenstemmte. Irgendetwas schien sie wohl zu blockieren.

In banger Vorahnung verließ er den Stall durch die Tür, die ins Freie führte. Im fahlen Dämmerlicht des heraufziehenden Morgens konnte er schemenhaft das Entsetzliche erkennen: Wo vordem das Wohnhaus gestanden hatte, türmte sich ein gewaltiger Berg aus Schnee. Die Lawine hatte das Haus einfach plattgewalzt und war offensichtlich durch dieses weitgehend zum Stillstand gekommen.

Einige Sekunden stand Urs wie erstarrt. Als er endlich realisiert hatte, was geschehen war, holte er aus dem Schuppen Schaufel und Spitzhacke. Dann begann er, wie ein Rasender zu hacken und zu graben, bis ihm der Schweiß von der Stirn tropfte. Doch bald sah er die Sinnlosigkeit seines Tuns ein. Gegen diese Naturgewalt kam ein einzelner Mann nicht an. Er brauchte Hilfe, und zwar sofort. Verschwitzt und in Stallkleidung hetzte er hinunter ins

Dorf, nach etwa einer halben Stunde hatte er die ersten Häuser erreicht. Das muss kurz nach acht gewesen sein, denn als er weiter in Richtung Kirche strebte, begegneten ihm einige Frauen, die gerade aus der Christmette strömten. Diese wunderten sich nur, dass Urs nicht auf ihren Weihnachtsgruß reagierte. Wie versteinert wirkte sein Gesicht auf sie.

Wie er später erzählte, wusste er nicht, an wen er sich Hilfe suchend wenden sollte. Die Kirche aber sei es gewesen, die ihn magisch angezogen habe. Als er diese erreicht hatte, trat gerade der Herr Pfarrer aus der Sakristei.

»Urs, was ist mit dir los? Was ist passiert?«

Da brach der Mann, der sich bis dahin so tapfer gehalten hatte, seelisch zusammen. Erlösende Tränen flossen ihm über die Wangen, und sein Körper wurde von Schluchzern geschüttelt.

Der Pfarrer, ein erfahrener Seelenhirte, packte ihn am Arm und führte ihn in die Küche, wo er ihn sacht auf einen Stuhl niederdrückte. Die Schwester des Geistlichen, die ihm den Haushalt führte, begriff schnell. Sie hatte gerade den Frühstückskaffee fertig und stellte eine Tasse des starken dampfenden Getränks vor den Weinenden hin, der aber keinerlei Anstalten machte, zu trinken. Deshalb flößte sie ihm schluckweise davon ein, wie einem kleinen Kind. Nachdem sich der Bauer etwas gefasst hatte, konnte er mit wenigen Worten schildern, was geschehen war. Danach gelang es der Pfarrersschwester sogar, ihm ein paar Bissen Brot durch den Hinweis aufzunötigen, sonst werde er schlapp machen und damit sei auch niemandem gedient. Während Urs kaute, teilte ihm der Priester mit, welche Gedanken ihm während seines Berichts gekommen waren:

»Urs, im Hochamt werden viele Männer sein. Statt der Predigt werde ich ihnen sofort von deinem Unglück berichten, dann finden sich gewiss genug Helfer.«

»Aber Herr Pfarrer, das Hochamt beginnt doch erst um zehn! Meine Frau, ... meine Kinder –«

»So, wie du mir das geschildert hast, kommt für die gewiss jede Hilfe zu spät. Also tut es doch genau genommen nichts mehr zur Sache, ob wir ein paar Stunden früher oder später zu graben beginnen.«

Obwohl es harte Worte waren, antwortete Urs gottergeben: »Sie haben recht, Hochwürden. Fügen wir uns also in Gottes Willen.«

Der geistliche Herr hatte seine Schäfchen richtig eingeschätzt. Seine Worte lösten eine ungeheure Welle der Hilfsbereitschaft aus. Nach dem Gottesdienst blieb kein Mann auf dem Kirchplatz stehen, um Neuigkeiten auszutauschen. Jeder eilte sofort nach Hause, um seinen Festtagsanzug gegen Arbeitskleidung auszutauschen.

So manche Ehefrau mag ungehalten darüber gewesen sein, dass ihr Mann sich nicht mit der Familie dem liebevoll zubereiteten Festmenü widmete. Nachdem er aber in kurzen Worten von dem Lawinenunglück berichtet hatte, gab es keine, die nicht volles Verständnis gezeigt hätte. Gut ausgerüstet und gestärkt zogen die Männer sogleich los.

Mit Schaufeln und Spitzhacken ausgerüstet, traf man sich pünktlich um 12:30 Uhr am Pfarrhaus und stieg gemeinsam mit Urs, der beim Pfarrer zu Mittag gegessen hatte, den Berg hinauf. Aus jedem Haus war mindestens ein Mann dabei.

Mir ist nicht bekannt, wie lange die Männer im Schweiße ihres Angesichtes gegraben haben, bis sie die Verschütteten tot bargen. Die Frau fand man in der Küche auf einem Sessel sitzend vor, mit dem Säugling an der Brust. Die übrigen Kinder, drei, fünf, sieben und acht Jahre alt, waren im Schlaf überrascht worden.

Dem Bauern blieb noch die traurige Aufgabe, seinen Schwiegereltern, die in einem Nachbardorf wohnten, die Mitteilung zu machen, dass sie auf einen Schlag eine Tochter und fünf Enkel verloren hatten.

An der Beerdigung, die wenige Tage später erfolgte, nahm auch ich teil. Weder vorher noch nachher habe ich jemals einen so langen Trauerzug gesehen. Trotz der Schneemassen und der strengen Kälte fanden sich zum Trauergottesdienst alle Dorfbewohner – außer den kleinen Kindern und gebrechlichen Leuten – ein. Auch viele Menschen aus benachbarten Dörfern gaben den fünf Särgen, die Mutter hatte man mit dem Baby in einen Sarg gelegt, das letzte Geleit.

Die Hilfsbereitschaft der Mitbürger war damit jedoch noch nicht beendet. Viele boten dem leidgeprüften Mann an, er könne bei ihnen wohnen, bis er wieder eine eigene Bleibe habe. Von diesen Angeboten machte er jedoch keinen Gebrauch, er zog es vor, in das Haus seiner Schwiegereltern zu ziehen, damit sie sich gegenseitig Trost spenden konnten.

Vom Haus der Schwiegereltern aus brauchte er zwanzig Minuten länger als er vom Dorf aus gebraucht hätte, um zu seinem Anwesen zu gelangen. Aber das störte ihn nicht, obwohl dieser Weg am Tag zweimal zurückzulegen war. Er musste ja die Tiere versorgen. Diese Aufgabe war es, die ihn für eine Weile aufrecht hielt.

Bald aber bekam sein Leben einen neuen Inhalt. Das gemeinsame Leid verband Urs und die jüngere Schwester seiner Frau, die noch bei den Eltern lebte, miteinander. Sie heirateten, als das Trauerjahr vorbei war. Bis dahin war auch das Haus wiederaufgebaut, aber an anderer Stelle. Abgesehen davon, dass der Arme selbst nicht mehr den Mut aufgebracht hätte, wieder an der Stelle zu wohnen, wo ihm die Lawine seine ganze Familie genommen hatte, wäre dies wohl auch behördlicherseits nicht genehmigt worden.

Als es nach der Schneeschmelze daran ging, sich ein neues Zuhause zu errichten, an einer Stätte, die nach menschlichem Ermessen lawinensicher war, eilten die Männer seines Dorfes wieder zum Helfen herbei. Nur durch ihr selbstloses Anpacken und ihre finanzielle Unterstützung konnte Urs binnen kurzer Zeit ein neues Haus errichten. Ihm selbst fehlte das nötige Geld dazu, und er war auch nicht versichert.

Als das Wohnhaus fertig war, fügte man gleich noch Stall und Scheune an, damit wieder alles beisammen war. Durch die Lawine hatten die alten Wirtschaftsgebäude Risse bekommen und hätten voraussichtlich nicht mehr lange standgehalten.

Ein Christkindl per Schlitten

Gabi, Jahrgang 1938, aus Schneizlreuth/ Berchtesgadener Land

Vermutlich war die folgende Geschichte für mich auch aufregend gewesen, aber daran erinnere ich mich nicht mehr, da ich zu der Zeit ja erst ein Jahr und neun Monate alt war. Doch für meine junge Patin, die Lotte, muss das nachfolgend Geschilderte ein einschneidendes Erlebnis gewesen sein. Um sich das, was sie damals so sehr bewegte, von der Seele zu reden, hat sie mir in späteren Jahren alles wieder und wieder erzählt.

Alles fing damit an, dass meine Mutter Loisi – mit siebzehn Jahren selbst noch ein halbes Kind – feststellen musste, dass sie ein Kind erwartete. Von ihrer »Pflegemutter« wurde ihr unmissverständlich klargemacht, dass sie das Kleine nicht würde behalten können. Ja, unter diesen Umständen müsse sie heilfroh sein, dass sie weiterhin bei ihr arbeiten dürfe.

Nun muss ich noch etwas weiter ausholen. Schon meine Großmutter, die Aloisia, hatte meine Mutter ledig zur Welt gebracht, als sie erst zwanzig Lenze zählte. Da sie sich zu dieser Zeit als Köchin im Rheinland ihr Brot verdiente, konnte sie das Kind zwar nicht selbst aufziehen, durfte es aber bei ihrer älteren Schwester, der Rosa, also der Tante der Kleinen, abgeben. Diese ließ es mit ihren eigenen vier Kindern aufwachsen.

Bei ihrer Tante ging es meiner Mutter noch einigermaßen gut. Als sie aber mit vierzehn Jahren der Schule entwachsen war, schickte Rosa sie zur Kathi, ihrer ältesten Tochter, die eine Cousine meiner Mutter war. Bei der Cousine war das Leben für meine Mutter wahrlich kein Honigschlecken. Von der Früh bis in die Nacht musste sie dort hart arbeiten, außer Kost und Logis bekam sie nichts. Obwohl diese Cousine selbst ein lediges Kind besaß, die Lotte, hatte sie das große Glück gehabt, in einen Bauernhof mit Sägewerk einheiraten zu können, wo es ihr finanziell sehr gut ging. Bei der Heirat ihrer Mutter war Lotte fünf Jahre alt gewesen, und da Kathi dicht nacheinander mit ihrem Ehemann drei weitere Töchter bekam, war sie froh, in Lotte eine zuverlässige Kindsmagd zu haben. Als Kathi meine Mutter, die Loisi, ins Haus nahm, zählte Lotte elf Jahre. Nun wurde sie nicht nur ihrer Aufgabe als Kindsmagd enthoben, sondern sogar in ein Internat gesteckt, damit sie später eine höhere Schule besuchen konnte.

Nachdem meine Mutter zwei Jahre bei Kathi gedient hatte, brachte diese eine fünfte Tochter zur Welt. Es hätte also gewiss nichts ausgemacht, wenn Loisi zwei Jahre später, als ich geboren wurde, in mir ein zusätzliches Kind zu betreuen gehabt hätte, aber Kathi sagte der jungen Verwandten klipp und klar, dass ihr Kind in ihrem Haus absolut unerwünscht sei.

»Such dir gleich einen Pflegeplatz«, war ihre unerbittliche Forderung, als sie von der Schwangerschaft erfuhr. Vielleicht hegte sie, die Bäuerin, die Befürchtung, meine Mutter würde sonst mehr auf das eigene Kind sehen als auf die Zöglinge der Herrschaft.

Loisi begann sofort mit der Suche nach einer Pflegestelle. Da es ihr bei der Tante nicht besonders gut ergangen war und bei deren Tochter sogar geradezu schlecht, war ihr daran gelegen, für ihr Kind liebevolle Pflegeeltern zu finden. Pflegeplätze waren aber dünn gesät, und bei all der Arbeit blieb ihr auch nicht allzu viel Zeit für die Suche. Außerdem war zu beachten, dass sie nicht viel zahlen konnte – eigentlich nur das, was der Kindsvater an Alimenten aufzubringen hatte – und dass die Pflegestelle nicht allzu weit von ihrem Arbeitsplatz entfernt sein sollte, um ihre kleine Gabi auch regelmäßig besuchen zu können.

Erst wenige Wochen vor der Niederkunft benannte man ihr eine Pflegemutter, die bereit war, das Kind gegen geringes Entgelt aufzunehmen. Sie wohnte – was Loisi den Entschluss sehr erleichterte – auch nur eine halbe Stunde Fußweg entfernt, geradezu ein Glücksfall.

Zur Welt bringen durfte sie mich auch nicht im Hause der Cousine. Einige Tage, bevor die Entbindung erwartet wurde, musste sie eigens nach Bad Reichenhall übersiedeln, in das Haus der eigenen Mutter, die inzwischen einen braven Ehemann gefunden und mit dem sie eine weitere Tochter bekommen hatte.

Am 3. April 1938 erblickte ich also in Bad Reichenhall das Licht der Welt. Drei Wochen später, nachdem ich gewaltsam entwöhnt worden war und bevor meine Mutter ihre Arbeit in Kathis Haus wieder aufnehmen musste, machte sie sich mit mir auf dem Arm auf den Weg zur Pflegefamilie. Dort gab sie mich schweren Herzens und mit Tränen in den Augen ab.

An jedem ihrer freien Nachmittage, die immer auf einen Sonntag fielen, besuchte sie mich, darauf waren die Pflegeeltern eingestellt. Da Loisi sich mit eigenen Augen davon überzeugen konnte, dass es mir gut ging, war sie zufrieden mit ihrer Wahl.

Einmal aber kam sie außer der Reihe. Weil Kathi auf die Dienste der Magd über die Weihnachtsfeiertage nicht verzichten wollte, hatte sie ihr am Tag vor Heiligabend nach dem Mittagessen für einige Stunden freigegeben. Zu dieser Zeit weilte ich bereits seit einem Jahr und neun Monaten bei meiner Pflegefamilie. Dieses außergewöhnliche Besuchsdatum sollte sich für mich als schicksalhaft erweisen. Wie immer strebte meine Mutter gleich auf die Haustüre zu und drückte die Klinke nieder. Diesmal gab die Tür aber nicht nach. Sie war verschlossen. Auch auf Loisis Klopfen rührte sich nichts.

Nanu, das gibt es doch nicht, dachte sie. Da sie den weiten Weg zurückgelegt hatte, wollte sie auch nicht umkehren, ohne mich im Arm gehalten zu haben. Sie bog also um die Hausecke und klopfte ans Küchenfenster. Als sich auch daraufhin im Haus nichts rührte, sie aber glaubte, ein leises Wimmern zu vernehmen, stellte sie sich auf die Zehenspitzen und schaute ins Fenster. Was sie da erblickte, ließ ihr das Blut in den Adern erstarren.

Ich, die kleine Gabi, saß da auf dem nackten Küchenboden und weinte leise vor mich hin. Das war aber noch nicht das Schlimmste. Zum Entsetzen meiner Mutter entdeckte sie auf dem Küchentisch das Elektrobügeleisen. Es war eingeschaltet und weit und breit kein Mensch zu sehen! Panik ergriff Loisi. Oh mein Gott, wenn durch das Bügeleisen ein Brand entsteht, wird mein armes Kind in den Flammen umkommen, war ihr erster Gedanke.

Sie klopfte noch einmal an die Scheibe. Da sah ich auf, erkannte die Mutter, und sogleich versiegten die Tränen. Wie sie mir später berichtete, stand ich sofort auf, lief zum Fenster und streckte die Ärmchen in die Höhe.

Nun war es die Mutter, der die Tränen kamen. Hilflos stand sie da und kam nicht zu ihrem Kind, das sich offensichtlich in großer Gefahr befand. Trotzdem machte sie, um mich bei Laune zu halten, einige lustige Zeichen. Gleichzeitig beobachtete sie liebevoll meine Reaktion und argwöhnisch das Bügeleisen. Sie war stets auf dem Sprung, eine Fensterscheibe einzuschlagen, um mich zu retten, sollte sich am Bügeleisen plötzlich Rauch oder gar eine Flamme zeigen.

So weit kam es glücklicherweise dann doch nicht. Durch die Küchentür spazierte auf einmal seelenruhig die Pflegemutter herein. Sie war auf dem Dachboden gewesen, um die Weihnachtssachen herunterzuholen. Das erklärte sie der Kindsmutter wortreich, nachdem sie diese durch die Haustür eingelassen hatte. Sogleich muss ich mich meiner Mutter in die Arme geworfen und sie so fest umklammert haben, als wolle ich sie nie wieder loslassen.

»Die Gabi nehme ich sofort mit«, hatte Loisi der verdutzten Pflegemutter erklärt.

»Aber geh, wegen dem bisschen brauchst doch nicht solch ein Aufhebens zu machen«, lautete der Versuch, noch etwas zu retten.

Doch meine Mutter blieb unerbittlich: »Das bisschen reicht mir. Wie leicht hätte sich das Kind auf dem Boden eine Blasenentzündung holen oder, noch schlimmer, das eingeschaltete Bügeleisen einen Brand auslösen können! Nein, nein, in diesem Haus lasse ich meine Kleine keine Minute länger.«

Sie ließ sich rasch meine Wäsche zusammenpacken, zahlte den noch ausstehenden Unterhalt, nahm mich auf den Arm und trug mich zum Haus ihrer Cousine. Die war nicht gerade begeistert über mein Erscheinen, duldete aber, dass ich über die Feiertage blieb, bis meine Mutter eine neue Pflegestelle finden würde.

Diese suchte natürlich fieberhaft. Dabei kamen ihr die beiden Weihnachtsfeiertage zupass. Nach den Gottesdiensten sprach sie jede Frau an, die ihr in den Weg kam. Sie hatte Glück. Am zweiten Feiertag erzählte ihr eine Frau von einer Familie, die seit einiger Zeit nach einem Pflegekind Ausschau halte. Der Arzt hatte jener Frau nach einer Entbindung, bei der es um Leben und Tod gegangen war, dringend von einer weiteren Schwangerschaft abgeraten. Da sie zu ihrem Buben aber sehr gern noch ein

Dirndl gehabt hätte, war sie bereit, ein solches als Pflegekind aufzunehmen.

Noch am selben Nachmittag machte sich die Loisi auf den Weg zu der Fremden, um sich die Familie anzuschauen. Eine Dreiviertelstunde war sie unterwegs.

Auf den ersten Blick machten beide Eheleute einen guten Eindruck. Doch als meine Mutter den siebenjährigen Sohn erblickte, stiegen Bedenken in ihr auf. Sie vermutete, dass diese Leute mich nur aufnehmen wollten, um sich ein paar Mark dazuzuverdienen. Dem Zustand von Haus und Einrichtung nach zu urteilen, mussten die Leute sehr arm sein. Hier würde ich gewiss nur das fünfte Rad am Wagen sein.

Aber ihr blieb keine Wahl. Die gestrenge Cousine hatte zur Bedingung gemacht, zwei Tage nach Weihnachten müsse Klein-Gabi aus dem Haus sein. Also sagte die junge Mutter schweren Herzens zu. Dabei hatte sie allerdings den Plan, nach einer weiteren Pflegestelle zu suchen, solle es mir hier nicht gut gehen. Entschlossen nahm die Mama sich vor, noch wachsamer zu sein als beim vorigen Mal.

Der übernächste Tag war der 28. Dezember, der sogenannte »Tag der unschuldigen Kinder«, an dem all jener Kinder gedacht wird, die einst auf Befehl des Königs Herodes umgebracht wurden. Wie gern hätte Loisi mich, ihr armes, unschuldiges Kind, eigenhändig zu der Pflegefamilie gebracht – aber das erlaubte die Cousine nicht. Sie könne nicht dauernd alle Pflichten vernachlässigen, um privaten Interessen nachzugehen, lautete Kathis Erklärung. Meine Mutter habe ja schon ihren freien Nachmittag verwendet, um sich den Pflegeplatz anzusehen. »Deinen

Bankert kann die Lotte dort ebenso gut abgeben«, fügte sie noch hinzu.

Lotte, Kathis Älteste und gleichzeitig meine Taufpatin, weilte gerade zu Hause, weil sie Weihnachtsferien hatte. Mutter Loisi legte eine Decke auf den Schlitten und packte mich kleines Hascherl darauf. Das Bündel mit meinen Habseligkeiten verstaute sie hinter mir als Rückenlehne. Um ganz sicher zu sein, dass ich während der Fahrt auf dem schmalen Weg nicht verloren gehen möge, band sie mich mit einem Kälberstrick fest.

Trotz dieser Vorsichtsmaßnahme landete ich öfters im Schnee. Denn auf dem unebenen, hoch mit Schnee bedeckten Weg kippte der Schlitten mehrmals um. Jedes Mal muss ich wie am Spieß geschrien haben, um meine Patin auf das Malheur aufmerksam zu machen.

Die Fünfzehnjährige, offensichtlich mit dieser Situation überfordert, brach jedes Mal in Tränen aus, wenn sie versuchte, das Gefährt samt Kind wieder aufzurichten und in die Spur zu bringen. Nach einer guten Stunde hatte sie endlich ihr Ziel erreicht. Sie band mich los, hob mich vom Schlitten und betrat mit mir auf dem Arm – sie mit tränenverschmiertem Gesicht und ich noch immer leise vor mich hin wimmernd – die warme Küche. Auf einem heruntergekommenen Ledersofa saß ein Mann, im Mund eine lange Pfeife. Ihm zu Füßen lag ein schwarzer langhaariger Hund.

Nachdem Lotte mich auf den Boden gestellt hatte, marschierte ich, ohne Angst zu zeigen, auf die beiden zu.

Der Mann hob mich hoch und setzte mich auf seine Knie. Während er seinen Hund anschaute, fragte er: »Waldi, bist denn auch einverstanden, dass wir das Dirndl nehmen?«

Der große Vierbeiner wedelte erfreut mit dem Schwanz und schaute sein Herrchen mit treuem Blick an. Als kurz darauf die Hausfrau die Küche betrat, erklärte der Mann: »Lina, ich glaube, dieses Dirndl hat uns das Christkind geschickt.«

»Ach, was«, widersprach die Frau sofort. »Dieses Dirndl ist uns nicht vom Christkind geschickt worden, es ist das Christkind selbst.«

Vor Rührung traten meiner Patin erneut Tränen in die Augen. Leider konnte sie nicht lange bleiben, denn sie wollte noch vor Einbruch der Nacht zu Hause sein.

Von dem Tag an aber hatte ich ein warmes, herzliches Zuhause, wovon sich meine Mutter bei jedem ihrer Besuche überzeugen konnte. Ja, sie gewann sogar bald den Eindruck, dass diese Leute mir mehr Liebe schenkten als dem eigenen Sohn. Dennoch reagierte dieser nicht eifersüchtig. Im Gegenteil, er zeigte sich als guter Spielkamerad und vortrefflicher Beschützer der kleinen »Schwester«.

Erst nach meiner Schulentlassung verließ ich dieses Haus. Meine Pflegemutter schickte mich auf eine Hauswirtschaftsschule, damit ich etwas Anständiges erlernen konnte. Bis zu dieser Zeit blieb ich für alle Familienmitglieder »das Christkindl, das per Schlitten gelandet war«.

Die Blockflöte

Sanni, Jahrgang 1927, aus Reit im Winkl

Außer mir hatten meine Eltern ein weiteres munteres Dirndl: die um drei Jahre ältere Hanni. Im Nachbarhaus gab es gleich drei kleine Mädchen, die Cordula, die Resi und die Liesl. Wir waren Geschwisterkinder; unsere Väter waren nämlich Brüder. Da sich unsere Cousinen etwa in dem gleichen Alter befanden wie wir, verstanden wir uns ausgezeichnet. Sie waren unsere besten und liebsten Spielkameradinnen, schon allein deshalb, weil es weit und breit keine anderen Kinder gab, mit denen wir hätten spielen können. Denn unsere beiden Elternhäuser standen weit vom Dorf entfernt.

Daher gab es von klein auf ein ständiges Hinüber- und Herübersausen. Die drei Cousinen waren bei uns genauso zu Hause wie wir bei ihnen.

Als für die beiden Ältesten, Jahrgang 1924, mit der Schule der Ernst des Lebens begann, blieben von uns noch drei, die ständig zusammenhingen. Als zwei Jahre darauf die Mittlere eingeschult wurde, waren nur noch die Liesl und ich übrig. Daher wuchsen wir in dem einen uns noch verbleibenden Jahr noch fester zusammen. Wir waren selig, als wir endlich auch den Schulweg antreten durften, wenn er auch sehr lang und im Winter oft beschwerlich war.

Zunächst aber hatte der Schulweg nichts Abschreckendes. Noch gut erinnere ich mich an die herrlichen sonnigen Septembertage, an denen wir mit den Großen in der Frühe losmarschieren durften. Schon am Wegesrand entdeckten wir immer etwas Neues. Das war aber gar nichts gegen das, was man uns in der Schule bot. Natürlich saßen Liesl und ich in der Bank nebeneinander und lauschten aufmerksam dem, was der Lehrer verkündete. Es machte so viel Spaß, all das neue Wissen aufzusaugen. Am allerschönsten aber waren die Musikstunden.

Unser Lehrer hatte eine große Leidenschaft: die Musik. Nicht nur, dass wir bei ihm aus vollem Halse singen durften, bald teilte er auch einige Blockflöten aus. In diese durften wir voller Begeisterung mit mehr oder weniger Talent hineinblasen. Den Kindern, die sich dabei besonders geschickt anstellten, empfahl er, sich bald eine eigene Flöte zuzulegen, schon allein deswegen, damit man auch zu Hause üben konnte. Zu meiner großen Freude gehörte ich zu diesen Kindern, und Cousine Liesl ebenfalls.

Nun wussten wir beide sehr gut, dass wir nicht einfach nach Hause gehen und unsere Eltern um ein solches Instrument bitten konnten. Denn weder Liesls noch meine Eltern waren mit großen finanziellen Gütern gesegnet. Den meisten anderen Kindern ging es ähnlich, das war dem Lehrer auch bekannt. Deshalb gab er allen begabten »Flötisten« folgenden Rat: »Wartet mit eurem Wunsch bis zur Adventszeit, dann wird euch das Christkind den gewiss erfüllen.«

Ja, das schien eine gute Idee zu sein. Wenn wir uns absolut nichts anderes wünschten, würde das Christkind gar keine andere Wahl haben, als jeder von uns eine Blockflöte zu schenken. Auf dem Heimweg beratschlagten meine Cousine und ich, wie wir es anfangen sollten, damit unser Traum auch wirklich in Erfüllung gehe.

Zu dieser Zeit glaubten wir beide noch ganz fest an das Christkind. Schon als das erste Licht am Adventskranz brannte, hätten wir uns am liebsten hingesetzt und unseren Herzenswunsch aufgeschrieben. Der Brief wäre aber ein recht lückenhafter geworden, denn wir kannten noch nicht alle Buchstaben. In der letzten Woche vor Weihnachten war es endlich so weit. Freilich, uns fehlten noch immer einige Schriftzeichen. Aber in unserem Wunschzettel würden wir gewiss ohne Q, Y und X auskommen.

Am dritten Adventssonntag verfassten wir zwei gleichlautende Briefe, die sich nur durch die Unterschrift unterschieden:

Liebes Christkind!
Zu Weihnachten wünsche ich mir nichts anderes als eine Blockflöte, weil ich doch so gerne spielen mag. Wenn du mir diesen Wunsch erfüllst, will ich auch immer brav sein und der Mama helfen, wo ich nur kann. Wenn du mir noch ein paar Guatl und ein paar Nüsse dazulegst, würde mich das sehr freuen. Aber es muss nicht sein.
Liebe Grüße, deine Sanni.

Um das Christkind für unseren Herzenswunsch noch wohlwollender zu stimmen, holte ich meine Buntstifte herbei, und jede von uns malte eine Tannengirlande um den Text. Weil uns das aber noch zu mager erschien, »hängten« wir bunte Kugeln an die Girlande und »setzten« brennende Kerzen darauf. Wir waren richtig stolz auf unser Werk. Von meiner Mama erbaten wir uns noch zwei Kuverts und schrieben darauf: *An das Christkind im Himmel.*

Damit auch nur ja keine Verwechslung stattfinden sollte, schrieb jede noch ihren Absender auf die Rückseite. Wie uns die Mama empfohlen hatte, legte ich meinen Brief auf eine Fensterbank in unserer Küche, Liesl tat das Gleiche bei sich zu Hause mit ihrem Brief.

Am nächsten Morgen waren die Schreiben tatsächlich verschwunden. Tief befriedigt fieberten wir nun dem Weihnachtsfest entgegen. Den Heiligen Abend verbrachte jede im Kreise ihrer Familie.

Als das Glöckchen endlich läutete, stürmten Hanni und ich in die Stube. Außer den Eltern und Großeltern war auch noch Christel da, eine ledige Tante väterlicherseits. Nachdem wir gemeinsam die üblichen zwei Weihnachtslieder gesungen hatten, durften wir endlich auf dem Gabentisch nachsehen, was das Christkind für uns gebracht hatte. Auf meinem Platz entdeckte ich eine Wollmütze und eine neue Schulschürze. Unter dieser würde gewiss die Blockflöte versteckt sein. Hastig hob ich sie weg – und machte ein langes Gesicht. Vermutlich war das kleine Instrument versehentlich auf dem Platz meiner Schwester gelandet. Deshalb fragte ich sie: »Hanni, hast du vielleicht eine Blockflöte gefunden?«

Sie verneinte durch Kopfschütteln und setzte hinzu: »Ich wüsste auch nicht, was ich damit anfangen sollte.« Dieser Zusatz überzeugte mich restlos davon, dass sie sich meine Flöte nicht angeeignet hatte.

Nun hätte ich gar zu gern gewusst, ob das Christkind nur bei mir das so heiß ersehnte Musikinstrument vergessen hatte oder ob meine Cousine in diesem Punkt wohl ebenfalls leer ausgegangen war. Nachdem ich mich vergewissert hatte, dass alle anderen beschäftigt waren, schlich ich mich aus dem Haus.

Noch ehe ich im Nachbarhaus die Stube betreten hatte, hörte ich, dass Liesls Wunsch in Erfüllung gegangen war. Liebliche Flötentöne drangen an mein Ohr. Vorsichtig schob ich die Tür zur Stube auf und blieb wie angewurzelt stehen.

»Ja, Sanni, was ist denn mit dir los?«, fragte Tante Resi in vorwurfsvollem Ton. »Wieso bleibst denn nicht bei deiner Familie? Zumindest aber wünscht man frohe Weihnachten, wenn man am Heiligen Abend in ein anderes Haus platzt.«

Mir war aber nicht danach zumute, etwas zu sagen. Beim Anblick meiner Flöte spielenden Cousine quollen mir Tränen aus den Augen. Deshalb machte ich auf dem Absatz kehrt und rannte nach Hause. Als ich weinend unsere Stube betrat, nahm niemand Notiz von mir. Offensichtlich hatte man weder mein Verschwinden noch meine Rückkehr bemerkt.

Zutiefst enttäuscht hockte ich mich in eine Ecke und ließ meinen Tränen freien Lauf. Auf einmal spürte ich ein Streicheln auf meinem Kopf und hörte eine warme Stimme: »Ja, Dirnei, was ist denn mit dir los? Wer wird denn am Weihnachtsabend, wenn alle Welt fröhlich ist, so traurig sein?«

Dazu muss ich erklären, mit der Endung »ei« drückt man bei uns eine besondere Zärtlichkeit aus, wie man das im Hochdeutschen mit den Silben »chen« und »lein« tut.

Durch meinen Tränenschleier hindurch erblickte ich Tante Christl, die sich zu mir niedergebeugt hatte. Ich warf mich ihr schluchzend an die Brust. »Das Christkind hat mein Geschenk vergessen!«

»Aber Sannei, das kann doch nicht sein. Du hast doch eine warme Wollmütze bekommen und ein wunderschönes rotes Schürzei. Ich hab's selbst gesehen.«

»Jaja«, antwortete ich in jämmerlichem Tonfall. »Aber ich habe nicht das bekommen, was ich mir gewünscht hab.«

»Aber geh, Dirnei, sei doch nicht undankbar. Es wird sicher etwas recht Verrücktes gewesen sein, das du dir gewünscht hast.«

»Nein, gar nichts Verrücktes«, presste ich mit halb erstickter Stimme hervor, »ich hab mir doch nur eine Blockflöte gewünscht.« Dann brach ich erneut in Weinen aus. Geduldig hielt mich die Tante in den Armen, bis mein Tränenstrom ganz versiegt war.

»Ja, was willst du denn ausgerechnet mit einer Flöte?« Erstaunt zog sie die Augenbrauen hoch.

Diese Frage beantwortete ich ihr in aller Ausführlichkeit, indem ich die Geschichte von Anfang an erzählte. Ich verschwieg auch nicht, dass ich inzwischen im Nachbarhaus gewesen war und mich davon hatte überzeugen können, dass sich das Christkind bei meiner Cousine großzügiger gezeigt hatte.

»Weißt du was, Herzerl?«, fragte meine Tante. »Du bekommst deine Blockflöte. Aber erst machen wir einen Besuch im Nachbarhaus.«

Die staunten nicht schlecht, dass ich an diesem Abend – an dem man eigentlich gar nicht zu den Leuten geht – ein zweites Mal auftauchte, noch dazu an der Hand der Tante.

Diese hörte sich erst mal ein paar Takte von Liesls lieblichem Spiel an, dann nahm sie die Flöte in die Hand, besah sie sich von allen Seiten und ließ sich erklären, dass die unterschiedlichen Töne dadurch entstehen, dass man unterschiedlich viele Löcher zuhält. Dann verschwand Christl mit ihrer Schwägerin Resi in der Küche.

Nach einiger Zeit kam sie siegesgewiss in die Stube zurück und verkündete: »Sannei, morgen nach dem Hochamt kriegst du deine Blockflöte.«

Nach diesem Versprechen ließ ich mich von ihr besänftigt nach Hause führen. Ich schlief sogar erstaunlich schnell ein und träumte etwas von Engeln und einem himmlischen Flötenorchester.

Schon früh brachen die Tante und ich auf, um das weihnachtliche Hochamt zu besuchen. In der Kirche war ich aber kaum bei der Sache. Ständig kreiste bei mir der Gedanke im Kopf: Wieso kann die

Tante behaupten, dass ich nach dem Amt meine Flöte kriege?

Als der feierliche Gottesdienst endlich vorbei war, schüttelten wir noch ein paar Leuten die Hände und wünschten »Frohe Weihnachten!«.

Dann zog mich die Tante in Richtung Schule, wo sich über den Klassenzimmern die Dienstwohnungen der Lehrpersonen befanden. Wir stiegen in den ersten Stock und klopften bei meinem Lehrer an.

»Nanu, Christl? Nanu, Sanni? Was wollt ihr am hochheiligen Feiertag in der Schule?«

»Sie verkaufen doch Blockflöten?«, kam die Tante ohne lange Vorrede zur Sache.

»Ei, freilich«, antwortete der Lehrer.

Nun sah sich Christl zu einer Erklärung genötigt: »Die Sache ist die, weil meine Nichte so gern Flöte spielt, hat sie sich beim Christkind eine bestellt. Das hat ihm aber keine gebracht. Warum, weiß ich nicht. Deshalb bekommt sie die Flöte jetzt als Geschenk von mir.«

Wie selig war ich über diese Äußerung! Und noch seliger war ich, als der Lehrer mit uns hinunter in den Klassenraum ging, den Schrank aufsperrte und einen Kasten öffnete. Da lagen sie beieinander, mindestens ein halbes Dutzend, helle und braune.

Ich wählte mir eine helle aus, weil Liesl eine braune hatte, damit es keine Verwechslung geben sollte. Tante Christl bezahlte, der Lehrer dankte, und ich nahm meine Flöte glückselig entgegen. Zu Hause probierte ich das Wunderding gleich aus, und meine Familie stand bewundernd drumherum.

Noch bevor ich nach dem Mittagessen zu meiner Cousine eilte, um ihr mein verspätetes Weihnachtsgeschenk zu zeigen, schnappte ich ein Gespräch zwischen meiner Mutter und Tante Christl auf.

In vorwurfsvollem Ton fragte meine Tante: »Warum hast du denn dem Kind zu Weihnachten nicht die Blockflöte geschenkt? Es hatte sich doch so sehr eine gewünscht!«

»Ja«, bekannte meine Mutter kleinlaut. »Das hab ich auf dem Wunschzettel wohl gelesen. Aber ich wusste doch nicht, was damit gemeint war!«

Unverbesserliche Lausbuben

Edwin, Jahrgang 1968, aus Michelsneukirchen/ Bayerischer Wald

Der erste Weihnachtstag des Jahres 2004 war ein wirklich aufregender für mich. Veronika, unsere Älteste, war zu der Zeit sieben, Christof fünfeinhalb und Josef vier Jahre alt. Unser Jüngster war noch nicht geboren.

Ich selbst stamme aus einer kleinen Landwirtschaft. Als Ältester von fünf Geschwistern hätte ich diese eigentlich erben sollen, wie das in unserer Region üblich war. Aber nicht nur, dass mein Vater es sein Leben lang bedauert hatte, keinen Beruf erlernen zu dürfen, sondern er meinte auch, ein so kleiner Betrieb werde in Zukunft keine Familie mehr ernähren können. Deshalb ließ er alle seine Kinder ein Handwerk erlernen, auch mich.

Zunächst wurde ich Schreiner, dann hängte ich noch eine Ausbildung zum Zimmermann dran. Beide Berufe machten mir wirklich Spaß. Bald aber hatte ich das Glück, in einen mittleren landwirtschaftlichen Betrieb einheiraten zu können. Dennoch behielt ich meine beiden Holzberufe bei, es ist immer gut, zwei Standbeine zu haben.

Das Anwesen, auf dem ich fortan lebte, war ein Einödhof, fernab von aller Zivilisation. Die Hofreite lag zwar auf einem Berg, umgeben von all ihren Feldern, befand sich aber in einer Senke. Die Vorfahren meiner Frau hatten sie wohlweislich an einer Stelle errichtet, in der die Gebäude wind- und wettergeschützt lagen. Erst seit wenigen Jahren führte eine richtige betonierte Straße zu uns herauf, ja, sogar noch weiter, denn außer unseren Feldern lagen auch noch Äcker und Wiesen anderer Bauern in dieser Gemarkung.

Da die Straße etwas höher lag als unser Wohnhaus, konnte man beim Vorbeifahren mühelos in unsere Fenster hineinschauen. Das störte uns keineswegs, denn der Verkehr hielt sich in Grenzen. In der Frühe um vier kam das Zeitungsauto, da war noch nichts zu sehen. Einmal am Tag kam der Postbote, der hatte Besseres zu tun, als uns in die Fenster zu schauen. Alle zwei Tage fuhr das Milchauto vor, um unsere vollen Kannen abzuholen und die leeren wieder hinzustellen.

Freilich, wenn die Felder bestellt werden oder Erntezeit ist, rumpelt schon mal der eine oder andere Traktor mit Anhänger vorbei. Aber die Bauern halten sich auch nicht damit auf, in anderer Leute Fenster zu starren. Kurzum, meine Frau und ich fühlen uns auf dem einsamen Hof sehr wohl, und unsere Kinder kennen es nicht anders.

Um meinen Söhnen die Landwirtschaft schmackhaft zu machen und sie darauf einzustimmen, dass der eine oder andere eines Tages selbst Bauer auf dem Hof sein könnte, kam mir eine Idee. Zu Weihnachten wollte ich die Sprösslinge mit einem Miniaturbauernhof überraschen. Für mich als gelernten

Schreiner und Zimmermann sollte es kein Problem darstellen, selbst eine Nachbildung eines stattlichen Hofes anzufertigen.

Noch bevor die erste Kerze am Adventskranz brannte, begann ich in meinem Büro mit den Vorbereitungen. Zunächst rechnete ich fleißig hin und her und entwarf Gebäude, die im Verhältnis 1:20 entstehen sollten. Dafür brauchte ich schon einige Tage. Mein nächster Schritt bestand darin, sorgfältig einen Plan zu zeichnen. Mit diesem begab ich mich in meine Werkstatt. Dort schnitt ich mir zunächst eine Platte zu mit den Maßen ein Meter auf ein Meter zwanzig, die als Grundfläche dienen sollte. Von da an verschwand ich allabendlich nach dem Nachtessen, wenn meine lieben Kleinen schon in ihren Betten lagen, in meine Werkstatt, wo ich sägte, hämmerte, leimte und malerte. Tagsüber, wenn ich beruflich unterwegs war, blieb sie sorgfältig verschlossen.

Jeden Abend freute ich mich, wenn ich sah, wie das Ganze unter meinen Händen Gestalt annahm. Endlich, zwei Tage vor Weihnachten, war alles fertig, und ich freute mich schon auf die strahlenden Kinderaugen, wenn meine Söhne den Bauernhof unterm Weihnachtsbaum entdecken würden. Es fehlte an nichts. Außer dem Wohnhaus gab es einen Stall, eine Scheune, einen Maschinenschuppen. Dieser war aber nicht leer, rechtzeitig hatte ich aus einem Katalog alles ausgesucht, was ich nicht selbst herstellen konnte: Ladewagen, Traktor, Mähdrescher, Miststreuer, ja, sogar ein Wagen mit einem Güllefass war dabei. Sämtliche Geräte waren naturgetreu und so solide nachgebaut, dass sie die spielenden Kinderhände überstehen würden. Sie waren ja auch nicht ganz billig gewesen. Erfreulicherweise trafen sie rechtzeitig vor dem Fest bei uns ein.

Überall an Haus und Hof gab es Türchen zum Öffnen, Fenster und Dächer, die abnehmbar waren, sodass man von oben hineinschauen und in den Gebäuden werkeln konnte. Ohne Übertreibung kann ich sagen, der Hof war mir so gut gelungen, dass ich am liebsten selbst damit gespielt hätte. Ich konnte es kaum erwarten, bis wir endlich das Weihnachtszimmer betraten.

Der Mini-Bauernhof war ein voller Erfolg. Er schlug ein wie eine Bombe, nicht nur bei den Buben. Den ganzen Abend spielten alle Kinder begeistert und einträchtig miteinander, bis ihnen die Augen zufielen.

Am nächsten Morgen hätten sie sich am liebsten gleich wieder auf den Modellbauernhof gestürzt. Die Chefin hatte es jedoch anders geplant. »Du gehst mit den Buben ins Hochamt, damit sie auch etwas von der kirchlichen Weihnacht mitkriegen«, eröffnete sie mir. »Die Veronika bleibt hier und hilft mir beim Kochen.«

Unsere Söhne waren nicht gerade begeistert über diese Entscheidung, fügten sich aber. Bevor wir das Haus verließen, packte ihre Mutter sie warm ein, in ihre neuen Wintersachen. Es lagen nämlich nicht nur zwanzig Zentimeter Schnee, es herrschten auch einige Minusgrade. Behände sprangen sie in das kalte Auto, und ich düste mit ihnen in Richtung

Kirche, die etwa zehn Autominuten von uns entfernt liegt.

Bis ich dort endlich einen Parkplatz gefunden hatte, vergingen weitere Minuten. Als wir das Gotteshaus betraten, war das Kirchenschiff schon so dicht besetzt, dass ich für uns keine Chance mehr sah, einen Sitzplatz zu finden, höchstens noch in den letzten Bänken. Aber von dort aus hätten die Kinder das Geschehen am Altar nicht verfolgen können. Also entschloss ich mich, mit ihnen auf die Empore zu gehen. Wenn ich Glück hatte, würde ich dort noch Plätze in der ersten Reihe ergattern. Von dort würden wir einen nicht zu übertreffenden Blick auf den Altarraum und die Krippe haben.

Mit dem, was ich mir in Sekundenschnelle ausgedacht hatte, kam ich bei meinen zwei Söhnen aber schlecht an.

»Ich will nicht vorn sitzen«, maulte Christof.

»Ich auch nicht«, echote mein Kleiner.

Was tun? Die beiden gewaltsam in die erste Reihe zerren? Dann müsste ich mich auf deren Gebrüll gefasst machen. Das würde sämtliche Gläubige alarmieren und mich als Rabenvater bloßstellen. Also schlossen wir einen Kompromiss, ich in der Hoffnung, dass die Kinder doch noch nachkommen würden: »Ich gehe allein in die vorderste Bank, und ihr bleibt hinten an der Treppe stehen. Aber rührt euch nicht vom Fleck.«

Sie versprachen es. Ich hatte sie insofern unter Kontrolle, als ich sie von meinem Platz aus im Auge behalten konnte. Bis zur Predigt verlief das ganz gut, aber dann wurde es den beiden jungen Herren offensichtlich zu langweilig. Sie begannen herumzualbern, aber dermaßen laut, dass es alle auf der Empore mitbekamen, vermutlich sogar der predigende Pfarrer.

Die bösen Blicke, die ich daraufhin meinen Söhnen zuwarf, zeigten keine Wirkung. Sie von meinem Platz aus zurechtzuweisen, ging auch nicht, ohne die Aufmerksamkeit sämtlicher Kirchenbesucher auf mich zu ziehen. Mir blieb es also nicht erspart, mich höchstpersönlich nach hinten zu begeben.

Innerlich kochte ich vor Wut. Als ich die beiden Übeltäter erreichte, hätte ich ihnen am liebsten rechts und links eine Watschn gegeben. In meiner Kindheit hatte so etwas geradezu Wunder gewirkt. Inzwischen war körperliche Züchtigung aber out. Also musste ich mir etwas einfallen lassen, um auf meine Sprösslinge pädagogisch einzuwirken.

Zunächst schnappte ich mir den einen rechts und den anderen links, eilte mit ihnen die Treppe hinunter und verließ fluchtartig die Kirche. Dann verfrachtete ich die beiden Widerstrebenden in mein Auto und fuhr in Richtung Heimat. Inzwischen war mir eine Idee gekommen, womit ich sie hart treffen und sie für ihr ungebührliches Verhalten strafen könne.

»Weil ihr in der Kirche so rumgealbert habt, hat das Christkind den Baum und den Bauernhof wieder abgeholt«, erzählte ich ihnen mit ernster Stimme.

Von der Rückbank her erfolgte keine Reaktion, die auf Reumütigkeit der beiden Unartigen hingedeutet hätte. Ja, eher erfolgte das Gegenteil. Als wir wenig später den Straßenabschnitt erreichten, von dem aus man in unsere Wohnzimmerfenster blicken kann, krähte aus dem Hintergrund mein Ältester: »Nein, Papa, der Weihnachtsbaum ist immer noch da!«

Diese Unverfrorenheit brachte mich noch mehr in Rage. Vor allem ärgerte es mich, dass ich dies überhaupt angedroht hatte. Ich hatte es doch nur getan, weil ich dachte, die beiden würden Reue zeigen, und ich könnte dann großmütig sagen: »Also, weil ihr euer Unrecht eingesehen habt, muss das Christkind wieder alles hingestellt haben.« Damit war es aber nun nichts.

Äußerlich ließ ich mir jedoch nichts anmerken. Mit den kleinen Burschen an der Hand steuerte ich auf unser Haus zu. Mir war klar, dass ich den ganzen Bauernhof nicht von der Bildfläche würde verschwinden lassen können. Aber einen Denkzettel sollten sie doch erhalten.

Während ich in die Stube stürmte, folgten mir leider die beiden Tunichtgute dicht auf den Fersen. Ich schaffte es gerade noch, zwei von den landwirtschaftlichen Geräten unbemerkt in meine Hosentasche zu stecken.

»Seht ihr's«, wandte ich mich triumphierend zu den verstockten Sündern um. »Das Christkind hat Ernst gemacht. Der Traktor und der Güllewagen sind verschwunden.«

»Ach, das macht gar nichts«, erklärte Christof ungerührt. »Wir haben ja noch genug andere Maschinen.«

Diese Unverfrorenheit von einem Fünfjährigen brachte mich noch mehr auf die Palme. Mir fiel aber nichts Besseres ein, als zu sagen: »So, weil ihr so unartig wart, geht ihr jetzt sofort ins Bett!«

Zu meinem Erstaunen kamen sie meiner Aufforderung widerstandslos nach, obwohl es erst kurz nach elf war. Meine Frau gab dazu keinen Kommentar ab. Sie konnte sich denken, dass ich meine Gründe für eine solche Maßnahme haben musste. Veronika aber, unsere Älteste, zeigte sich mit den Brüdern solidarisch und begab sich ebenfalls ins Bett.

Wenn ich gehofft hatte, meine beiden Söhne damit weichzukochen, hatte ich mich gewaltig geirrt. Ich hatte das Kinderzimmer noch nicht verlassen, da streckte Christof den Kopf aus den Federn und fragte recht sachlich: »Wie lange müssen wir im Bett bleiben?«

»Bis das Christkind merkt, dass ihr brav seid.«

Um das zu kontrollieren, presste ich ein Ohr von außen an die Tür. Doch nicht der geringste Funke von Besserung war zu erkennen. Anscheinend nahmen sie das alles nicht ernst, denn sie alberten und blödelten weiter. Da half es auch nichts, dass ihnen ihre »große« Schwester gut zuredete, sie sollten zeigen, dass es ihnen leid täte, wie sie sich in der Kirche aufgeführt hatten. Dann dürften sie das Bett bestimmt bald wieder verlassen – und vor allem, dann würde ihnen das Christkind die abgeholten Geschenke wieder zurückbringen. Auch das half nichts. Ich verzweifelte schier über die Verstocktheit der beiden Jungs.

Gegen 14 Uhr stand – wie jedes Jahr am ersten Weihnachtstag – der Besuch bei den Großeltern an, wo auch Geschenke auf die Kinder warteten. Weil wir meine Eltern nicht enttäuschen wollten, blieb uns nichts anderes übrig, als den Arrest der beiden Strolche zu beenden.

Als wir mein Elternhaus erreicht hatten, stellte meine Mutter fest: »Ihr seid heute aber spät dran.«

Da erzählten ihr die beiden Enkel freiwillig und ausführlich von ihrem ungebührlichen Verhalten im Gotteshaus und welche Folgen das gehabt hatte.

Verständnisinnig nickte die Oma und holte weit aus: »Mir ist es auch mal so ergangen. Als ich noch ein kleines Mädchen war, hatte ich zu Weihnachten eine wunderschöne Puppe bekommen. Am nächsten Tag aber war ich nicht brav, deshalb hat mich meine Mutter zur Strafe ins Bett gesteckt. Und als ich wieder aufstehen durfte, war meine Puppe verschwunden. Deshalb weinte ich herzzerreißend. Da empfahl mir meine Mutter: ›Du musst halt sagen, dass es dir leid tut, wie du dich gestern verhalten hast.‹ Das tat ich dann, und bald war meine Puppe wieder zurück.«

Noch nie hatte ich gesehen, dass meine Söhne einer Erzählung so aufmerksam zugehört hätten. Danach waren sie wie verwandelt. Was die pädagogischen Maßnahmen ihres Vaters und das begütigende Zureden der Schwester nicht vollbrachten, hatte das Beispiel aus Omas Kindheit bewirkt.

Als wir gegen 17 Uhr auf der Heimfahrt waren, zeigten sich Christof und Josef brav wie die Lämmer und versprachen mir, in der Kirche nie wieder herumzublödeln. Zu ihrer Freude tauchten wenig später die verschwundenen Spielsachen wieder auf.

Mein Puppenhaus

Johanna, Jahrgang 1937, aus Magdeburg

Als am 1. September 1939 der Zweite Weltkrieg ausbrach, war ich knapp zwei Jahre alt, deshalb erinnere ich mich nicht an diese Zeit. Ein Jahr später aber war ich alt genug, um zu begreifen, dass mein lieber Papa in den Krieg ziehen musste. Für meine Mutter war es gewiss noch viel schwerer als für mich, denn sie hatte kurz zuvor ihr zweites Kind zur Welt gebracht, den kleinen Reiner, Papas ganzer Stolz.

In der Folgezeit nahmen die Kriegshandlungen in unserer Region immer bedrohlichere Formen für die Zivilbevölkerung an. Auch die Versorgungslage wurde zusehends schlechter. In dieser Zeit stand Mama in regem Briefwechsel mit ihren Schwestern. Hanni, meine Mutter, Jahrgang 1901, war die Jüngste von drei Schwestern. Lotti, die Älteste, geboren 1898, lebte in Dresden und Erika, 1900 geboren, wohnte in Neutitschein im nördlichen Sudetenland. In ihren Briefen beschwor sie meine Mama: *Hanni, komm doch mit deinen Kindern und unserer Mutter zu uns. Da ist es sicherer. In Magdeburg lebt ihr sehr gefährdet, denn die Front rückt immer näher.*

Lange Zeit scheuten Mama und Oma Clara eine so weite Reise, noch dazu mit zwei kleinen Kindern.

Am 5. September 1943 siedelten sie dann doch nach Neutitschein zu Tante Erika über, die mit ihrem Mann, meinem Onkel Hans, der glücklicherweise für den Kriegsdienst schon zu alt war, in sehr guten Verhältnissen lebte. Sie hatten einen Tuchgroßhandel und bewohnten ein villenartiges Haus mit einem prächtigen Garten, eigentlich ein Paradies für uns Kinder.

Dennoch verbrachte ich dort leider keine glückliche Zeit, denn meine Mutter litt immer wieder an akuten Herzanfällen. Auch schulisch bedeutete die Umsiedlung für mich eine große Umstellung. In Magdeburg war ich im April im Alter von fünf Jahren und zehn Monaten eingeschult worden. Nun musste ich mich an neue Lehrer und neue Schulkameraden gewöhnen.

Das Weihnachtsfest 1943 wurde ein sehr trauriges für mich, weil meine Mutter so leidend war. Ein wenig Trost spendete mir allerdings die alte Porzellanpuppe, die ich geschenkt bekam und die aus dem Besitz von Tante Lotte stammte, was ich damals aber noch nicht wusste.

An das Weihnachtsfest 1944 dagegen erinnere ich mich mit viel Freude. Für mich war es das schönste meines Lebens, zum einen, weil es der Mama wieder besser ging, zum anderen, weil ich, kaum dass die Tür zum Wohnzimmer geöffnet wurde, neben dem Christbaum, der vom Boden bis zur Decke reichte, etwas erblickte, was wohl der Traum eines jeden kleinen Mädchens ist: ein Puppenhaus!

Vor Aufregung begann mein Herz, wie wild zu pochen. Das Puppenhaus war sehr groß, verfügte über viele nostalgisch eingerichtete Zimmer und eine Treppe. Andächtig kniete ich mich davor und bestaunte all die niedlichen Möbel. Für mich war es klar, dass mir das Christkind dieses Traumhaus gebracht hatte. Erst nach Jahren erfuhr ich, dass mein Großvater es um die Jahrhundertwende eigens für seine Älteste hatte anfertigen lassen. Aber auch die beiden jüngeren Töchter hatten eifrig damit gespielt.

Ich selbst bereicherte das Haus um eine Schaukel, die ich aus einer Garnrolle gebastelt hatte und die ich im Treppenhaus aufstellte.

Bis zum Dreikönigstag spielte ich ausgiebig mit meinem Puppenhaus. Am Abend eröffnete mir die Mama: »Leider müssen wir dein Puppenhaus abbauen.«

»Warum?«, fragte ich erschrocken.

»Damit wir es mitnehmen können.«

»Wohin denn?«, wollte ich wissen.

»Nach Dresden, zur Tante Lotte.«

»Warum?«, war meine nächste Frage. »Hier ist es doch so schön. Und sicher ist es auch, haben Tante Erika und Onkel Hans gesagt.«

»Sicher ist es vielleicht. Danach wird nicht gefragt. Es heißt nur: Alle Nichteinheimischen müssen das Sudetenland verlassen. Selbst die Tante und der Onkel müssen weg.«

Unser Glück, dass Tante Lotte, die in Dresden lebte, ihrer Schwester schon vor längerer Zeit geschrieben hatte: *Hanni, bitte kommt zu uns. Da seid ihr sicher. Hier ist durch den Krieg noch nie etwas passiert.*

Nun, da die Lage sich so darstellte, packte ich mein Puppenhaus bereitwillig ein. Eigenhändig wickelte ich jedes Möbelstück und jedes Teil des putzigen Hausrats in Zeitungspapier. Dann zerlegte meine Mutter das Haus in flache Einzelteile und steckte sie in einen großen Karton. Sorgfältig packte ich meine eingewickelten Gegenstände darauf. Anschließend band die Mutter eine feste Schnur darum, sodass sich das Paket gut tragen ließ.

Am 30. Januar 1945 brachen wir auf. Zwei große Koffer, die das Nötigste an Kleidung enthielten für Oma, Mama und uns Kinder, sowie den Karton mit meinem Puppenhaus hatte Mama schon Tage vorher aufgegeben. Nun wanderten wir, die Mama mit einer kleinen Reisetasche in der einen und Reiner an der anderen Hand, zum Bahnhof. Oma trug die Handtaschen der beiden Damen und ich hielt meine Porzellanpuppe liebevoll an mich gedrückt.

Die Reise ging über Prag und dauerte vier Tage. Wie wir vom Bahnhof zum Haus von Tante Lotte gekommen sind, weiß ich nicht mehr. Ich erinnere mich nur daran, dass wir keine Möglichkeit hatten, unser Gepäck mitzunehmen oder es uns bringen zu lassen. Kaum waren wir im Haus der Tante angekommen, gab es Bombenalarm, und wir mussten in den Keller sausen. So ging das jeden Tag, manchmal sogar zweimal täglich oder auch in der Nacht. Zehn Tage später lagerte unser Gepäck noch immer auf dem Bahnhof.

Es war die Nacht vom 13. auf den 14. Februar, wir saßen wieder einmal im Keller. Da hörten wir eine mächtige Detonation, und das ganze Gebäude begann zu wanken.

»Bei uns hat es eingeschlagen!«, rief Oma mit sich überschlagender Stimme.

»Ja«, bestätigte meine Mutter aufgeregt. »Wir müssen raus, bevor der Keller einstürzt. Sonst sind wir lebendig begraben!«

Als wir auf die Straße stürmten, bot sich uns ein fürchterlicher Anblick. Denn nicht nur unser Haus brannte lichterloh, auch die Häuser in unserer Straße, nein, die ganze Stadt schien zu brennen. Die Nacht war taghell erleuchtet. Wie wir es geschafft haben, diesem Feuersturm zu entrinnen, wäre Stoff für ein ganzes Buch. Hier will ich mich aber auf das Schicksal meines Puppenhauses beschränken.

Der Bahnhof brannte ebenfalls lichterloh. Also war mein geliebtes Puppenhaus dort mit Sicherheit ein Raub der Flammen geworden. Hätten wir es rechtzeitig abgeholt und in das Haus von Tante Lotte gebracht, wäre ihm das gleiche Schicksal widerfahren. Wären wir aber in Magdeburg geblieben, hätte uns das Los noch schlimmer getroffen. Wie wir erfuhren, hatte man am 3. März unser Haus bombardiert. Kein Einziger der im Keller Zufluchtsuchenden hatte überlebt.

Dreimal kam der Weihnachtsmann

Sonja, Jahrgang 1952, aus Weida/Thüringen

Damals bei uns in der DDR war es nicht das Christkind, das die Gaben brachte, sondern der Weihnachtsmann. Und seine Helfer waren nicht Engel, sondern »geflügelte Jahresendpuppen«. Das tat unserer weihnachtlichen Stimmung aber keinen Abbruch. Als ebenso heimelig empfanden wir die Adventszeit.

Da es abends schon früh dunkelte, verstand es die Großmutter, die in der Etage unter uns wohnte, allabendlich eine urgemütliche Dämmerstunde heraufzubeschwören. Sie entzündete eine Kerze, auf der sich eine Skala von eins bis 24 befand. Von dieser ließ sie jeden Abend einen Zentimeter abbrennen, während es aus ihrem schönen altmodischen Küchenherd allerliebst duftete. Sie hatte nämlich in den Backofen für jeden von uns einen Apfel gelegt, den wir, wenn er so richtig brutzelte, mit reichlich Zucker bestreut verzehrten.

Den Höhepunkt bildete natürlich der Heilige Abend. Zunächst packten wir in Omas Stube die Geschenke aus, die der Weihnachtsmann bei ihr für uns abgegeben hatte. Dann begaben wir uns alle, einschließlich der Großeltern, nach oben in die Wohnung meiner Eltern. Der gute alte Mann hatte inzwischen auch dort Gaben für uns hinterlassen und einen festlich geschmückten Baum, ganz in Silber gehalten: silberne Kugeln, silbernes Lametta und silberne Halter, in denen echte Kerzen steckten. Meist war dieser Baum eine Kiefer, weil es schwierig war, an Fichten heranzukommen. Zwar gab es im nahen Wald genug davon, aber sie wurden nicht zum Verkauf geschlagen. Und wehe, man hätte eine davon geklaut! Das wäre einen teuer zu stehen gekommen.

Das Weihnachtsfest, von dem ich erzählen will, muss das von 1960 gewesen sein. Denn ich erinnere mich, dass ich damals acht Jahre alt war und noch an den Weihnachtsmann glaubte. Wie üblich hatten wir in Omas Wohnung die Gaben freudig entgegengenommen. Dann stiegen wir die Treppe hinauf zur elterlichen Wohnung. Kaum hatten wir das Weihnachtszimmer betreten, stürzten wir uns auf die bescheidenen Dinge, die man ohnehin gebraucht hätte: Unterwäsche, einen Schal oder Handschuhe.

Ein bisschen enttäuscht waren meine Schwester und ich dann doch. Denn von den Puppen, die wir uns beide so sehnlichst gewünscht hatten, war nicht die geringste Spur zu entdecken, obwohl wir jedes der praktischen Geschenke sorgfältig drehten und wendeten. Die Oma, die uns wohl heimlich dabei beobachtet hatte, sagte auf einmal: »Ich glaube, der Weihnachtsmann hat etwas vergessen. Ihr müsst noch mal runter in meine Wohnung. Da hat er eine Überraschung für euch.«

Sie hatte den Satz noch nicht zu Ende gesprochen, da rannten wir Kinder auch schon aus der

Wohnung. Wir polterten die Treppe hinunter, rissen die Tür zu Omas Etage auf und platzten in die gute Stube. Da verschlug es uns den Atem!

Der Weihnachtsmann musste tatsächlich noch ein drittes Mal gekommen sein. Denn da saßen sie auf der Couch, zwei Puppen wie aus dem Bilderbuch! Die eine trug ein rosa Kleid, die andere ein himmelblaues. Davon abgesehen, sahen beide völlig gleich aus. Sie hatten die gleichen lieblichen Gesichter und echtes blondes, kämmbares Haar. Damit war unser sehnlichster Wunsch nicht nur in Erfüllung gegangen, sondern sogar noch übertroffen worden, denn so schöne Puppen hatten wir noch nie gesehen. Sie waren eine ausgesprochene Rarität in jener Zeit.

Auch nach Jahren habe ich nicht erfahren, wo der unverhoffte Geschenkesegen hergekommen war. Das interessierte mich auch gar nicht. Fest steht nur, dass es an diesem Abend keine glücklicheren kleinen Mädchen gegeben hat als meine Schwester und mich. Es lässt sich gar nicht beschreiben, mit welcher Inbrunst wir an diesem Abend unsere Puppen kämmten und mit ihnen spielten, bis es unaufschiebbar hieß: »Zeit fürs Bett!«

Noch viele Jahre blieben diese Puppen, die uns der Weihnachtsmann erst beim dritten Anlauf gebracht hatte, unser liebstes Spielzeug.

Drei reuige Sünder

Maria P., Jahrgang 1965, von einem Einödhof in der Nähe von Brixen/Südtirol

Kaum hatte sich Johanna, meine Mutter, in meinen Vater verliebt, heiratete sie ihn auch schon und folgte ihm auf seinen völlig unmodernen Bergbauernhof in 1450 Metern Höhe. Sie, die aus Meran stammte, hatte in ihrem bisherigen Leben absolut keine Berührung mit der Landwirtschaft gehabt. Was die Liebe aber alles fertigbringt! Nach einigen Monaten war Mama nicht nur eine begeisterte, sondern sogar eine perfekte Bäuerin geworden.

Ziemlich dicht nacheinander kamen drei Kinder an: ich 1965, Karl und Josef im Abstand von jeweils zwei Jahren danach. Sie machten das Glück des Paares perfekt.

Uns Kinder störte es nicht, in so großer Abgeschiedenheit zu leben. Wir kannten es ja nicht anders. Wir drei Geschwister waren uns lange Zeit Spielkameraden genug. Im Sommer tollten wir draußen herum und im Winter wussten wir uns im Haus entsprechend zu beschäftigen, angeleitet durch unsere fürsorgliche Mutter.

Erst 1971, als ich in die Schule kam – ich hatte einen Fußweg von etwa 45 Minuten –, stellte ich fest, dass es hier auch noch andere Kinder gab. Dennoch, wenn ich den weiten Heimweg geschafft hatte – bergauf dauerte er wesentlich länger –, genoss ich unsere ländliche Abgeschiedenheit. Die Mutter verstand es, besonders die Advents- und Weihnachtszeit für uns Kinder geheimnisvoll und romantisch erscheinen zu lassen. Auch nachdem ich durch meine Mitschülerinnen über das Christkind aufgeklärt worden war, hatte das Fest für mich nichts von seinem Reiz verloren.

Wenn die kleinen Brüder im Bett lagen, durfte ich der Mutter beim Plätzchenbacken und beim Baumschmücken helfen. Ich hütete mich, Karl und Josef etwas davon zu erzählen, weil ich selbst meine Freude an ihrem Kinderglauben hatte. Für das Weihnachtsfest 1974 hatte der Vater wieder einen schönen Baum aus dem eigenen Wald geholt, und ich schmückte ihn liebevoll mit meiner Mutter. So erlebten wir einen harmonischen glücklichen Heiligabend.

Nachdem wir »Ihr Kinderlein kommet« und »Stille Nacht« gesungen hatten, gaben wir uns selbstvergessen dem Spielen hin. Während ich mit meiner neuen Puppe beschäftigt war, ließen die Brüder ihre Fahrzeuge in der Stube umherflitzen, der eine ein Polizeiauto, der andere ein Feuerwehrauto.

Weil wir den Vater gar so inständig gebeten hatten, zündete er am ersten und zweiten Weihnachtsfeiertag die Kerzen am Baum wieder an, und wir sangen einige Weihnachtslieder. Danach spielten wir ausgiebig unterm Baum.

Was für uns den erleuchteten Weihnachtsbaum besonders reizvoll machte, war, dass wir dem Vater beim Löschen der Kerzen helfen durften. Jeden von uns ließ er immer zwei der unteren Kerzen ausblasen.

Nachdem das am zweiten Feiertag geschehen war, erkundigte sich Josef: »Machen wir die Kerzen morgen wieder an?«

»Nein«, antwortete die Mutter. »Das wäre zu viel des Guten. Die Feiertage sind vorbei. Aber am Neujahrstag zünden wir sie wieder an, gewissermaßen als Abschluss der Weihnachtszeit. Danach werfen wir den Baum hinaus.«

»Oh, der schöne Baum!«, jammerte mein kleiner Bruder.

»Warum?«, fragte der Größere.

Auch darauf wusste die Mutter eine Antwort: »Weil er dürr wird und die Nadeln verliert. Dann ist an Schönheit nichts mehr dran.«

»Ist heute Neujahr?«, erkundigte sich der kleine Josef jeden Morgen an den Folgetagen, wenn er in die Küche kam.

»Nein«, erwiderte die Mutter jedes Mal lachend. »Da musst du dich noch ein Weilchen gedulden.«

Als der 1. Januar herangekommen war, konnte sie endlich die ersehnte Antwort geben: »Ja, Josef. Heute ist Neujahr. Heute machen wir den Baum ein letztes Mal an.«

Am liebsten wäre er sofort in die Stube gestürmt. Die Mutter aber hielt ihn zurück: »Jetzt noch nicht, du Botschele«, was so viel hieß wie »Dummchen«. »Erst heute Abend, wenn es dunkel ist. Dann wirken die Lichter doch viel besser.«

Nicht nur Josef, auch Karl und ich fieberten dem Abend freudig entgegen. Als es endlich dämmrig wurde, ging es aber immer noch nicht los. Die Eltern mussten in den Stall. Der Vater mistete aus und fütterte die Kühe, die Mutter molk sie. Wir Kinder aber wurden in der Küche immer unruhiger und hatten den Eindruck, dass die Stallarbeit heute kein Ende nahm.

»Lass uns doch schon mal rübergehen«, schlug Karl schließlich vor.

»Ja, rübergehen«, bettelte Josef.

Warum eigentlich nicht?, dachte ich, das ist doch nichts Unrechtes.

Kaum waren wir drüben, bettelten die Buben erneut: »Lass uns doch schon die Kerzen anmachen. Dann hat der Papa weniger Arbeit, und die Mama freut sich, wenn wir gleich singen können.«

Eine Weile zögerte ich noch, in dem Bewusstsein, dass ich als Älteste trotz meiner erst neun Lebensjahre die Verantwortung trug. Es war uns nämlich streng verboten, Zündhölzer anzurühren. Plötzlich aber hielt Karl die Schachtel in der Hand. Woher er die hatte, weiß ich nicht.

Als er das erste Hölzchen sehr gekonnt angemacht hatte und begann, die erste Kerze anzuzünden, schritt ich nicht ein. Stattdessen schaute ich fasziniert zu, wie er mit dem einen Zündholz das Licht noch auf zwei weitere Kerzen übertrug. Das zweite Hölzchen hielt er dann in eine Kerzenflamme, wo es lustig aufzischte. Damit zündete er drei weitere Kerzen an. Vor Begeisterung klatschte der kleine Josef in die Hände. Weil ihm das Spiel gefiel und kleine Kinder alles nachmachen müssen, griff er nach der Zündholzschachtel. Der große Bruder ließ sie aber nicht aus. So rangelten die beiden ein bisschen, wobei einige Zweige in Bewegung gerieten.

Ehe wir uns versahen, hatte einer von diesen Feuer gefangen. Nach einer Schrecksekunde bliesen wir aus Leibeskräften auf den brennenden Zweig. Wir hatten ja die Erfahrung gemacht, dass man eine Flamme durch Ausblasen löscht. Statt aber zu erlöschen, griff das Feuer schnell weiter um sich. Da fiel mir ein, dass man mit Wasser auch löschen kann. Ich sauste in die Küche und ließ am Spülbecken einen kleinen Eimer volllaufen.

Bis ich mit diesem zu dem Baum zurückkam, brannte er schon lichterloh, ja, die Flammen züngelten schon nach der Holzwand. Dazu muss ich erklären, dass unser Haus ein sehr altes war. Das Untergeschoss, in dem sich die Milchküche und der gemauerte Backofen befanden, bestand aus Steinmauern. Der erste und zweite Stock und das Dachgeschoss hingegen waren völlig aus Holz konstruiert. Den Stall mit dem Heuboden darüber, ebenfalls ganz aus Holz, hatte man an der Seite angebaut, in der sich das Wohnzimmer befand. Nach dieser Wand griffen die Flammen bereits, als ich mit meinem Eimerchen erschien.

Obwohl mir klar war, dass mein bisschen Wasser nichts nützen würde, schüttete ich es voller Verzweiflung in die Flammen. In Panik rief ich sodann: »Schnell, wir müssen hier raus!«

Bevor wir diesem Befehl nachkamen, schnappte noch jeder von uns sein neues Spielzeug. Dann hasteten wir in den Hausgang, von dem aus man über die Außentreppe ins Freie gelangte. Davon machten wir jedoch zunächst keinen Gebrauch. Anstatt umgehend die Eltern zu alarmieren, beratschlagten wir, wie wir es ihnen so beibringen konnten, dass wir nicht als die Übeltäter dastanden. Erst als der Rauch durch die Stubentür in den Gang drang, rannten wir die Treppe hinunter und in den Stall, wobei wir schrien: »Feuer! Feuer! Es brennt!«

Vielleicht nahmen die Eltern unsere Rufe nicht ganz ernst, vielleicht waren sie aber auch vor lauter Schreck wie erstarrt. Es kam mir wie eine Ewigkeit vor, bis sie endlich reagierten.

Sie scheuchten uns aus dem Stall und hasteten die Treppe hinauf. Offensichtlich erkannten sie mit einem Blick, dass nichts mehr zu retten war. Denn der Vater erschien sofort wieder und eilte in den Stall. Wenig später stürzte die Mutter, nach Atem ringend, aus dem Haus, mit der Schublade vom Wohnzimmertisch in den Händen. Diese ließ sie geradezu auf den Boden fallen, um erneut die Treppe hinaufzustürmen. Sekunden später kam sie mit unseren Mänteln über dem Arm wieder herunter. Sie musste sie im Gang noch rasch von den Garderobenhaken gerissen haben.

»Da, zieht die an!«, rief sie uns zu und warf sich selbst den ihren über, den vom Vater legte sie über die Schublade. Dann lief sie in Richtung Stall, weil sie ihrem Mann helfen wollte.

Dazu kam sie jedoch nicht mehr, denn die Kühe und Kälber stürzten in Panik aus dem Stall. Offenbar hatte der Vater die Gefahr richtig eingeschätzt und sofort damit begonnen, das Vieh loszubinden. Bei drei Kälbern und sechs Kühen war ihm das auch noch gelungen, nur bei der siebten Kuh hatte er es nicht mehr geschafft. Er konnte nur mit Mühe sich selbst retten, indem er zur Seite sprang, als ein brennender Balken auf das Tier herabfiel. Das Feuer hatte sich in Windeseile vom Wohnzimmer zum Dachboden des Stalles durchgefressen und sich gierig auf das gelagerte Heu gestürzt. Meine Eltern konnten nichts mehr tun. Als das Vieh kopflos um uns herumrannte, konnten wir nur aus respektvoller Entfernung zitternd und frierend zuschauen, wie sich unser Zuhause in Rauch auflöste.

Ein Telefon, um Hilfe anzufordern, hatten wir noch nicht. Doch selbst für die Feuerwehr wäre es längst zu spät gewesen.

Der Feuerschein war aber, was sich für uns als Glücksfall erwies, vom Dorf aus gesehen worden. Sogleich hatten sich einige beherzte Bauern auf den Weg gemacht. Zwei von ihnen fingen gemeinsam mit meinem Vater die herumirrenden Tiere ein und führten sie in ihre eigenen Ställe, in denen noch Platz war. Andere boten uns an, uns für die nächste Zeit bei sich aufzunehmen. Erst als die Gebäude bis auf die gemauerten Wände niedergebrannt waren, verließen wir weinend den traurigen Schauplatz, die Mutter mit der Schublade in den Händen.

Als wir endlich bei einem befreundeten Bauern in der Küche saßen, flossen die Kindertränen noch immer. Sie galten aber nicht nur der bedrückenden Tatsache, dass wir nun obdachlos waren, vor allem waren es Tränen der Reue, weil wir durch unseren Leichtsinn das elterliche Anwesen vernichtet hatten. Unser einziger Besitz bestand nur noch aus dem, was wir am Leib trugen, den beiden Spielzeugautos und einer Puppe. Ja, und die Mama umklammerte noch ihre Schublade. Warum sie gerade die mitgenommen hatte, war mir ein Rätsel. Gewiss hatte es Sachen im Haus gegeben, die rettenswerter gewesen wären.

Wir waren hungrig, durstig und müde, schließlich war durch unser unvernünftiges Handeln das Nachtessen ausgefallen. Dankbar stürzten wir uns auf das einfache Mahl, das uns die gütige Bäuerin zu später Stunde servierte. Danach wollten die Eltern wissen, wie es zu der Katastrophe gekommen war. Auch die Bauersleute lauschen gespannt unserer ausführlichen Beichte. Danach wurde es mir ein wenig leichter ums Herz und meine Tränen versiegten.

Anstatt das erwartete Donnerwetter loszulassen, nahm die Mutter uns alle drei gleichzeitig in die Arme und seufzte. »Bei allem müssen wir Gott danken, dass euch nichts passiert ist.« Danach fühlte ich mich noch besser. Doch gab es immer noch etwas, das mich bedrückte.

Am nächsten Morgen fragte ich die Mutter: »Wovon wollt ihr Haus und Stall wieder aufbauen?« Ich wusste nämlich, dass es bei uns mit Geld immer knapp aussah.

»Du hast doch gesehen, dass ich die Schublade mitgenommen habe.« Ich nickte. »Siehst du, in ihr liegen nicht nur alle unsere wichtigen Papiere, sie enthält auch eine Versicherungspolice.«

»Was ist das?«, wollte ich wissen.

Sie erzählte: »Kurz nach unserer Hochzeit war im Nachbarort ein ganzer Hof durch einen Blitzschlag abgebrannt. Die Leute standen dann bettelarm da. Damit uns so etwas nicht passieren kann, haben dein Vater und ich umgehend eine Feuerversicherung abgeschlossen. Diesen Schein nennt man Police. Wenn wir diese bei der Versicherungsgesellschaft vorzeigen, bezahlen sie uns den Wiederaufbau unseres Hofes.«

Was für eine beruhigende Nachricht! Nun wurde mir klar, dass die Schublade wirklich das Wertvollste war, was die Mutter hatte retten können.

Bis die Eltern mit dem Neubau des Hofes begannen, warteten sie die wärmere Jahreszeit ab. Bis dahin waren wir allerdings auf die Gnade und Barmherzigkeit der Dorfbewohner angewiesen. Sie zeigten sich wirklich alle als sehr hilfsbereit. Bei dem Bauern, der uns spontan aufgenommen hatte, konnten wir weiterhin nächtigen. Seine erwachsenen Kinder waren bereits aus dem Haus, und die Zimmer standen leer. Zum Essen gingen wir aber reihum, jede Woche zu einer anderen Familie. Um diesen Leuten für ihre Güte zu danken, halfen meine Eltern ihnen bei der Arbeit.

Wir drei kleinen Sünder aber gelobten hoch und heilig, nie wieder Zündhölzer anzurühren.

Der geraubte Weihnachtsbraten

Lore, Jahrgang 1947, aus Bad Reichenhall

Mich, ein Kind, das in den Bergen aufgewachsen war, hatte die Liebe nach München verschlagen. Um uns gelegentlich vom Großstadtleben zu erholen, hatten wir fünfzig Jahre lang eine Hütte in den Alpen gemietet, im Heutal. Zu allen Jahreszeiten nutzten wir die idyllisch gelegene Berghütte – mit der Familie, mit Freunden und Verwandten. Sie kamen alle gern, mit Vorliebe im Winter, denn das Häuschen lag in einem Super-Skigebiet. Es gab ein Wohnzimmer mit Küchenecke und zwei durch eine Schiebetür abgetrennte Schlafräume. Da die Unterkunft nicht über Elektrizität verfügte, wurde das Wohnzimmer mit einer Gaslampe beleuchtet, und in den Schlafzimmern benutzten wir Taschenlampen. Bis zu zwölf Personen konnten wir gleichzeitig beherbergen, da herrschte abends meist eine Mordsgaudi.

Unsere Kinder wuchsen damit auf, dass es in den Ferien und auch an so manchem Wochenende auf die Hütte ging. Als dann die ersten Enkel kamen, war es nicht anders, auch sie liebten das Hüttenleben, das Tummeln im Schnee und bald auch das Skifahren.

So haben wir viele Weihnachtsfeste und Silvesterfeiern dort erlebt. Den Heiligen Abend verbrachten wir jedoch stets in der Stadtwohnung, am ersten Weihnachtstag aber ging es ab in die Berge. Wir fanden das Hüttenleben so toll, dass wir die Strapazen gern auf uns nahmen, die der Aufstieg mit sich brachte. Wir mussten ja alles an Kleidung, Bettwäsche und Lebensmitteln hinaufschleppen, was wir in den nächsten zwei Wochen brauchen würden.

Ab 1985 wurde es wesentlich leichter für uns; mittlerweile hatte man einen Schlepplift installiert. Am 25. Dezember machten wir uns also wohlgemut auf den Weg. Wir, das heißt unsere Tochter und ich, ihre beiden Kinder, drei und vier Jahre alt, und der sechsjährige Spross unseres Sohnes. Er selbst konnte aus beruflichen Gründen nicht mitkommen. Mein Mann würde einen Tag vor Silvester nachkommen, weil er geschäftlich nicht eher abkömmlich war.

Mit dem Auto fuhren wir bis zur Talstation. Dort schnallten wir unsere Skier unter und die prallen Rucksäcke auf den Rücken. Vom Lift ließen wir uns bequem nach oben ziehen, jede von uns Frauen mit einem der Jüngsten vor den Beinen.

Die Bergstation lag sogar noch ein wenig höher als unser Feriendomizil. So konnten wir auf unseren Skiern ohne Anstrengung bis zum Feriengrundstück gleiten. Seit es den Lift gab, wurde das umliegende Gelände regelmäßig mit der Pistenraupe gewalzt, und wir mussten uns nicht mehr durch den Tiefschnee kämpfen. Diesmal schafften wir die Strecke in fünf Minuten, bisher hatten wir zwanzig bis dreißig dafür gebraucht. Sogar unsere Kleinsten standen schon sicher genug auf den Brettern, um mithalten zu können. Unser Problem fing erst an der Grundstücksgrenze an, wo uns mehr als 1,20 Meter hoher Schnee erwartete. Von der Hütte selbst, die etwa fünf Meter hoch war, konnten wir nur noch das Dach erkennen. Man konnte nur vermuten, wo sich die Eingangstür befand, denn der Wind hatte die Hausfront bis zur Giebelhöhe zugeweht. Nun arbeitete ich mich zunächst allein vor bis hinters Haus. Die Rückseite lag glücklicherweise im Windschatten, deshalb lag dort viel weniger Schnee.

Es gab hier einen kleinen Vorbau, der als Schuppen für Holz und allerlei Geräte diente. In diesem stellten wir auch immer unsere Skier ab. Auf die Schneeschaufel hatte ich es abgesehen. Diese nahm ich an mich und arbeitete mich auf Skiern wieder bis zur Vorderseite des Hauses durch. An der Stelle, wo ich die Haustüre vermutete, begann ich mit der Schaufel – wie in jedem Winter – ein Rechteck auszustechen, etwa dreißig Zentimeter dick, fünfzig breit und siebzig hoch. Dieses harte Schneestück legte ich vorsichtig auf die von mir gespurte Bahn. Dann scharrte ich so lange Schnee aus der Höhlung, bis ich die gläserne Haustür in gebückter Haltung erreicht hatte und aufsperren konnte. Danach war es ein Leichtes, die anderen durch die Hintertür einzulassen.

Während meine Tochter den Ofen anmachte – es herrschten immerhin einige Minusgrade in der Hütte –, packte ich die mitgebrachten Fleischvorräte in eine Metallschüssel und stellte diese in den frisch gegrabenen Eingang vor der Tür. Dann ging ich ums Haus herum und setzte das ausgestochene Schneestück wieder oben ein, um unseren Naturkühlschrank zu schließen. Damit war meine Arbeit allerdings noch nicht beendet. Nun galt es noch, an den Stellen Löcher auszustechen, hinter denen ich die Fenster vermutete, damit ausreichend Tageslicht in die Stube kam und wir auf die schöne Bergwelt hinaussehen konnten.

Bis wir alles verstaut hatten, war es bereits Zeit fürs Nachtessen. Damit wir wenig Arbeit hatten, bestand dieses nur aus belegten Broten und heißem Tee. Danach spielten wir noch ein bisschen Bilder-Domino, wobei selbst die Kleinste begeistert mitmischte. Wir brachten die Kinder schon früh zu Bett. Sie sollten am nächsten Morgen munter sein, wenn es in den Skikurs ging. Wir Erwachsenen hörten noch ein bisschen Radio – ein batteriebetriebenes, versteht sich –, um informiert zu sein, besonders über das zu erwartende Wetter. Unter anderem vernahmen wir eine Durchsage, dass aus der Haftanstalt Bernau zwei Männer ausgebrochen und auf der Flucht seien. Nun ja, was ging uns das an, Bernau lag weit weg.

Ehe auch wir uns zur Ruhe begaben, traten wir ans Fenster und schauten hinaus in die sternenklare Nacht.

Nach kurzer Zeit stieß mich meine Tochter an: »Schau mal, Mutti, drüben in der Hütte brennt Licht. Das müssen neue Leute sein, denn die vorigen haben die doch letztes Jahr aufgegeben.« Die Nachbarhütte lag etwa 300 Meter von der unseren entfernt.

»Nein, das glaube ich nicht. Das hätte ich längst erfahren«, zweifelte ich Claudias Vermutung an.

Kaum hatte ich das ausgesprochen, stieg siedend heiß ein Verdacht in mir auf. Flüsternd, als befürchtete ich, es könne mich jemand hören, teilte ich ihn meiner Tochter mit: »Du, ich befürchte, da haben sich die Ausbrecher aus Bernau eingenistet.«

»Was? So weit weg von der Zivilisation? Das glaubst du doch selber nicht!«

»Doch, Claudia, glaub mir, das ist ein optimales Versteck. Dort wird man sie so leicht nicht finden.«

»Und wovon wollen die dort leben? Vielleicht von Wasser und Luft?«

»Mit Sicherheit haben die letzten Hütten-Bewohner einen Notproviant zurückgelassen. Das tun wir doch auch immer.«

»Und wie lange wird der reichen?«

»Ein, zwei Tage vielleicht.« Ich zuckte die Schultern. »Wahrscheinlich waren sie aber auch so clever und haben sich was Essbares mitgebracht.«

Lächelnd tat meine Tochter das Ganze als Hirngespinst ab. Dennoch – beunruhigt, wie ich war, kontrollierte ich sorgfältig, ob die Türen abgeschlossen waren und begab mich mit ungutem Gefühl zu Bett. Lange fand ich keinen Schlaf.

In der Nacht musste es sich eingetrübt haben, wie im Wetterbericht vorausgesagt worden war, denn am Morgen lag eine Decke von etwa zehn Zentimetern Neuschnee auf dem alten. Doch bald kam die Sonne heraus, und es glitzerte und glänzte dermaßen, dass wir die Sonnenbrillen aufsetzten, bevor wir loszogen.

Nachdem wir die Kinder in der Skischule abgeliefert hatten, begaben wir Großen uns auf die Piste. Es war herrlich. Um 16 Uhr holten wir die Kleinen wieder ab und fuhren gemeinsam zur Hütte, wo sich alle erschöpft auf die Eckbank fallen ließen. Bis das Feuer brannte und es in der Stube so richtig gemütlich wurde, dauerte es eine Weile.

Dann schlug ich meiner Tochter vor: »Heute machen wir das Nachtessen aber zeitiger. Hol schon mal die Schnitzel rein, während ich die Nudeln aufsetze.«

Um etwas aus unserem »Kühlschrank« zu holen, brauchte meine Tochter nur die Haustür zu öffnen.

»Welche Schnitzel?«, fragte sie über die Schulter zurück.

Ich lachte, weil ich dachte, sie wolle einen Scherz machen.

»Schau mal, ich hab sie in der Schüssel unter dem Braten versteckt.«

»Die Schüssel ist leer«, kam es aus Richtung Tür.

Nun war mir nicht mehr nach Lachen zumute. Weil ich das einfach nicht glauben konnte, bemühte ich mich selbst zu unserem »Kühlschrank«, der wie ein Iglu geformt war. Da stand wirklich nur die leere Schüssel!

»Das gibt's doch nicht!« Ungläubig schüttelte ich den Kopf. »Ich hab doch gestern alles hineingetan: den Braten, die Schnitzel, das Filet und das Gulasch.«

So sehr wir auch schauten, es war nicht das geringste Fitzelchen Fleisch zu entdecken. Plötzlich kam mir ein Verdacht. »Du, Claudia, die Ausbrecher von Bernau haben uns gestern bestimmt beobachtet.

Und als sie sahen, dass bei uns das Licht ausging, haben sie sich im Schutz der Dunkelheit hergeschlichen und uns ausgeraubt.«

»Ach, Mutti, du hast eine blühende Fantasie. Sie hätten doch befürchten müssen, dass ihre Fußspuren sie verraten.«

»Die haben halt Glück gehabt, dass der Neuschnee ihre Fährten überdeckt hat.«

»Aber geh, Mama, die konnten doch nicht wissen, dass es in der Nacht schneien würde.«

»Vielleicht haben sie ja auch Nachrichten gehört.«

»Du glaubst doch nicht, dass die sich aus dem Knast ein Radio mitgebracht haben. Und die ehemaligen Mieter haben gewiss keines dagelassen.«

»Wir wissen ja nicht, wann der Schneefall eingesetzt hat«, kam ich mit einem neuen Argument. »Bevor die Verbrecher zu Bett gegangen sind, haben sie vermutlich gesehen, dass es schneit, und sich gedacht, jetzt wär die Gelegenheit günstig.«

Um zu überprüfen, ob sie Spuren an unserem Iglu hinterlassen hatten, ging ich extra ums Haus herum. Meine »Schneetür« wirkte unberührt. Die Verbrecher mussten sie also mit viel Geschick herausgenommen und wieder eingesetzt haben. Ob dieser neuen Erkenntnis diskutierten wir in der Stube noch eine Weile hin und her. Das täuschte aber nicht darüber hinweg, dass wir alle hungrig waren. Uns blieb nichts anderes übrig, als uns mit Nudeln und Blumenkohl zu begnügen.

Am nächsten Morgen, bevor wir auf die Piste gingen, rief ich von dem Gasthaus aus, das sich in der Nähe der Liftstation befand, meinen Mann an,

Handys hatte man ja noch nicht. In aufgeregtem Ton schilderte ich ihm, dass wir beraubt worden waren, und diktierte ihm, was er am 30. Dezember an Fleisch mitbringen solle. Diesmal würden wir gescheiter sein und das neue Fleisch im Schuppen lagern. Dort herrschten ebenfalls Minusgrade, und er war abschließbar.

Auch dem Wirt hatte ich berichtet, dass unser gesamtes Fleisch verschwunden war und wir am Abend zuvor in der Nachbarhütte Licht gesehen hatten. Schon wenig später veranlasste er, dass sich zwei Männer mit der Pistenraupe dorthin begaben, um nachzuschauen. Das erfuhr ich aber erst, als wir vom Skifahren zurückkamen. Der Wirt berichtete, sie hätten niemanden dort angetroffen, und es seien auch keinerlei Spuren im Neuschnee zu entdecken gewesen. Es deute also absolut nichts darauf hin, dass über Nacht jemand in der Hütte gewesen sei.

Dazu äußerte ich mich nicht. Mir lag ja nicht daran, als jemand zu gelten, der Gespenster sah. Auf dem Heimweg aber sagte ich zu meiner Tochter: »Natürlich sind die Ausbrecher dort gewesen. Sie haben sich mit unserem Fleisch die Wampe vollgeschlagen und sind getürmt, bevor der Schnee ihre Spuren verdeckte. Schließlich haben wir beide eindeutig das Licht gesehen.«

Bevor mein Mann neue Fleischvorräte heranschaffte, würden wir uns mit Mehlspeisen über Wasser halten müssen. Zum Glück hatten wir auch noch Obst und Gemüse.

An unserem zweiten Abend, nachdem meine Enkel todmüde in ihre Betten gesunken waren, vergnügten wir Erwachsenen uns noch mit einem Kartenspiel. Ich saß meiner Tochter gegenüber, während sie die Tür im Blick hatte. Gegen 21 Uhr flüsterte sie mir auf einmal zu: »Du, Mutti, schau mal raus.«

»Nein, nein, ich will gar nichts sehen«, wehrte ich ab. Denn ich hatte noch immer mächtig Schiss wegen der Fleischdiebe. Wahrscheinlich waren sie zurückgekehrt, um erneut Beute zu machen!

»Aber geh, Mama«, beschwor mich Claudia im Flüsterton. »Das musst du dir anschauen.«

Vorsichtig drehte ich mich um und riskierte einen ängstlichen Blick in Richtung Tür. Obwohl das Gaslicht unsere Schneehöhle ausreichend erhellte, glaubte ich, meinen Augen nicht trauen zu können. Da saß doch tatsächlich ein Fuchs in unserem Kühlschrank, scharrte ein bisschen hier, scharrte ein bisschen dort und warf uns dann einen vorwurfsvollen Blick zu, als wolle er sagen: »Warum habt ihr mir heute kein Futter hingestellt?«

Wir hielten den Atem an, denn das Bild war wirklich zu possierlich. Erst als er mit beleidigter Miene abzog, brachen wir in schallendes Gelächter aus. Allerdings konnten wir seine Enttäuschung verstehen. Interessanterweise schlich er ganz dicht an der Wand entlang davon. Auf diese Weise muss er auch in unser Iglu eingedrungen sein. Daher hatten wir keinerlei Spuren vor dessen Eingang gefunden, und daher war auch die »Tür« unversehrt gewesen.

Warum, so fragten wir uns, hatte es all die Jahre mit unserem Freiluftkühlschrank keine solchen Zwischenfälle gegeben? Warum waren wir bisher nicht vom Fuchs ausgeraubt worden? Die Antwort gab uns mein Mann, als er am vorletzten Tag des Jahres schwer bepackt bei uns eintraf.

»Bisher hat der meterhohe Schnee den Fuchs daran gehindert, bis zur Hütte vorzudringen. Da die Pistenraupe nun aber das ganze Gelände plattwalzt, hat das schlaue Tier freie Bahn.«

So bringt der technische Fortschritt eben auch Nachteile mit sich. Mein Mann löste auch noch ein weiteres Rätsel. Nämlich jenes, wieso wir in der Nachbarhütte an unserem ersten Abend Licht gesehen hatten.

Die Antwort demonstrierte er uns an einem der nächsten Abende: Der Mond hatte sich in einer der Scheiben gespiegelt.

Damit ist meine Geschichte aber noch nicht zu Ende. Als wir am 6. Januar wieder in München waren und bei meinem Sohn seinen Buben ablieferten, schilderten wir ihm wortreich unser Erlebnis mit dem Fuchs. Ungläubig lachte der uns aus: »Jaja, wenn Mädels unterwegs sind! Die bilden sich schon mal was ein.«

Es frustrierte uns mächtig, dass mein Sohn unsere Geschichte mit dem Fuchs als Ammenmärchen abtat. Vierzehn Tage später wollte er mit drei Freunden ein Wochenende auf der Hütte verbringen. Er fuhr bereits am Freitagnachmittag hinauf. Mit im Gepäck hatte er einen vorgegarten Schweinsbraten von etwa zwei Kilo. Diesen gab er, kaum dass er auf der Hütte angekommen war, in eine Reine (Bräter), die er mit einem Deckel verschloss. Da er auf unsere Warnung ja nichts gegeben hatte, stellte er den schweren Eisentopf mit dem Fleisch in den bewussten Kühlschrank. Um ins Bett zu gehen, schien es ihm noch zu früh. Weil er sich aber, müde und erschöpft von des Tages Last, ein wenig ausruhen wollte, streckte er sich auf der Couch aus. Ehe er sich versah, war er fest eingeschlafen.

Durch ein Rumpeln und Scheppern wurde er unsanft aus seinen Träumen gerissen. Schlaftrunken rieb er sich die Augen und starrte in Richtung Glastür. Da saß unser Freund, der Rotfuchs, dankbar vor dem mächtigen Braten. Die Geräusche müssen entstanden sein, als der den Deckel von der Reine schob. In dem Moment, als Peter schwungvoll die Haustür öffnete, um seinen Braten zu retten, ergriff der ungebetene Gast die Flucht, immer an der Wand entlang …

Bei näherer Betrachtung entdeckte mein Sohn jedoch, dass Meister Reineke den Braten bereits angeknabbert hatte.

»Ach, was soll's«, nahm Peter wehmütig Abschied von seiner köstlich duftenden Fleischspeise. »Ehe wir uns von unserem Fleischdieb die Tollwut einfangen, verzichten wir auf den Braten.«

Er schob den Bräter samt Inhalt, aber ohne Deckel, wieder zurück in die Schneehöhle und begab sich zu Bett.

Am nächsten Morgen war der Topf fein säuberlich leer gegessen. Nur hatte Peter seinen Freunden – außer einer amüsanten Geschichte – nichts aufzutischen, wenn sie kurz vor Mittag eintreffen würden.

Um sie in Empfang zu nehmen, begab er sich also rechtzeitig zur Liftstation und lud sie kurzerhand ins Gasthaus ein. Nachdem sie ausgiebig gespeist hatten, servierte er ihnen als Dessert die Fuchsgeschichte. Angeblich sollen sie sich vor Lachen nicht mehr eingekriegt haben.

Der Esel des Christkinds

Rita, Jahrgang 1945, aus Buchhofen/Niederbayern

Wir waren zu Hause insgesamt drei Geschwister. Meine Schwester Christine war 1939 geboren, ich 1945 und Manfred 1947. Ein Jahr nach seiner Geburt siedelten meine Eltern nach München um, was ich sehr bedauerte, denn auf dem Lande bei meinen Großeltern hatte es mir ausnehmend gut gefallen. Aber alle Ferien – meine Schwester ging ja schon zur Schule – durften wir auf dem Bauernhof von Oma und Opa in Buchhofen verbringen. Das war zu allen Jahreszeiten reizvoll, am schönsten aber war es in der Weihnachtszeit.

Der Opa verstand es nämlich, dem Fest einen besonderen Glanz zu verleihen. Und die Oma war eine liebe, gütige Frau: klein, rundlich, stets mit einer Schürze über dem Kleid, das geflochtene Haar zu einem ordentlichen Knoten aufgesteckt, eine richtige Bilderbuch-Großmutter.

An das Weihnachtsfest 1950 erinnere ich mich besonders lebhaft. Am Heiligen Abend, kaum dass es dunkel geworden war, versammelten sich alle in der Kuchel um den großen Esstisch: die Großeltern, wir drei Kinder sowie Leni und Zenzl, zwei ledige Tanten, Schwestern meiner Mutter. Sie arbeiteten als Mägde auf dem Hof und haben nie geheiratet.

Ich erinnere mich noch gut: Auf dem ausladenden Küchentisch stand eine große Schüssel mit Brotsuppe, das traditionelle Essen vor der Bescherung. Aus dieser Schüssel löffelten alle. Da wir Kinder noch so klein waren, konnten wir die Suppe nur im Stehen erreichen. Ja, mein Bruder musste sich sogar auf die Bank stellen, damit er überhaupt an etwas zu essen kam.

Von der Küche führte eine Tür in den Pferdestall. In diesem standen zwei Pferde, die Linda und der Fritz. Als die Suppenschüssel fast leer war, erhob sich der Opa und steuerte auf diese Tür mit der Erklärung zu: »Vorhin habe ich gesehen, wie das Christkind seinen Esel in unseren Stall gestellt hat. Während es in der schönen Stube die Geschenke für euch hinlegt, erwartet es, dass ich dem Esel Heu und Hafer gebe, damit er auf seiner weiteren Reise nicht schlappmacht.«

»Ich will auch den Esel sehen«, rief ich voller Begeisterung.

»Auch Esel sehen!«, echote Klein-Manfred.

»Um Gottes Willen!«, griff die Oma ein. »Das könnt ihr nicht machen, sonst nimmt das Christkind alle Geschenke wieder mit. Es mag nämlich nicht, dass die Kinder so neugierig sind.«

Wie gut, dass uns die Großmutter zurückgehalten hatte; es wäre ja schrecklich gewesen, wenn wir unterm Weihnachtsbaum keine Gaben gefunden hätten.

Um uns die Wartezeit etwas kurzweiliger erscheinen zu lassen, sang die Oma mit uns alle Adventslieder, die sie kannte. Meine beiden Tanten begaben sich unterdessen in den Stall, um die Kühe zu füttern und zu melken.

Nach einiger Zeit kehrten alle wieder in die Küche zurück und stimmten in den Gesang mit ein, auch der Großvater. Mir fiel auf, dass er immer wieder angespannt durchs Küchenfenster spähte. Das veranlasste mich, auch immer wieder meinen Blick in diese Richtung zu lenken. Ich konnte jedoch absolut nichts sehen, draußen war es ja stockfinster. Zu jener Zeit gab es bei uns noch nicht einmal ein Hoflicht.

Plötzlich sprang der Großvater auf. »Da, Kinder, habt ihr das gesehen? Den hellen Schein – ich glaube, das Christkind ist gerade fortgefahren.«

Zu meinem größten Bedauern hatte ich ausgerechnet in dem Moment nicht aus dem Fenster geschaut. Diese Enttäuschung las mir der Opa vom Gesicht ab, schnell hatte er einen Trost parat: »Wisst ihr was, ihr Lieben? Wir nehmen die Laterne und schauen nach, ob im Schnee nicht Eselsspuren zu sehen sind.«

Diesen Vorschlag nahmen wir begeistert auf. Wir schnappten unsere Jacken und folgten ihm ins Freie. Und was entdeckten wir? Da waren doch tatsächlich solche Spuren im Schnee, wie wir sie noch nie gesehen hatten. Pferdespuren waren das aber nicht, wie die aussahen, wussten wir.

»Schaut, Kinder«, machte uns der Großvater aufmerksam. »Das sind Spuren von einem Esel.«

Das glaubten wir ihm aufs Wort. Vor Aufregung klopfte mein Herz ganz wild. Meinem Bruder wird es wohl ähnlich ergangen sein. Diese Aufregung fand noch eine Steigerung, als wir unvermittelt ein zartes Läuten vernahmen. Wie der Blitz sausten wir ins Haus und hätten das schöne Stüberl gestürmt, wenn nicht die Großmutter davorgestanden und uns abgebremst hätte. »Langsam, langsam, Kinder. Man muss schön gesittet ins Weihnachtszimmer gehen.«

Das taten wir dann auch. Als Erstes bestaunten wir den großen Baum. Er war nicht nur mit Engelshaar und brennenden Kerzen geschmückt, es hingen auch viele Gelee-Ringe daran, mit roten Bandeln an den Zweigen befestigt. Diese erregten vor allem deshalb unser besonderes Interesse, weil wir jedes Jahr davon naschen durften. Auf dem Tisch fanden wir weitere süße Leckereien: einen großen Teller, vollgehäuft mit den köstlichsten Platzerln. Unter dem Baum lagen aber auch bleibende Geschenke für uns: für Christine ein Buch, für mich eine Puppe und für Manfred eine Holzeisenbahn. Natürlich fehlte auch etwas Praktisches nicht, das wir in der nächsten Zeit ohnehin gebraucht hätten: für jedes von uns Kindern einen Pullover.

Erst Jahre später lüftete Opa das Geheimnis um die Spuren vom Esel des Christkinds. Dem braven Pferd Linda hatte er Lappen um die Hufe gewickelt, es durch die Vordertür aus dem Stall geführt, einige Meter zum Hoftor hinaus und dann wieder zurück durch die Hintertür in den Stall. Und weil Kinder im Allgemeinen sehr leichtgläubig sind und wir keine Ahnung hatten, wie Eselsspuren wirklich aussahen, hatten wir uns gern davon überzeugen lassen, zu Opas großer Freude.

Die Lichterkette

Monika, Jahrgang 1955, aus München-Laim

Bereits in meiner Kindheit waren mir schreckliche Geschichten zu Ohren gekommen von Weihnachtsbäumen, die durch echte Kerzen in Flammen aufgegangen waren. Ja, ich hatte von Fällen gehört, da war nicht nur der Baum abgebrannt, sondern da hatte es darüber hinaus große finanzielle Schäden gegeben, weil das Feuer auf das Mobiliar übergegriffen hatte. Deshalb hatte ich mir geschworen, sollte ich mal einen eigenen Hausstand haben, kämen mir nur elektrische Kerzen an den Baum.

In unserer jungen Ehe hatte mein Mann jedoch darauf bestanden, dass wir unseren Christbaum mit echten Kerzen schmücken. Das sei doch viel romantischer. Ich ließ mich überreden, achtete aber darauf, dass immer jemand im Raum blieb, wenn die Kerzen brannten. Außerdem rang ich meinem Mann das Versprechen ab, dass wir, sobald ein Kind da sei, nur noch Elektrokerzen verwenden würden. Man weiß ja, wie unberechenbar spielende Buben und Mädel sind. Da kann man noch so aufpassen, auf einmal stoßen sie gegen den Baum, und das Malheur ist passiert.

Deshalb präsentierte ich im Jahre 1981 meinem Mann, wenige Monate nachdem unsere Tochter auf der Welt war, voller Stolz eine Lichterkette, die ich auf dem Weihnachtsmarkt erstanden hatte.

»Warum denn jetzt schon?«, reagierte Jörg befremdet. »Das Kind kann ja noch nicht mal laufen.«

»Damit wir uns schon mal daran gewöhnen«, antwortete ich. »Denn im nächsten Jahr geht es bestimmt damit los, dass Claudia fröhlich um den Baum tanzt.«

Das leuchtete ihm ein und er montierte, wenn auch noch etwas brummelnd, die neue Lichterkette. Nach wenigen Tagen wusste er sie bereits zu schätzen. Er empfand es als angenehm, dass man den Baum jederzeit anmachen konnte ohne das lästige Hantieren mit den Streichhölzern und dass man auch einmal unbesorgt den Raum verlassen konnte.

Im zweiten und dritten Jahr hatte sich mein Mann so an die elektrischen Kerzen gewöhnt, dass er sich kaum noch vorstellen konnte, dass es mal anders gewesen sein sollte. An dem Weihnachtsfest aber, als unser Töchterchen fast dreieinhalb war, wollten wir den Baum besonders schön herrichten. Denn jetzt würde sie das schon so bewusst erleben, dass sie sich vielleicht ihr ganzes Leben daran erinnern könnte.

Aber nicht nur für Claudia wollten wir den Baum besonders schön anputzen, sondern auch für meine Eltern. Diesen Heiligen Abend würden sie nämlich bei uns verbringen. Sie wechselten immer zwischen ihren Kindern ab: In dem einen Jahr verbrachten sie das Weihnachtsfest bei meinem Bruder, in dem anderen bei uns.

Während unser Kind seinen Mittagsschlaf hielt, werkelten mein Mann und ich still und leise im

Wohnzimmer. In diesem Jahr hatten wir einen besonders gut geratenen Baum erstanden, der so groß war, wie noch keiner zuvor. Er reichte vom Boden bis zur Decke.

Zuerst brachte Jörg die Lichterkette an, trotz ihrer dreißig Kerzen fast zu knapp für diesen stattlichen Baum. Außer den Strohsternen, die ich vor Jahren selbst gebastelt hatte, hängte ich noch Schokoladenfigürchen in bunter Silberfolie zwischen die Zweige: Nikoläuse, Engel, Schneemänner.

Kurz nach 16 Uhr waren wir mit allem fertig, da lagen auch schon die Geschenke auf dem Gabentisch. Meine Eltern trafen pünktlich ein und beschäftigten sich mit ihrem Enkelkind, das seinen Mittagsschlaf gerade beendet hatte. Eine Stunde später huschte mein Mann ins Weihnachtszimmer, um die Baumbeleuchtung einzuschalten, bevor das Glöcklein uns hineinrufen sollte. Doch alles blieb still. So lange kann das doch nicht dauern, bis er den Stecker in die Steckdose gesteckt hatte, sinnierte ich. Nervös begab ich mich in die Diele, um nachzuschauen, was los sei, da trat er gerade aus dem Wohnzimmer.

»Die Lichterkette ist kaputt«, klagte er. »Ich hab alles versucht. Was sollen wir denn jetzt machen?«

»Es muss unbedingt eine neue Kette her«, forderte ich.

»Was? Jetzt, es ist fast halb sechs! Da haben doch längst alle Geschäfte geschlossen. Sollen wir statt der elektrischen nicht echte Kerzen aufstecken? Die Halter habe ich schon gefunden.«

»Hast du auch echte Kerzen aufgetrieben?«, wollte ich wissen.

»Nein«, antwortete er kleinlaut. »Aber vielleicht hat doch noch ein Supermarkt auf, bei dem man welche erstehen kann.«

»Sollte jetzt wirklich noch einer geöffnet haben, kannst du statt echter Kerzen auch eine Lichterkette kaufen«, stellte ich fest.

Sofort begannen wir damit, das Telefonbuch zu wälzen. Ich weiß nicht, bei wie vielen Geschäften wir angerufen haben, wir erreichten immer nur einen freundlichen Anrufbeantworter. Er wünschte uns ein frohes Fest und klärte uns darüber auf, ab wann man wieder zu Diensten sei.

Kurz bevor wir aufgeben wollten, kam meinem Mann in seiner Verzweiflung eine Idee: »Du, ich geh mal zu dem kleinen Schreibwarengeschäft, bei dem ich immer den Lottoschein abgebe. Vielleicht bekomme ich dort neue Elektrokerzen.«

Es dauerte eine gute Stunde, bis er wieder auf der Bildfläche erschien. Er strahlte übers ganze Gesicht. Also schien der Weihnachtsabend gerettet. Ehe ich noch lange Fragen stellen konnte, verschwand er im Weihnachtszimmer.

Kurz nach sieben, also mit gut zwei Stunden Verspätung, läutete endlich das Glöckchen. Klein-Claudia stürmte los, bis dahin hatten wir Mühe gehabt, sie ruhig zu halten. Meine Eltern und ich folgten gemessenen Schrittes. Des Kindes Augen strahlten und meine Eltern ebenfalls. Für meine Begriffe aber war die Baumbeleuchtung etwas zu armselig ausgefallen.

Später, als das Kind schon in süßen Träumen lag, erfuhren wir von meinem Mann, wie er trotz aller

Schwierigkeiten an eine Lichterkette gekommen war. Der kleine Laden, dem er hoffnungsfroh zugestrebt war, hatte natürlich ebenfalls geschlossen gehabt. Weit und breit war keine Klingel zu entdecken. Klopfen würde auch nicht helfen, überlegte er. Nun fiel ihm ein, dass der Inhaber einmal erwähnt hatte, dass er über dem Laden wohne. Zu dieser Wohnung musste es doch eine Eingangstür geben. Aber wo? Vermutlich auf der Rückseite der Reihenhäuser.

Jörg hatte also die Häuser bis zum nächsten Querweg abgezählt. Auf der Rückseite zählte er dann die Häuser in entgegengesetzter Richtung ab, bis er vor dem richtigen Haus sein musste. Mithilfe einer Taschenlampe, die er für Notfälle immer dabei hatte, fand er dort einen Namen und eine Klingel. Nach einiger Zeit öffnete ihm tatsächlich der alte Herr, der ihn immer im Laden bedient hatte.

Nachdem mein Mann sein Problem vorgetragen hatte, vernahm er zu seiner großen Enttäuschung: »Seit Jahren habe ich so etwas nicht mehr im Sortiment. Wissen Sie, die Leute bekommen so etwas im Supermarkt billiger. Dort haben sie auch eine größere Auswahl.«

Entmutigt ließ mein Mann die Schultern sinken und wandte sich zum Gehen um.

Doch schon fügte der Geschäftsmann hinzu: »Warten Sie noch einen Moment. Könnte sein, dass ich von früher noch etwas im Keller habe.«

Da erwachte neue Hoffnung in Jörg. Gemeinsam stiegen die beiden Männer die steilen Stufen hinab, und der alte Herr begann zu suchen. Wie will der in dem ganzen Sammelsurium eine Lichterkette finden?, dachte mein Mann enttäuscht. Doch erstaunlich schnell hatte der Suchende einen Karton entdeckt und zog ihn hervor. Darauf war eine Lichterkette abgebildet. Tatsächlich lag auch eine solche darin, allerdings eine recht kurze, eine mit nur zehn Kerzen.

»Egal«, gab sich Jörg bescheiden. »Besser eine kurze Kette als gar keine.«

Er bezahlte, klemmte den Karton unter den Arm und stürmte siegessicher die Kellertreppe hinauf. »Moment noch«, rief ihm der Ladeninhaber nach, als der späte Kunde bereits die Haustüre erreicht hatte. »Wollen Sie nicht zuerst ausprobieren, ob die Kerzen auch funktionieren? Schließlich liegen sie schon einige Jahre im Keller. Sonst stehen Sie nachher vor dem gleichen Problem wie vorher.«

Jörg hatte den Atem angehalten, als sich der Mann mit dem Stecker auf die Steckdose zu bewegte. Ein kurzer Ruck, und – »Aah!« – die Kerzen leuchteten auf.

»Ja«, schloss mein Mann seinen Bericht ab, »Ist gar nicht so einfach gewesen, die defekte Kette vom Baum zu entfernen, ohne Schaden an der übrigen Dekoration anzurichten. Als noch schwieriger erwies es sich, die neue Kette anzubringen. Eines habe ich mir geschworen: Damit mir so ein Missgeschick nicht noch mal passiert, werde ich die Christbaumbeleuchtung fortan schon Stunden vor der Bescherung ausprobieren – und zwar noch bevor sie am Baum hängt.«

Die erste Jeans

Traudl, Jahrgang 1936, aus Gröbenzell

Die Älteren unter uns werden sich noch mit Freude an die Care-Pakete erinnern. Nach dem Zweiten Weltkrieg sind diese von den Amerikanern nach Deutschland geschickt worden, um uns Besiegten wieder auf die Beine zu helfen. Meist wurden sie an Schulen und Pfarrämter adressiert, weil man den Lehrern und den Pfarrern wohl zutraute, den Inhalt möglichst gerecht zu verteilen. Diese Pakete haben wirklich so manche Not gelindert, denn in den ersten Jahren nach dem Krieg war die Versorgungslage noch denkbar schlecht. So stand zum Beispiel jedem Schulkind bis zum vollendeten zehnten Lebensjahr laut Lebensmittelkarte nur ein Viertelliter Magermilch täglich zu.

Um die ärgste Not für sich und ihre beiden Kinder zu lindern – außer mir gab es noch die um zwei Jahre jüngere Klara –, tauschte meine Mutter die meisten ihrer Fleischmarken bei Nachbarn oder Verwandten gegen Brotmarken ein. Sie vertrat damals schon die moderne Ansicht, dass es ungesund sei, zu viel Fleisch zu essen. Vor allem aber freute sie sich, dass sie auf die Brotmarken mengenmäßig mehr bekam. Das verschaffte ihr die Möglichkeit, zusätzliche Mahlzeiten auf den Tisch zu bringen.

Trotz all ihrer Bemühungen, uns satt zu kriegen, war ich auffallend lang und dürr. Daher wurde ich von meinen Mitschülerinnen »dem lieben Gott sein Bleistift« genannt.

In der Nachkriegszeit fehlte es aber nicht nur an Lebensmitteln, es mangelte auch an allem anderen: an Unterwäsche, an Oberbekleidung, an Schuhen. Für diese sowie für alle anderen Dinge des täglichen Lebens benötigte man Bezugsscheine. Das bisschen, was einem auf diesen zugeteilt wurde, reichte hinten und vorne nicht. Deshalb waren wir so unendlich dankbar für die Care-Pakete, die immer kleine Extras für uns bereithielten.

Von der ersten bis zur vierten Klasse hatten wir immer dieselbe Lehrerin, eine nette, zugleich aber couragierte Person mit ausgeprägtem Gerechtigkeitssinn. Da sie uns von klein auf kannte, wusste sie auf die Bedürfnisse jeder einzelnen Schülerin einzugehen. Deshalb liebten wir sie, hatten aber auch Respekt vor ihr. Die gefährlichen Kriegsjahre hatte sie mit uns durchgestanden, und auch in den schlechten Jahren danach verhielt sie sich bewunderungswürdig, vor allem, als die Pakete ankamen. Sie gab deren Inhalt nicht gleich an uns weiter, nur die leicht verderblichen Lebensmittel. Alles andere sammelte sie in großen Kartons und versprach uns, die Sachen zu gegebener Zeit zu verteilen.

Am vorletzten Tag vor den Weihnachtsferien kündigte sie an, dass wir am letzten Schultag eine Adventsfeier machen würden. Bei dieser warte auf jedes Kind eine Überraschung. Damit alles recht feierlich zugehe, solle jedes Mädchen – entsprechend seinen Möglichkeiten – einen kleinen Tannenzweig oder eine Kerze, und wenn es auch nur ein Stümpfchen sei, mitbringen.

Die beiden ersten Schulstunden am nächsten Morgen verliefen ganz normal, sofern man es »normal« nennen kann, wenn sechsundfünfzig Schülerinnen aufgeregt der Adventsfeier entgegenfiebern.

Nach der großen Pause wurde es dann wirklich gemütlich. Das Lehrerpult war mit einem Leintuch abgedeckt, unter dem sich vermutlich wunderbare Sachen verbargen. Auf jeder Schulbank lag ein Tannenzweigerl, auf dem eine Kerze befestigt war.

Das Fräulein schritt von Bank zu Bank und zündete die Kerzerl an: rote, gelbe und weiße. Dann ließ sie alle Rollos herab, die alten Verdunkelungen, wie sie im Krieg vorgeschrieben waren. Als im Raum nur noch das flackernde Licht der Kerzen zu sehen war, wurde es so richtig anheimelnd. Wir sangen Adventslieder und sagten Gedichte auf, die unser Fräulein mit uns einstudiert hatte, damit wir die Eltern unterm Weihnachtsbaum damit erfreuen konnten. Dann zog sie die Verdunkelung neben ihrem Pult wieder auf, damit genügend Licht auf dieses fiel.

Als sie das Betttuch wegzog, erblickten wir eine Wunderwelt und staunten nicht schlecht: Das Pult war über und über mit Waren bedeckt, wie wir sie zum Teil noch nie gesehen hatten. Das Fräulein rief ein Kind nach dem andern nach vorn, um ihm seine Gabe zu überreichen. Obwohl wir erst zehn waren, erkannten wir, dass sich die Lehrerin ausgiebig Gedanken darüber gemacht hatte, was sie wem wohl am besten geben solle. Das eine Kind bekam ein Paar Strümpfe, das andere ein Leibchen, eine Unterhose oder ein Unterhemd. Andere bekamen Mehl, Zucker oder Dosenfett. Dazu erhielt aber auch jede noch etwas zum Naschen, etwa eine Tafel Schokolade, ein Päckchen Rosinen oder eine Orange. Dies waren die ersten Orangen und die erste Schokolade, die ich je gesehen habe.

Mit jedem Namen, den unsere Lehrperson aufrief, wuchs bei mir die Spannung. Endlich vernahm ich den meinen. Voller Freude und ganz aufgeregt schritt ich nach vorn. Ja, ich schritt wirklich, obwohl ich am liebsten zum Pult gestürzt wäre. Aber wir waren so gut erzogen, dass wir genau wussten, wie man sich zu verhalten hatte.

Außer einem Paket Haferflocken überreichte mir die Lehrerin ein Päckchen Kaugummi. Bis dahin hatte ich noch nicht einmal geahnt, dass es so etwas überhaupt gibt. Wie alle meine Mitschülerinnen bedankte ich mich artig mit einem Knicks und begab mich zu meinem Platz zurück. Nach Schulschluss begann ein eifriges Tauschen. Den einen oder anderen Streifen Kaugummi konnte ich gegen zwei Stückchen Schokolade oder einen Orangenspalt eintauschen.

Ehe uns unsere Pädagogin aber in die Weihnachtsferien entlassen hatte, empfahl sie uns noch: »Schaut auf dem Heimweg im Pfarrhaus vorbei. Dort warten auch noch Gaben auf euch.«

Auf dem kürzesten Wege marschierten wir alle zum Pfarrhof. Auf zwei langen Tischen lagen sie: Kleider, Jacken, Blusen, Röcke. Die Frau und die älteste Tochter des Pfarrers hatten alle Hände voll zu tun, jedem Mädchen das richtige Kleidungsstück zu reichen. Bei dem Andrang würden sie lange beschäftigt sein.

Zu meiner Freude kam ich hier als eine der Ersten dran. Die Pfarrersfrau musterte mich von oben bis unten, dann zog sie zielsicher eine blaue Textilie zwischen den anderen Kleidungsstücken hervor. Nachdem sie das Teil auseinandergeklappt hatte, erkannte ich, dass es eine Hose war.

»Eine Hose?«, fragte ich. »Aber Frau Pfarrer, ich bin doch ein Mädchen!«

»Ich weiß, ich weiß«, entgegnete sie. »Das ist eine Hose für Mädchen. Blue Jeans nennt man sie. Das ist amerikanisch und bedeutet ›blaue Baumwollhose‹.«

Sie hielt mir das Beinkleid vor und bemerkte dazu: »Ich glaube, sie ist genau richtig für dich. Da du so groß und schlank bist, passt du als Einzige in diese Jeans.«

Ich klemmte mir die Hose unter den Arm, bedankte mich artig und marschierte stolz wie Oskar nach Hause. Vermutlich war das die erste Mädchenjeans in ganz München, und ich würde die Einzige sein, die so etwas trug. Freudestrahlend präsentierte ich meiner Mutter meine Neuerwerbung. Schon machte ich Anstalten, mich meines Kleides zu entledigen, um die Jeans vor ihren Augen anzuprobieren. Aber dazu kam ich gar nicht.

»Lass dein Kleid ruhig an«, schnarrte meine Mutter im Befehlston. »Die Hose ziehst du mir nämlich nicht an.«

»Aber das ist doch eine Blue Jeans, sie ist extra für Mädchen gemacht!«

»Das ist mir egal. Blue hin oder her, egal, wie du dieses Kleidungsstück nennst. Das ist eine Hose, und für Mädchen schickt es sich nicht, ein solches Kleidungsstück zu tragen, zumindest nicht bei uns. Wir sind schließlich eine anständige, gutbürgerliche Familie.«

Obwohl mir nun Tränen in die Augen traten, die Mama blieb unerbittlich. »Du gehst sofort zurück und tauschst die Hose gegen einen Rock um.«

Als ich die Ausgabestelle erreichte, standen nur noch drei Mädchen an. Wegen der Frau Pfarrer war es mir furchtbar peinlich, dass ich dieses Kleidungsstück umtauschen sollte, weil sie es mit so viel Sorgfalt für mich herausgesucht hatte. Verlegen stand ich vor ihr und wusste nicht, wie ich beginnen sollte.

Da sprach die Frau mich von sich aus an: »Na, Kind, passt dir die Jeans doch nicht?«

Ich hätte das einfach nur bestätigen brauchen, das hätte für mich die Situation erleichtert. Aber ich wollte bei der Wahrheit bleiben. Daher stotterte ich herum: »D-doch, schon. N-nein ... Ich w-weiß es nicht.«

»Wieso nicht?«

»Ich durfte die Jeans erst gar nicht anprobieren. Die Mama möchte, dass ich sie gegen einen Rock umtausche.«

Verständnisvoll nahm sie mir die Hose ab. »Lass uns doch mal schauen, was wir an Röcken in deiner Größe auf Lager haben.«

Sofort stach mir ein rot-grün karierter Glockenrock ins Auge, auf den ich deutete.

»Ja, der ist sehr hübsch«, bestätigte Frau Pfarrer. »Aber ob er deiner Mutter gefallen wird? Das ist nämlich ein Wickelrock.«

Mittlerweile befand nur ich mich noch in dem Raum der Kleiderausgabe. Deshalb ließ die Frau mich in aller Ruhe den Rock anprobieren. Weil ich, wie erwähnt, sehr dürr war, konnte man den Rock gleich zweimal um mich herumwickeln.

»Damit wird deine Mama bestimmt keine Probleme haben«, schmunzelte die Pfarrersfrau. »Es blitzt nicht das geringste bisschen Bein heraus.«

Das war es also gewesen mit meiner ersten Jeans. Nach diesem Erlebnis sehnte ich das Alter herbei, in dem ich selbst über meine Garderobe bestimmen durfte.

Das erste Kleidungsstück, das ich mir dann zulegte, war natürlich eine Blue Jeans. Diese trug ich mit großer Begeisterung, und es folgten ihr noch viele nach. Bis auf den heutigen Tag trage ich diese Hosen noch mit viel Freude. Meine Mutter aber hatte eine solche Abneigung dagegen, dass ich mich darin vor ihr nicht zeigen durfte. Ja, selbst ihre Enkel, also meine Töchter, durften nicht in Jeans vor die Oma treten. Bevor wir sie besuchten, rief sie jedes Mal an und beschwor mich: »Dass mir die Mädchen ja nicht in diesen schrecklichen Dingern kommen!«

Diesen Wunsch respektierten wir. Wenn ihre Enkeltöchter in anderen Hosen bei ihr auftauchten, akzeptierte Mama das eigenartigerweise.

Das Sofa in der Badewanne

Renate L., Jahrgang 1938, aus Dessau

Meinen Vater, von Beruf Bauingenieur, hatte ich noch nicht einmal richtig kennengelernt, da wurde er schon als Soldat im Zweiten Weltkrieg eingezogen. Sicher, er bekam hin und wieder ein oder zwei Wochen Heimaturlaub, das reichte aber nicht aus, um mit ihm sonderlich vertraut zu werden.

Für meine arme Mutter war es aber noch schlimmer. Mit drei kleinen Kindern – mein Bruder Martin hatte 1937 und Bruder Hans-Peter 1940 das Licht der Welt erblickt – war sie weitgehend auf sich gestellt. Wir lebten damals in Dessau in einem dreistöckigen Mietshaus in der obersten Etage. Direkt über dem Kinderzimmer befand sich die Sirene. Je weiter der Krieg fortschritt, desto öfter schrillte sie in der Nacht los, sodass wir förmlich aus den Betten fielen. Martin dachte aber gar nicht daran, mit uns in den Keller zu stürmen. Verschlafen kroch er wieder in sein Bett. Daher musste die Mutter ihn jedes Mal gewaltsam nach unten zerren.

Wir suchten aber nicht immer Zuflucht in dem Keller unseres Wohnhauses. Tagsüber rannten wir oft in den nächsten Bunker oder in den nahe gelegenen Wald, weil die Mutter uns dort sicherer glaubte. Wie gut aber war es, dass wir Mitte April 1945 die

Nacht in unserem Keller verbrachten. Denn später sollten wir erfahren, dass sowohl der Wald als auch mehrere Bunker durch die Bombenexplosion wie abrasiert waren. Und dennoch hätte es uns beinahe erwischt.

In der bewussten Nacht saß ich wie immer gelangweilt mit mehreren Kindern auf einer Pritsche und dachte: Wäre ich doch nur in meinem Bett geblieben. Plötzlich erfolgte ein unheimlich lauter Schlag, und das ganze Gebäude erbebte. Alle Hausbewohner, die mit uns im Keller saßen, schrien auf. Danach trat eine unheimliche Stille ein. Wie erstarrt blieben alle auf ihren Plätzen sitzen. Wir Kinder schliefen nach und nach ein.

Erst als der Tag heraufdämmerte, wagten sich einige Frauen ins Freie, um nachzusehen. Das war gar nicht so einfach: Sie mussten über einen Berg von Schutt steigen, der sich vor der Haustüre aufgetürmt und vordem die Fassade des Hauses gebildet hatte. Nachdem sie den Schuttberg überwunden hatten, standen sie vor einem tiefen Krater. Er klaffte dort, wo sich zuvor die andere Straßenseite und das gegenüberliegende Haus befunden hatten.

Da wurden wir uns bewusst, was für ein Glück wir alle gehabt hatten. Alle in unserem Keller hatten den Angriff überlebt, und wir hatten ein Dach über dem Kopf behalten. Die Vorderseite des Hauses sah allerdings so aus, als habe man die Wand einfach weggeklappt. Es ließ sich in die Zimmer blicken wie bei einem Puppenhaus. Die Treppe hatte glücklicherweise standgehalten, daher konnte man alle Räumlichkeiten betreten, die sich auf der

Rückseite des Gebäudes befanden. Jede Familie hatte noch ihre Küche, ihr Bad und ein kleines Zimmer, das noch bewohnbar war. Aber wie lange noch? Mit uns lebte die ständige Angst vor der nächsten Bombe. Diese konnte uns mitsamt dem Rest des Hauses ebenfalls wegradieren.

Doch wir hatten Glück. Wir lebten zwar eng zusammengepfercht, doch wir überstanden unbeschadet die letzten Kriegswochen, wenn auch ohne elektrisches Licht. Mit den wenigen Kerzen, die man auf Bezugsscheine bekam, musste man streng haushalten. Ein Glück, dass es auf den Sommer zuging und es am Abend zusehends länger hell blieb.

Nach der ersten Maiwoche verbreitete sich eine erlösende Nachricht wie ein Lauffeuer: »Der Krieg ist aus!«

Unsere Mutter erfuhr dies von der Nachbarin, die unter uns wohnte. Diese hatte die Neuigkeit beim Anstehen im Lebensmittelladen aufgeschnappt. Spontan umarmte uns die Mama alle drei gleichzeitig, wobei ihr Tränen über die Wangen liefen.

»Warum weinst du?«, fragte ich verwundert. »Sei doch froh, der Krieg ist aus.«

»Es sind Freudentränen«, antwortete sie schlicht.

Ganz allmählich begann sich das Leben wieder zu normalisieren. Nachts wurden wir nicht mehr durch Sirenengeheul aus den Betten gerissen, wir konnten unbesorgt auf die Straße gehen und wieder die Schule besuchen.

Wenn wir auch immer wieder unter Hunger litten, so bestand doch wenigstens keine Gefahr mehr für unser Leben, und unsere Habe hatten wir weitgehend retten können. Nur von unserem Vater hatten wir lange Zeit nichts mehr gehört. Grund genug zur Sorge. War er gefallen? War er vermisst? War er in Kriegsgefangenschaft geraten? Jeden Abend betete die Mutter mit uns für seine glückliche Heimkehr. Mit ihrem Ausspruch: »Kindergebet dringt durch die Wolken« wusste sie uns immer wieder zu motivieren. An dieser Weisheit scheint tatsächlich etwas dran zu sein. Denn Anfang 1946 stand unser Papa ganz plötzlich vor unserer Tür. War das eine Freude!

In den folgenden Monaten konnten wir ihn endlich als lieben, gütigen, fleißigen Papa kennenlernen, der alles für seine Familie tat.

Zunächst nahm er die Fassade des Hauses in Angriff. Für ihn schien es ein Leichtes, sie wieder aufzubauen und die beschädigten Räume zu reparieren. Bald konnten wir und unsere Mitbewohner wieder in kompletten Wohnungen leben. Dafür waren ihm alle sehr dankbar.

Unter unseren geretteten Möbeln befand sich auch ein zierliches zweisitziges Sofa, das noch aus dem Nachlass von Oma stammte. Mittlerweile war es aber so unansehnlich geworden, dass meine Eltern es nicht mehr im Wohnzimmer haben wollten. Da es aber sonst noch stabil war, dachten sie auch nicht daran, es wegzuwerfen. In unserem geräumigen Badezimmer fand es Platz und leistete uns noch gute Dienste. So lange wir klein waren, badete die Mutter ein Kind nach dem anderen, mit dem Ältesten beginnend. Natürlich alle im selben Badewasser, man musste schließlich sparen. Während sie Martin in der Wanne schrubbte, verbrachten wir Kleinen die Wartezeit gemütlich auf dem Sofa sitzend. Nach dem Bade wurde jedes Kind auf dem Sitzmöbel trocken gerubbelt.

Als die Mutter uns alt genug dazu wähnte, durften wir alleine baden, ohne Hilfe und Aufsicht. So auch am Tag vor dem Heiligen Abend 1946. Wie gewohnt war mein großer Bruder der Erste, während Hans-Peter und ich geduldig auf dem Sofa ausharrten, bis wir an die Reihe kommen sollten. Martin planschte sehr ausgiebig, während mein kleiner Bruder vor Ungeduld zappelte. Als der Große endlich aus der Wanne stieg, begann ich damit, mich auszukleiden. Noch bevor ich damit fertig war, verließ Martin – bereits im Schlafanzug – das Badezimmer. Auf diesen Augenblick hatte Hans-Peter anscheinend nur gewartet. Noch ehe ich geschwind in die Wanne steigen konnte, stupste er mich an: »Du, Renate, ich hab was mitgebracht.«

Interessiert schaute ich zu, wie er flink einen Kerzenstumpf aus der einen Hosentasche und aus der anderen einen Kerzenständer und Streichhölzer fingerte.

Dazu muss ich erklären, dass wir Kinder es sehr bedauert hatten, als das elektrische Licht wieder funktionierte. Das abendliche Kerzenlicht hatten wir viel interessanter gefunden. Die übrig gebliebenen Kerzen hatte die Mutter in einer Schublade aufbewahrt, damit wir eine Notfallbeleuchtung hatten. Denn es kam immer wieder einmal vor, dass das elektrische Licht ausfiel, zum Beispiel durch einen Blitzschlag, einen Kurzschluss im Haus oder weil die öffentlichen Stromleitungen überlastet waren. In diesen Fällen taten die Kerzen gute Dienste, von diesen hatte mein kleiner Bruder nun eine stibitzt.

Den Kerzenrest steckte er auf den Ständer, strich das Streichholz sehr gekonnt an und entzündete die Kerze. Ja, war das schön! Obwohl der Raum von der Glühbirne an der Decke ausreichend erhellt wurde, war es mit der brennenden Kerze gleich viel anheimelnder im Bad. Plötzlich vernahm ich eine Bewegung im Korridor und befürchtete, die Mutter könne ins Bad kommen. Denn dessen, dass wir nichts Rechtes taten, waren wir uns vollauf bewusst. Blitzschnell versetzte ich dem Kerzenhalter einen leichten Fußtritt und schubste ihn unter das Sofa. Dass sich sogleich ein Rauchfähnchen unter dem Sitzmöbel hervorkräuselte, empfanden wir nicht als bedrohlich. Ja, mit bloßen Händen versuchten wir, den Rauch zu verteilen, damit er der Mutter nicht auffallen sollte. Und wir hatten Glück, sie kam nicht. Doch wenig später schlug eine Flamme aus der Sitzfläche. Da schrien wir beide Zeter und Mordio. Sogleich kam mein Vater ins Bad gestürzt, erfasste die Situation, packte das Sofa von hinten an beiden Seitenlehnen – er war ein großer und kräftiger Mann – und warf es mit Schwung in die Badewanne. Zischend verlöschten die Flammen. Die Mutter, die dem Papa dicht auf den Fersen gefolgt war, erlitt einen Schock.

Ob wir anschließend noch gebadet haben, weiß ich nicht mehr. An das Nachspiel kann ich mich aber noch äußerst lebhaft erinnern. Zunächst ließ der Vater eine Schimpfkanonade über uns los, die sich gewaschen hatte. Ich weiß nicht mehr alles, was er uns an den Kopf warf, aber unter anderem schrie er: »Ja, seid ihr denn von allen guten Geistern verlassen? Wir sind heilfroh, dass der Krieg uns nicht obdachlos gemacht hat, und euch wäre es beinahe durch euren Leichtsinn geglückt!«

Er beließ es aber nicht beim Schimpfen. Um seiner Rede einen nachhaltigen Eindruck zu verleihen, legte er uns nacheinander übers Knie und versohlte uns mächtig den Hintern. Danach wurden wir ohne Abendessen ins Bett geschickt, was bei uns eine schlimme Strafe war. Lange konnte ich nicht einschlafen. War es vor Hunger? War es, weil mir mein Popo schmerzte? Oder drückte mich das schlechte Gewissen? Irgendwann schlief ich dann doch ein.

Am nächsten Morgen aber, dem 24. Dezember, brach das Elend erneut über mich herein. Vater und Mutter richteten kein Wort an uns kleine Übeltäter. Sie blickten uns nur strafend an. Das konnte ja ein heiterer Heiligabend werden. Womöglich würde uns das Christkind zur Strafe nichts bringen. Das hätte ich ja noch klaglos ertragen, wenn nur die Eltern wieder mit mir geredet hätten!

Nach dem Mittagessen tauchte Onkel Willi, ein Bruder meiner Mutter, überraschend bei uns auf. Da er los und ledig war, hatte meine Mutter ihn eingeladen, damit er den Heiligen Abend nicht allein verbringen musste. Er war Anfang dreißig und ein pfiffiger Kerl. Wenn er uns besuchte, was öfter mal vorkam, hatte er für jede Gelegenheit ein Sprüchlein auf Lager, deshalb mochten wir ihn sehr gern.

Er spürte gleich die angespannte Stimmung, die über der Familie lastete. Während wir alle trübsinnig beim Abendessen saßen, das die Mutter vorverlegt hatte, damit die Bescherung früh genug stattfinden konnte, deklamierte er:

»Ich bin klein,
mein Herz ist rein,
mein Popo ist schmutzig,
ist das nicht putzig?«

Da lachten wir Kinder alle schallend auf. Und das Schönste, die Eltern stimmten in das Lachen mit ein. Spontan drückte die Mama den Hans-Peter an sich und der Papa mich. Dabei sagte er: »Es ist alles vergeben und vergessen. Die Hauptsache ist doch, dass euch nichts passiert ist.«

»Das stimmt«, bestätigte die Mama.

»Und wer drückt mich?«, fragte kleinlaut der Martin. »Bin ich vielleicht weniger wert, nur weil ich mich nicht als Feuerteufel betätigt habe?«

»Nein, nein«, die Eltern lachten, ließen uns Kleine los und umarmten gemeinsam ihren Ältesten.

Wir aber stürzten uns in die Arme von Onkel Willi, der weitere lockere Sprüche für uns auf Lager hatte.

Damit war der Weihnachtsabend gerettet. Als das Glöckchen läutete, schritten wir freudig erregt ins Wohnzimmer. Dort fanden wir nicht nur den schön geschmückten Baum vor, es lagen sogar Geschenke darunter, obwohl es eine Zeit der Armut war. Für mich gab es eine Puppe, ganz aus textilem Material. Dem Rumpf und den Gliedmaßen sah man es an, dass sie aus ausrangierten braunen Baumwollstrümpfen gefertigt waren. Gefüllt hatte man sie mit Stoffschnipseln, das konnte man ertasten. Für den Kopf war ein weißer Stoff verwendet worden, den man »Trikot« nannte. Die schwarzen Haare der Puppe bestanden aus aufgezogener Wolle, sodass meine Puppe ein Lockenköpfchen war. Am schönsten an ihr aber fand ich das wunderbare Kleid aus blauem Samt und weißer Spitze.

Für meine Brüder lagen ebenfalls Geschenke unter dem Baum, für Martin ein kleines Flugzeug und für Hans-Peter ein kleiner Lastwagen – beides war aus Blech.

Wir Kleinen glaubten natürlich, dass diese Gaben das Christkind gebracht hatte. Wesentlich später erfuhren wir erst, wie die Geschenke in unser Wohnzimmer gelangt waren. Meine Patentante, die von Beruf Schneiderin war, hatte auf Bitten meiner Mutter schon rechtzeitig aus allerlei Resten die Puppe für mich gefertigt.

Die kleinen Blechspielzeuge für meine Brüder aber hatte ein Mann gebaut, der nur ein paar Straßen weiter wohnte. Dieser war von Beruf Installateur. Da er einen genügend großen Garten besaß, zimmerte er sich einen kleinen Stall und betätigte sich nebenher als Kleinlandwirt. Um in der Nachkriegszeit seine Familie besser ernähren zu können, hielt er sich einige Hühner und ein Schwein, für welches wir ihm alle paar Tage unsere Kartoffelschalen und Gemüseabfälle brachten. Mal übernahm die Mama das, mal ich, mal der Martin.

Ich freute mich immer, wenn ich hinüber durfte, denn zur Belohnung gab mir der Schweinebesitzer jedes Mal ein Zehnerl. Mit diesem hatte ich nichts Eiligeres zu tun, als mir in der nächsten Bäckerei ein Stück Hefe zu kaufen. Dieses verzehrte ich sogleich mit großem Appetit. Man muss bedenken, dass wir damals ziemlich ausgehungert waren und es keinerlei Süßigkeiten gab.

Anfang Dezember, als meine Mutter wieder einmal unsere Kartoffelschalen zu unserem »Nebenerwerbsbauern« brachte, klagte sie ihm ihr Leid: »In zwei Wochen ist schon Weihnachten, und ich weiß nicht, was ich unseren Jungs schenken soll. An Geld mangelt es mir zwar nicht, aber es gibt ja nichts zu kaufen.«

»Wenn's weiter nichts ist«, der Installateur lächelte verschmitzt, »dann kann ich Abhilfe schaffen.«

»Wie das?«, zeigte sich die Mama interessiert.

»Kleine Jungs lieben doch Spielfahrzeuge aller Art. Mein Hobby ist es, in meiner Freizeit kleine Fahrzeuge aus Blechabfällen zu basteln. Ich hab schon einen ganzen Fuhrpark beisammen.«

Die Mutter brauchte also nur auszuwählen, dem Mann einen kleinen Obolus zu geben, und schon hatte sie für ihre Söhne die allerschönsten Geschenke.

Bescherung im Hausgang

Resi E., Jahrgang 1958, aus Mühldorf

Soweit ich zurückdenken kann, hatte das Christkind den Weihnachtsbaum und die Geschenke für uns immer in der Bauernstube aufgebaut. Doch als ich sieben, meine Schwester Lisa fünf und Toni, unser kleiner Bruder, drei Lenze zählte, war alles anders.

»In diesem Jahr findet die Bescherung im Hausgang statt«, verkündete unsere Mutter beim Frühstück an Heiligabend.

»Warum?«, fragten wir im Chor.

»Kinder brauchen nicht alles zu wissen«, speiste sie uns barsch ab. »Das werdet ihr noch früh genug erfahren.«

Weder aus dem Papa noch aus den Großeltern war mehr herauszukriegen, also gaben wir drei uns damit zufrieden. Gewiss, der Hausgang war geräumig, ich schätze, etwa dreißig Quadratmeter groß, aber dennoch recht kalt und ungemütlich, zumal der Boden gepflastert war. Es gab auch keinerlei Sitzgelegenheiten oder einen Tisch, auf dem das Christkind seine Gaben hätte ausbreiten können.

Trotzdem waren wir Kinder schon am Vormittag froher Erwartung. Ich mit meinen sieben Jahren glaubte noch fest an das Christkind, und meine zwei

Geschwister sowieso. Wie also brachte man die vielen Stunden bis zur Bescherung gut herum?

Zunächst scheuchte die Mutter uns nach draußen. Da kein nennenswerter Schnee lag und es ziemlich kalt war, blieben wir nicht lange im Freien. Wir strebten in die warme Küche, wo wir uns recht lustlos mit einem Brettspiel die Zeit zu vertreiben suchten, während Eltern und Großeltern ihrer Arbeit in Haus und Stadl nachgingen. Sobald sich aber einer von ihnen in der Küche blicken ließ, überfielen wir ihn oder sie mit der Frage: »Wann kommt das Christkind denn endlich?« Sie vertrösteten uns immer wieder aufs Neue.

Schließlich sah sich die Oma zu folgender Erklärung genötigt: »Das Christkind hat doch unheimlich viele Kinder zu besuchen, da kann es nicht so schnell bei uns sein.«

Das war zwar einleuchtend, dennoch wurde unsere Geduld arg strapaziert. Um zwölf Uhr trug die Mutter das Mittagessen auf, was etwas Abwechslung in die eintönige Wartezeit brachte.

Am Nachmittag hieß es dann: »Ihr dürft den Hausgang nicht mehr betreten, damit das Christkind dort ungestört zu Werk gehen kann.«

Es existierte weder ein Schlüssel für die Küchen- noch für die Stubentür, sodass die Erwachsenen den Hausgang nicht vor »ungebetenen Besuchern« sichern konnten. Dennoch bestand diesbezüglich keine Gefahr, denn damals war es noch üblich, dass die Kinder den Eltern und Großeltern gehorchten.

Nach einigem Beratschlagen fiel uns etwas ein, wie wir vom Wirken des heiligen Christkindchens etwas mitbekommen könnten: Wir belagerten die Schlüssellöcher der Küchentür und der Bauernstube. Der Vorteil war, dass beide Räume durch eine Tür miteinander verbunden waren. So konnten wir hin- und herhuschen. Allerdings gab es ein Problem: Es standen uns lediglich zwei Schlüssellöcher zur Verfügung. Wir waren jedoch drei neugierige Kinder, die das Geschehen im Gang verfolgen wollten.

So gab es vor den Türen einige Rangeleien. Eines schubste das andere weg, wenn es glaubte, dass eines zu lange auf seinem Spähposten verblieben war. Doch so sehr wir auch durch die winzigen Öffnungen starrten, es ließ sich nichts erhaschen. Aber wenigstens waren wir gut beschäftigt.

Als es an der Zeit für die abendliche Stallarbeit war, luden die Erwachsenen uns alle drei ein, mitzugehen. Normalerweise durfte nur eines mit, und das war glücklich über diese Auszeichnung. Wir liebten die Stallatmosphäre und waren stolz darauf, wenn wir uns dort nützlich machen konnten. Auf diese Weise lernten wir spielerisch schon ein paar der Aufgaben kennen, die eines Tages auf uns Bauernkinder zukommen würden.

An diesem Tag aber hatte keines von uns Lust und Zeit für den Stall. Wir mussten ja »Wache schieben«. Doch so weit der Nachmittag auch noch fortschritt, im Hausgang tat sich nichts, kein Laut, kein Licht, die auf eine himmlische Erscheinung hingedeutet hätten. Gerade als ich einmal wieder an der Reihe war, am Schlüsselloch der Küchentür, wurde es im Gang mit einem Schlag stockdunkel. Klar, um diese Jahreszeit brach der Abend früh herein. Dass es in der Küche und in der Stube wesentlich langsamer dunkelte, fiel uns nicht auf. Erst wesentlich später kam ich dahinter, dass die Eltern im Hausgang etwas vor die Schlüssellöcher gehängt hatten.

Nachdem die Stallarbeit erledigt war, gab es wie üblich Abendessen. Die ganze Familie versammelte sich um den großen Küchentisch, und die Oma tischte auf. Vor lauter Aufregung brachten wir Kinder aber kaum einen Bissen herunter. Da – plötzlich – eben als wir das Mahl beendet hatten – ertönte das Glöckchen. Es bimmelte zwar nur ganz leise, aber keines von uns überhörte es. Wie elektrisiert sprangen wir auf. Jedes wollte als Erstes die Türe aufreißen, um vielleicht noch einen Blick auf das Christkind zu erhaschen. In dem allgemeinen Tumult gingen die Ermahnungen von den Eltern und Großeltern einfach unter.

Doch so schnell wir auch an der Tür waren, vom Christkind war keine Spur mehr zu erblicken. Dafür aber erblickten wir den wunderschönen Christbaum mit zahlreichen strahlenden Kerzen, den der heilige Christ an der Wand zwischen Stuben- und Küchentür aufgebaut hatte. Aha, daher hatten wir von dem Baum von unseren Beobachtungsposten aus nichts sehen können. Und direkt davor stand – o Wunder – ein funkelnagelneues rotes Kinderfahrrad. Lisa jauchzte vor Freude laut auf. Ihr Wunsch war also in Erfüllung gegangen, das Christkind hatte das heiß ersehnte Fahrrad gebracht und demnach Lisas Botschaft verstanden. Da sie noch nicht schreiben konnte, hatte sie einfach ein rotes Fahrrad auf ihren Wunschzettel gemalt.

Neben und vor dem Drahtesel entdeckten wir mehrere größere und kleinere Pakete. In ihrer Aufregung übersah meine Schwester diese jedoch. Mit unbändiger Freude strebte sie auf das Fahrzeug zu, stolperte über die Pakete, kam ins Straucheln, fiel gegen das Fahrrad, versuchte es noch zu halten und stürzte mitsamt ihrem Geschenk in den Christbaum. Dieser geriet ins Wanken und drohte umzufallen. Da er aber an der Wand stand, wurde er nur eingedrückt und schräg an die Wand geschoben. Gott sei Dank gab es weder Vorhänge noch Stores, nach denen die Kerzenflammen hätten züngeln können. Noch ehe etwas passieren konnte, rissen die Eltern ihre Tochter blitzschnell mitsamt ihrem Geschenk aus dem Baum. Gleichzeitig stießen sie mit den Füßen die Pakete aus der Gefahrenzone, damit sie näher an die Kerzen herankamen und sie besser auspusten konnten.

Zum Leidwesen meiner Schwester wurde das Fahrrad sofort in den Hof verbannt. Die Großeltern trugen die Pakete in die Bauernstube, wo wir sie endlich voller Neugier öffneten. Anschließend las Opa die Geschichte von der Geburt Jesu vor, wobei wir aber nur mit halbem Ohr hinhörten. Uns interessierten vielmehr der Punsch, die Plätzchen und der Stollen, welche die Mutter servierte. Da wir uns beim Nachtmahl weitgehend zurückgehalten hatten, fielen wir nach Beendigung der Weihnachtsgeschichte hungrig über diese Köstlichkeiten her.

Einige Wochen später, nachdem mich meine Mitschüler darüber aufgeklärt hatten, wer eigentlich die Weihnachtsgeschenke bringe, fragte ich meine

Mutter: »Habt ihr die Bescherung deshalb in den Gang verlegt, weil ihr befürchtet habt, dass so etwas passieren könnte? In der Stube hätten die Vorhänge ja gleich Feuer gefangen.«

»Nein«, antwortete sie überrascht. »Das war nicht der Grund. Ich wollte einfach nur kein Fahrrad in der Stube haben.«

In den folgenden Jahren fand die Bescherung also wieder in der Bauernstube statt. Unter den Gaben befand sich seitdem auch nichts mehr, was einem Weihnachtsbaum so gefährlich werden konnte wie ein Fahrrad.

Der schwebende Christbaum

Sylvia, Jahrgang 1925, aus Schiffweiler/Saarland

Im Jahre 1952 lag endlich, nach vier kinderlosen Ehejahren, ein Kind in unserer Wiege, und noch dazu ein Stammhalter! Das machte mich glücklich, und Helmut, meinen Mann, machte es sogar überglücklich. Deshalb musste ich in der Folgezeit arg aufpassen, dass er das Kerlchen nicht zu sehr verwöhnte.

Bei dem ersten Weihnachtsfest, das wir als Familie erlebten, war Heinz erst zehn Monate alt, also begnügten wir uns mit einer kleinen windschiefen Fichte. Die Kinderaugen strahlten bei dem Lichterglanz trotzdem und erfreuten unser Herz. Sonst konnte der Kleine dem Weihnachtsfest noch nicht viel abgewinnen. Im Jahr darauf aber bot mein Mann alles auf, um seinem Sohn zu imponieren. Er kaufte den schönsten Baum, den er auftreiben konnte, einen, der fast vom Boden bis zur Decke reichte. Und gut gewachsen war er auch.

Für diesen erschien meinem Mann unser alter, von den Eltern ererbter Weihnachtsschmuck, der aus wenigen bunten Kugeln bestand, zu kümmerlich. Er zog also los und brachte goldene Kugeln nach Hause, dünnere für die oberen Zweige und dickere für die unteren. Auch jede Menge Lametta schleppte er an. Die alten zerknitterten Silberfäden, die ich nach Weihnachten immer mühsam vom Baum gesammelt und die alle Jahre ihre Dienste getan hatten, waren ihm für seinen Sohn nicht mehr gut genug. Sogar zusätzliche Kerzenhalter mussten her, damit auch ja recht viele Lichtlein am Baum leuchten würden.

Während unser Kleiner seinen Mittagsschlaf hielt und ich in der Küche die letzten Plätzchen verzierte, schloss sich mein Mann im Wohnzimmer ein. Selbst ich durfte es nicht vor 17 Uhr betreten. Als uns das kleine Messingglöckchen endlich hineinrief, betrat ich mit Heinz auf dem Arm das Weihnachtszimmer. Den Baum hatte mein Mann wirklich sehr prächtig herausgeputzt. Einen so schönen Christbaum hatte ich noch nie gesehen! Unser Sprössling jauchzte bei dem Anblick vor Vergnügen. Dann zappelte er so lange, bis ich ihn auf die Erde hinabließ, mit seinen fast zwei Jahren war er ja tapfer auf den Beinen. Da er sogleich auf den Baum zusteuerte, machten wir ihn auf seine Geschenke aufmerksam, um ihn abzulenken.

Die fielen 1953 noch recht bescheiden aus. In einem Karton hatten wir sie verpackt: einen Ball, Holzbauklötze und ein Holzpferdchen. Nachdem unser Sohn die Sachen ausgepackt und begutachtet hatte, ließ er sie achtlos auf dem Boden liegen und wandte sich erneut dem Baum zu. Zunächst zog er vorsichtig einen Lamettafaden herab und versuchte, ihn in den Mund zu stecken. Das konnte ich nur dadurch verhindern, dass ich auf das Kerlchen zustürzte, ihm den Faden entwand und mehrmals eindringlich »Bah!« rief. Dieses Wort war ihm bereits vertraut. Mit »Bah!« wurde alles Ungenießbare bezeichnet, das er in den Mund schieben wollte – begleitet von einer bedrohlichen Betonung und einem bösen Blick.

Nachdem ich ihm das Lametta verleidet hatte, wandte er sich den goldenen Kugeln zu. Mit höchster Aufmerksamkeit verfolgten wir sein Tun. Vorsichtig betastete er eine der Kugeln, dann gab er ihr einen Stups, sodass sie sich hin- und herbewegte, was ihm ein fröhliches Glucksen entlockte. Ehe wir uns aber versahen, hatte er schon eine der Kugeln vom Baum gerissen.

Mit einem aufgeregten »Bah!« und einem schnellen Zugriff konnten wir ihn gerade noch an dem Versuch hindern, in den goldenen »Apfel« zu beißen. Daraufhin ertönte ein lautes, enttäuschtes Wutgeheul. Um das Kerlchen zu trösten und um ihn von der Fichte abzulenken, hielt ich ihm den Teller mit dem Weihnachtsgebäck hin. Davon durfte er sich bedienen. Sogleich verstummte das Geschrei, und die Tränen versiegten. Er schob sich eines der Plätzchen in den Mund, kaute genießerisch darauf herum, langte noch ein zweites Mal zu und verspeiste es ebenso genüsslich.

Dann wurde der Lausbub wieder magisch von dem Baum angezogen, argwöhnisch von uns beobachtet. Er schien begriffen zu haben, dass der Baum nichts Essbares für ihn bot. Stattdessen übte er sich darin, an den Lamettafäden zu ziehen und alle Kugeln anzustupsen, die in seiner Reichweite hingen. Er langte immer höher hinauf. Dabei zerrte er in einem Moment, als wir in nicht beäugten, so heftig an den Zweigen, dass die Fichte ihr Gleichgewicht verlor und ins Straucheln geriet. Zum Glück fiel sie nicht auf den Buben, er bekam dennoch einen Schreck und brüllte laut los. Ehe wir aber dazu kamen, ihn zu beruhigen, bliesen wir, so schnell wir konnten, die Kerzen aus, damit der bereits schräg stehende Baum nicht Feuer fing.

Nachdem wir auch die Tränen unseres Sohnes getrocknet hatten, jammerte er: »Armer Baum!«

»Der Papa wird den schon wieder richten«, tröstete mein Mann seinen Sohn.

Es war gar nicht so einfach, die geschmückte Fichte wieder gerade aufzustellen. Mit vereinten Kräften gelang es uns schließlich. Einige der Kugeln hatten das Kippen nicht überlebt. Um die Lücken auszufüllen, hängte Helmut ein paar Kugeln um und dekorierte das Lametta ein bisschen anders. Da er von Beruf Dekorateur war, bedeutete das eine leichte Übung für ihn.

Nun strahlte unser Kleiner wieder. Dennoch ersparten wir ihm nicht die Belehrung, man dürfe mit dem Christbaum nicht so wüst umgehen. Er nickte mit so ernstem Gesicht, als ob er jedes Wort verstanden hätte. Bald danach war es für ihn an der Zeit, zu Bett zu gehen.

Am Weihnachtsmorgen bereitete ich in der Küche das Festtagsmahl vor, und Helmut war im Keller, um Kohlen für den Ofen im Wohnzimmer zu holen. Zur Feier des Tages gedachten wir, dort zu speisen. In dieser Zeit war es unserem Söhnchen gelungen, unbemerkt ins Weihnachtszimmer zu entwischen.

Als mein Mann mit der Kohlenschütte dort eintraf, fand er einen weinenden kleinen Mann vor – und einen Christbaum in Seitenlage.

Noch ehe Helmut seine Stimme erheben und ein Donnerwetter loslassen konnte, flehte eine reumütige Kinderstimme: »Armer Baum, Papa richten!«

Da blieben dem Vater die Schimpfwörter im Halse stecken. Stattdessen lachte er laut, nahm seinen Sprössling auf den Arm und versicherte ihm: »Ja, ich werde den Baum wieder richten. Aber diesmal so, dass ich dir das Handwerk lege.«

Helmut schob den Buben zu mir in die Küche, eilte nach nebenan in die Werkstatt und brachte von dort einen Bohrer und den Werkzeugkasten mit. Diesem entnahm er einen kräftigen Haken. Dann stieg er auf einen Stuhl und bohrte ein Loch in die Decke, in dieses schraubte er den Haken. Den Christbaum versah er ziemlich weit oben mit einem kräftigen Seil und hängte ihn damit an den Haken.

Was für ein Glück, dass bei der zweiten Attacke, die unser Sohn auf den Baum ausgeübt hatte, die Kerzen nicht gebrannt hatten. Wer weiß, was sonst passiert wäre. Doch weitere Kugeln waren zu Bruch gegangen. Der findige Papa wusste sich aber zu helfen. Die kleinen goldenen Kügelchen von oben hängte er unten in die entstandenen Lücken, und oben brachte er den alten bunten Weihnachtsschmuck an, den er zum Glück noch nicht weggeworfen hatte.

Wunderbar, nun hatten wir einen schwebenden Christbaum. Den konnten Kinderhände zwar ins Schwanken bringen, aber ihn keinesfalls mehr umwerfen.

Genauso hängten wir den Baum im folgenden Jahr von Anfang an auf.

Das bewährte sich so gut, dass wir diesen Brauch so lange beibehielten, bis auch unsere Töchter, 1955 und 1959 geboren, dem Kleinkindalter entwachsen waren.

Der Heimkehrer

Hella, Jahrgang 1942, aus Pfreimd/Oberpfalz

Mein Vater, von Beruf Bäckermeister, der aus der Gegend um Köln stammte, hatte sich lange vor dem Zweiten Weltkrieg für zwölf Jahre beim Militär verpflichtet. Nach dieser Zeit, so lautete sein Vertrag, sollte er eine beträchtliche Geldsumme erhalten. Mit dieser wollte er sich in unserem Dorf selbstständig machen. Doch dann kam der Krieg dazwischen.

Kurz nach meiner Geburt, noch ehe er seinen Traum verwirklichen konnte, wurde Papa an der russischen Front eingesetzt, sodass ich ihn nicht wirklich kennengelernt habe. Bereits 1943 fiel er in der großen Schlacht um Stalingrad, so erzählte es mir meine Mutter.

Meine eigenen Erinnerungen reichen zurück bis in das Jahr 1945. Noch deutlich sehe ich sie vor mir: die Scharen von Flüchtlingen, die durch unser Dorf strömten. Die meisten kamen aus Böhmen, dem heutigen Tschechien, und zwar zu Fuß oder auf Ochsenkarren – einer nach dem anderen. Sie alle waren nur mit dem Nötigsten beladen, was halt die Menschen noch hatten zusammenraffen können, bevor sie ihre Heimat verlassen mussten.

Auf den Wagen saßen meistens Frauen mit kleinen Kindern oder auch alte Leute. Sie wurden auf die umliegenden Häuser verteilt. Bei uns wurden zwei ältere Ehepaare einquartiert. Die Männer gingen bald auf den Höfen ringsum arbeiten, um sich ihr täglich Brot zu verdienen. Damit war nicht nur ihnen selbst geholfen, sondern auch den Bäuerinnen, denn es mangelte überall an männlichen Arbeitskräften. Ehemänner, Söhne und Knechte waren entweder gefallen oder befanden sich noch in Kriegsgefangenschaft.

Unsere Flüchtlingsfrauen halfen meiner Mutter im Haushalt und machten zusätzlich Heimarbeit. Eine der Frauen klöppelte wunderschöne Spitzen, was mich faszinierte. Drum weilte ich stundenlang bei ihr im Zimmer und schaute zu, wie sie mit flinken Händen die Klöppel hin- und herwarf.

Dann setzt meine Erinnerung für eine Weile aus. Aber die Adventszeit 1946 erlebte ich sehr bewusst. Das geheimnisvolle Tun versetzte mich regelrecht in einen Freudentaumel. Schon während meine Mutter in der Küche auf einem Schemel hockte und den Adventskranz band, wich ich nicht von ihrer Seite. Am folgenden Abend dann, als die erste Kerze auf diesem Kranz angezündet wurde, steigerte sich mein Glücksgefühl noch. Unsere Flüchtlinge saßen mit uns in der Stube, und wir sangen gemeinsam Adventslieder.

Je näher es auf Weihnachten zuging, desto lieblicher roch es bei uns im Haus. So lernte ich bald die Düfte zu unterscheiden: Zimt, Anis, Nelken, Kardamom. Diese Aromen habe ich mein Leben lang nicht mehr vergessen. Aus den paar Zutaten, die man auf Lebensmittelmarken bekam und für die man stets sehr lange anstehen musste, backte die Mutter nicht nur allerlei Sorten Plätzchen, sondern stellte sogar Pralinen her. Die weiche Masse füllte sie in kleine Förmchen und stellte diese in den Schnee – den es bei uns damals noch reichlich gab –, damit sie fest wurden. Einen Kühlschrank kannte man bei uns noch nicht.

Bis zu diesem Weihnachtsfest hatte ich stets mit großer Begeisterung mit meinen Puppen »Gretl« und »Wurstl« gespielt. Sie waren beide aus alten handgestrickten Strümpfen gefertigt und mit Holzraspeln, wie man bei uns Sägespäne nennt, gefüllt.

Schon am Morgen des Heiligen Abends war ich ganz aufgeregt und schwer zu bändigen. Ich konnte es kaum noch erwarten, bis die Stunde der Bescherung nahte. Und dann wurde sie für mich etwas ganz Besonderes. Zunächst fiel mein Blick auf den Christbaum, der mit seinem Lametta, den bunten Vorkriegskugeln und den echten Wachskerzen alles überstrahlte. Damals wusste ich noch nicht, dass einer von unseren Flüchtlingsmännern ihn kurz zuvor aus einem Wald in der Umgebung »entwendet« hatte. Für mich war der Baum vom Christkind gebracht worden.

Und dann entdeckte ich sie! Eine echte Kautschukpuppe! Es war eine Babypuppe, bekleidet mit einer rosa Strampelhose, weißem Hemd, weißem Jäckchen und rosa Mützchen, wie ein richtiger Säugling. Den ganzen Abend drückte ich sie zärtlich an mich. Erst als es hieß: »Wir gehen in die Christmette!«, legte ich sie beiseite. Für dieses Ereignis konnte ich mich ruhig einmal von meiner

Puppe trennen, der ich spontan den Namen Inge gegeben hatte.

Dass ich mit in die Christmette durfte, war für mich nämlich ein neues aufregendes Erlebnis. Am späten Abend um zehn wanderten wir los. Einer der Flüchtlingsmänner ging voran, eine alte Stalllaterne in der Hand, die noch vom Opa stammte, der andere, ebenfalls mit einer Laterne, bildete im wahrsten Sinne des Wortes das Schlusslicht.

Unterwegs muss ich meine arme Mutter mit meinen vielen Fragen aber recht genervt haben, wie sie mir später gestand. Den Heimweg kurz nach Mitternacht durch den frisch gefallenen Schnee schaffte ich kaum noch. Auf den letzten Metern musste einer der Männer mich tragen. Wie ich ins Bett gekommen bin, bekam ich schon überhaupt nicht mehr mit.

Am folgenden Morgen erwachte ich erst sehr spät. Aber kaum dass ich die Augen geöffnet hatte, stürzte ich mich wieder auf meine Puppe und trug sie liebevoll herum.

Ein paar Jahre später erzählte mir Maria, die jüngste Schwester meiner Mutter, die seinerzeit mit uns im Haus lebte, die abenteuerliche Geschichte, wie die Puppe zu uns gekommen war. Aus irgendwelchen Gründen hatte die Tante im Rheinland zu tun gehabt und bei dieser Gelegenheit auch den Schwiegereltern ihrer Schwester, also meinen Großeltern väterlicherseits, einen Besuch abgestattet. Diese gaben ihr die Vorkriegspuppe, die sie durch Bombenhagel und Evakuierung gerettet hatten, für mich mit.

Einige Tage vor Weihnachten hatte sich meine Tante mit der Puppe auf der Heimreise in einem mächtig überfüllten Zug befunden, in dem es noch nicht einmal Licht gab. In diesen Tagen musste man froh sein, wenn überhaupt ein Zug fuhr. Maria war glücklich, wenigstens einen Stehplatz auf dem Gang, der spärlich vom Mondlicht erhellt war, erwischt zu haben. So stand sie da und hielt die Puppe im Arm, die mit ihrer stattlichen Größe von sechzig Zentimetern größer war als ein Neugeborenes.

Plötzlich rief einer der Männer, die mit ihr auf dem Gang standen, in eines der Abteile hinein: »So steh doch bitte mal einer auf und lass sich die Frau mit dem Kind hinsetzen, bevor ihr noch der Arm herunterfällt.«

Im ersten Augenblick wollte die Tante widersprechen. Dann aber nahm sie den Sitzplatz, den ihr ein junger Mann anbot, dankend an. Nach dem mehrstündigen Stehen war sie froh, Beine und Rücken entlasten zu können. Nun presste sie die Puppe noch enger an sich, damit niemand erkennen sollte, dass es gar kein Baby war. Vermutlich haben sich die Mitreisenden gewundert, dass das »Kleinkind« nicht geschrien hat. Wahrscheinlich waren sie dafür sogar dankbar.

Soweit die Geschichte von Tante Maria. Nun zurück zu unserem ersten Weihnachtsfeiertag 1946. In der Zwischenzeit war meine Mutter in der Küche nicht untätig gewesen. Aus den bescheidenen Zutaten, die ihr zur Verfügung standen, hatte sie ein Festmahl gezaubert. Als sie uns zu Tisch bat, durfte Inge auf dem Stuhl neben dem meinen sitzen.

Nachdem wir die Nudelsuppe gerade gegessen hatten, klopfte es vernehmlich an der Tür. Alle wandten sich ruckartig in diese Richtung. Wer begehrte während des Weihnachtsmahles Einlass bei uns?

Meine Mama, welche der Tür am nächsten saß, öffnete. Im Türrahmen erblickten wir einen bärtigen Mann in feldgrauer Uniform, wie ich sie noch aus den letzten Kriegstagen in Erinnerung hatte.

Plötzlich ein Schrei: »Egon!«

Vor Schreck zuckte ich zusammen. Dann sah ich, wie meine klöppelnde Flüchtlingsfrau aufsprang, auf den Soldaten zustürmte und ihn in ihre Arme riss. Eine Mutter hatte ihren Sohn – obwohl dieser stark abgemagert, bärtig und von oben bis unten verdreckt war – wiedererkannt. Dann stürzte auch der Vater des Heimkehrers auf ihn zu. Er konnte ihn aber erst umarmen, als seine Mutter ihn endlich freigab.

Von dieser Familienszene, die mir unvergesslich bleiben sollte, waren wir so berührt, dass uns allen Tränen in den Augen standen.

Damit Egon die verschmutzte Kleidung ablegen konnte, suchte meine Mutter für ihn Sachen meines Vaters heraus. Während sich der Neuankömmling in der Küche einigermaßen frisch machte – ein Bad gab es bei uns noch nicht – legte meine Mutter ein zusätzliches Gedeck auf, genau vor den Stuhl, auf dem meine Puppe saß, es war nämlich der einzige freie Platz.

Wortlos stand ich auf, nahm meine Inge und legte sie auf einen Sessel. Mir brauchte niemand etwas zu erklären. Obwohl ich damals erst vier Jahre alt war, hatte ich begriffen, dass ein Kriegsheimkehrer Vorrang vor allem anderen hatte.

Als er dann mit uns am Tisch saß, sagte seine Mutter: »Das ist das schönste Weihnachtsfest, das ich je erlebt habe.«

Und ich bin sicher, wir anderen empfanden alle ähnlich.

Neue Schürzen

Maria B., Jahrgang 1949, aus Döltsch/Oberpfalz

Wir waren nicht gerade wohlhabend, obwohl wir auf einem Bauernhof lebten. Nein, wir lebten sogar so bescheiden, dass mein Vater nebenher als Zimmermann arbeiten musste, um die Familie ernähren zu können. Während seiner Ehe war die Kinderschar auf fünf Köpfe angewachsen. Britta, unsere Älteste, war 1940 geboren, 1946 folgte Josef und 1948 Alfons. Um das Maß voll zu machen, kamen ein Jahr darauf noch Zwillinge an, nämlich meine Schwester Irmgard und ich.

Das Weihnachtsfest, an das ich mich noch lebhaft erinnere, ist das von 1955 – zum einen, weil ich zunächst eine große Enttäuschung erlebte, zum anderen, weil es für mich beinahe tragisch ausgegangen wäre.

Mit sechs glaubte ich noch fest daran, dass das Christkind die Geschenke bringe. Wir vier »Kleinen« schliefen noch alle im selben Zimmer, in dem sich außer vier Betten auch ein großer Kleiderschrank befand. Wir Jüngeren wurden schon immer früh zu Bett geschickt, und wir beneideten die Große, weil sie das Privileg hatte, länger aufbleiben zu dürfen. Allerdings hatte sie in dieser Zeit auch kleine Pflichten zu erledigen. Kurz vor Weihnachten musste sie unter anderem der Mutter beim Plätzchenbacken helfen, was ich aber nicht wusste. Damals war ich noch davon überzeugt, dass die Plätzchen für sämtliche Kinder dieser Erde in der Himmelsbäckerei von Engeln gebacken würden.

Am Abend des 23. Dezember waren wir Kleinen wie üblich früh ins Bett gesteckt worden. Vor lauter Aufregung – weil ja am folgenden Tag das Christkind kommen sollte – konnte ich lange nicht einschlafen. Auf einmal hörte ich, wie die Türklinke vorsichtig niedergedrückt wurde, dann fiel ein schmaler Lichtstreifen ins Zimmer. Ganz schnell zwickte ich die Augen zu, denn schon wurde das Licht im Raum angeschaltet.

Gleichzeitig vernahm ich die Stimme meiner Schwester: »Mama, du kannst ruhig reinkommen, sie schlafen schon alle.«

Angespannt lauschte ich und glaubte zu hören, dass sich meine Mutter und meine Schwester auf den Kleiderschrank zubewegten. Dann ertönte ein leises Quietschen, als ob eine der Kleiderschranktüren geöffnet würde. So schlau war ich schon, dass ich dachte, wenn sie etwas im Kleiderschrank suchen, müssen sie mir den Rücken zugewandt haben. Also öffnete ich die Augen wieder und erkannte, dass sie sich an den Wäschefächern zu schaffen machten. Das, was ich dann beobachtete, ließ mich spontan denken: Du hättest die Augen besser zugelassen.

Zwischen der Bettwäsche kramte die Mutter etwas hervor und reichte es meiner Schwester. Das waren eindeutig unsere Weihnachtsgeschenke! Außer zwei in Weihnachtspapier eingewickelten Päckchen legte die Mutter etwas aus Stoff auf die Arme meiner Schwester. Für mich war es leicht, zu erkennen, dass es sich um Schürzen handelte, denn diese Geschenke sahen unseren Präsenten vom letzten Jahr auffallend ähnlich.

Als das Licht ausgeschaltet und die Tür wieder leise zugezogen worden war, lag ich noch sehr lange wach, diesmal allerdings vor Enttäuschung. Denn nun wusste ich ja, dass nicht das Christkind die Geschenke brachte.

Selbst am nächsten Morgen war ich noch missmutig, sodass meine Mama fragte: »Was ist los mit dir?«

»Nichts, nichts«, antwortete ich ihr schnell. Ich konnte doch niemandem anvertrauen, dass ich mir aus lauter Neugier meinen Kinderglauben selbst zerstört hatte.

Im Laufe des Tages besserte sich meine Laune etwas. Denn nach dem Mittagessen wurden wir Kleinen in den Schnee geschickt, damit meine Eltern und meine große Schwester »ungestört dem Christkind helfen konnten«.

Das Nachtessen wurde an Heiligabend immer etwas früher eingenommen als üblicherweise, damit für die Bescherung genug Zeit blieb, bevor wir ins Bett mussten. Obwohl ich nun wusste, wer die Gaben brachte, war ich auf einmal genauso ungeduldig wie sonst. Endlich beendete das Glöckerl die lange Wartezeit, und ich stürzte mit meinen Geschwistern ins Weihnachtszimmer. Als ich dann den strahlenden Christbaum erblickte, kam doch wieder so etwas wie kindlicher Weihnachtsglaube über mich.

Dann entdeckte ich sie, die schönen bunten Schürzen, die ich von der Nacht her kannte. Später erfuhr ich von meiner großen Schwester, dass die Mutter alle Jahre in Nachtarbeit Schürzen genäht hatte, um ihre drei Dirndln an Weihnachten damit zu erfreuen. Meine Mutter war in allem sehr geschickt, auch im Nähen. Sie brachte immer wieder Wunderwerke zustande, obwohl sie nie nähen gelernt hatte.

Begeistert zogen wir drei unsere Schürzen an und präsentierten uns darin stolz wie die Pfauen. Ja, sie waren noch hübscher als die vom letzten Jahr. Lag es daran, dass es mittlerweile bessere und schönere Stoffe gab? Oder an den Rüschen, mit denen die Mama die Oberteile rundum verziert hatte? Jedenfalls hatten unsere Schürzen wie immer zwei aufgesetzte Taschen, in denen man sein Schnupftuch und andere nützliche Dinge unterbringen konnte. Natürlich schielte ich auch zu meinen Brüdern, um zu sehen, was für sie in den geheimnisvollen Packerln steckte. Der eine schälte einen Laubsägekasten und der andere einen kleinen Werkzeugkasten heraus.

Nachdem jeder sein Geschenk genügend gewürdigt hatte, wartete die Mutter mit einer weiteren Überraschung auf. In der Hand hielt sie ein schmales Tütchen, aus dem mehrere Drähte herausragten. Jeder von uns durfte sich zwei davon herausziehen, dann war das Tütchen leer. Verwundert schauten wir die Drähte an, die an der unteren Hälfte eine graue Verdickung aufwiesen. War das etwas zum Naschen? Schon wollte ich eines davon in den Mund schieben, da rief die Mutter erschrocken: »Nein, um

Gottes Willen, Maria! Nicht in den Mund! Das Zeug ist vielleicht giftig. Das sind doch Wunderkerzen.«

Die Mutter ermunterte unsere große Schwester, eine von ihren Wunderkerzen an einer Christbaumkerze zu entzünden. Mit offenem Mund staunten wir, als viele, viele Sternchen in alle Richtungen davonstoben. Dem Beispiel Brittas folgten die Buben umgehend. Sie zündeten jedoch beide Sternwerfer gleichzeitig an und hielten in jeder Hand einen. Wir Mädchen aber entzündeten die zweite Wunderkerze erst, nachdem die erste völlig verglüht war, so hatten wir länger unsere Freude daran.

Plötzlich stürzte meine große Schwester auf mich zu, riss mir die schöne neue Schürze vom Leib, warf sie auf den Boden und trampelte darauf herum. Vor Schreck war ich dermaßen gelähmt, dass ich kein Wort hervorbrachte. Auch Vater und Mutter betrachteten die kleine Szene zunächst mit Entsetzen.

Schließlich fragte die Mama: »Britta, was ist in dich gefahren?«

»Da, schaut selbst«, antwortete sie völlig gelassen, hob die Schürze vom Boden und hielt sie so, dass wir die Bescherung alle sehen konnten. Da, wo die rechte Tasche gesessen hatte, gähnte ein schwarz umrandetes Loch, durch das man bis zum Baum hindurchsehen konnte.

Was war geschehen? Von meiner Wunderkerze muss sich eines der Sternchen in meine Schürzentasche verirrt haben, wo es den Nährboden für einen Schwelbrand fand. Nachdem Brittas zweiter Sternwerfer verloschen war, hatte sie sich zu mir gewandt, um zu sehen, ob bei mir noch Sterne spritzten. Zu ihrem Entsetzen entdeckte sie, dass Qualm aus meiner Schürzentasche aufstieg. Noch ehe sie einschreiten konnte, bildete sich ein Loch, das von feurigen Zähnchen umrahmt war. Deshalb musste sie so blitzartig reagieren. Durch ihr beherztes Eingreifen hatte sie mir womöglich das Leben gerettet, mich zumindest aber vor argen Brandverletzungen bewahrt.

Durch diesen Zwischenfall wurde die Weihnachtsstimmung aber nicht getrübt. Wir redeten zwar noch eine Weile darüber, dann sangen wir unsere Weihnachtslieder wie in jedem Jahr. Vor dem Einschlafen aber dankte ich meinem Schutzengel und dem lieben Gott dafür, dass alles so glimpflich abgegangen war.

Was meine Schürze betraf, so schnitt meine Mutter das Loch so aus, das es quadratisch wurde, setzte einen Flicken ein und eine neue Tasche darauf. Danach sah das gute Stück wieder aus wie neu, von dem Brandschaden war absolut nichts mehr zu entdecken.

Das mutterlose Weihnachtsfest

Hanni M., Jahrgang 1950, aus Reit im Winkl

Normalerweise wird der Heilige Abend von allen Kindern als etwas sehr Schönes empfunden, auf das man sich schon das ganze Jahr über freut. Bei mir traf das insbesondere auf die Stunde der Bescherung zu. Aber das, was vorher bei uns daheim ablief, wurde mir von Jahr zu Jahr immer mehr zuwider.

So weit meine Erinnerung zurückreicht, gab es den ganzen Tag nichts zu essen. Am Nachmittag, ab drei Uhr etwa, schritt mein Vater mit dem Räucherfass durch alle Räume des Hauses, durch den Stall und durch die Scheune, um mit dem Weihrauchduft Gottes Segen für uns alle zu erbitten. Das ging ja noch, anschließend aber mussten wir Kinder uns in der Stube um den Tisch herum hinknien, wo Mutter und Großvater mit uns den Rosenkranz beteten. Meine beiden Brüder – Sepp war acht Jahre älter als ich und Jakob zwei Jahre – mögen das nicht als so schlimm empfunden haben wie ich. Jedenfalls haben wir nie darüber geredet. Für mich aber bedeutete das lange Knien jedes Mal eine Tortur.

Nun fragt man sich, wo und wie der heilige Christ den Baum schmücken und die Gaben darunterlegen konnte, wenn die Familie doch in der Stube betete?

Die Antwort war ernüchternd: Bei uns wurde der Weihnachtsbaum nicht in der Stube, sondern in einer Ecke des Elternschlafzimmers aufgestellt, damit er länger hielt. Dieser Raum wurde nie geheizt, also bestand dort eine gleichmäßig niedrige Temperatur. Wozu aber sollte der Baum länger frisch bleiben, wenn wir ihn doch nur während der Bescherung zu sehen bekamen und danach in die beheizte Stube umzogen? Auch in den folgenden Tagen würden wir das elterliche Schlafzimmer nicht mehr betreten.

Damit das Christkind, also mein Vater, während wir in der Stube eifrig beteten, ungestört alles für die Bescherung vorbereiten konnte, wurde das Schlafzimmer bereits zwei Tage vorher abgesperrt und das Schlüsselloch von innen verhängt.

Das ging ja noch alles. Das Schlimmste aber war für mich das Nachtessen. Alle Jahre wieder gab es das Gleiche, nämlich Polenta. Für diejenigen, die das nicht kennen, sei es hier beschrieben: Es ist ein recht fester Brei, der aus Maisgrieß und Wasser gekocht wird. Davon gab die Mutter jedem von uns einen gehörigen Schlag auf den Teller. Mit dem Esslöffel bildete man sodann eine Kuhle, und Mama goss flüssige Butter hinein.

Von Jahr zu Jahr ekelte ich mich mehr vor dieser Speise. Aber es half alles nichts, man musste seinen Teller leer essen. Von Mama stand nämlich die Drohung im Raum: »Wenn du deinen Teller nicht leer isst, kommt das Christkind nicht.«

Mit Todesverachtung würgte ich das Zeug dann hinunter. Es war ja nicht nur so, dass die Polenta mir nicht schmeckte, sie machte auch noch dermaßen satt, dass ich später von den guten Platzerln, die das Christkind gebracht hatte, kaum etwas genießen konnte. Hatte die Mutter am Ende womöglich genau das beabsichtigt?

Selbst als ich über die »Identität« des Christkindes Bescheid wusste, musste ich das schreckliche Zeug essen, nur dass die Mama jetzt damit drohte: »Wer seinen Teller nicht leer isst, bekommt kein Geschenk und nachher weder Punsch noch Platzerl.« Das war schon Motivation genug. Denn je weiter der Wohlstand in unserem Lande zunahm, desto üppiger wurde das, was uns nach der Bescherung erwartete. War es bis zum Jahre 1955 nur eine Sorte Plätzchen gewesen, die auf dem Teller lag, so kam ab da jedes Jahr eine weitere Sorte dazu, und sie wurden immer besser. Ab 1960 fanden wir zusätzlich jedes Jahr eine Buttercremetorte auf dem Weihnachtstisch, welche die Mutter wunderbar zu backen verstand.

In dem Jahr aber, in dem ich zwölf wurde, habe ich mich am Heiligen Abend nach der Polenta gesehnt. Dazu muss ich weiter ausholen.

Meine Mutter hatte eine Cousine, die ebenfalls Hanni hieß und meine Taufpatin war. Sie war ledig und zu dem Zeitpunkt zweiundvierzig Jahre alt. Schon seit Jahren arbeitete sie für uns im Sommer als Sennerin auf der Alm. In der übrigen Jahreszeit lebte sie in ihrem eigenen, von den Eltern ererbten Häuschen, das etwa zehn Gehminuten von unserem Haus entfernt lag. Wenn die Almzeit vorbei war, kam Hanni zweimal täglich zu uns herüber, um unser Vieh zu versorgen. Die Männer waren nämlich als Holzknechte die ganze Woche über im Wald beim Holzziehen: der Opa, der Papa und auch mein großer Bruder.

Mama war voll damit ausgelastet, uns Kinder zu versorgen und den Haushalt zu schmeißen. Man muss bedenken, wir hatten ja noch keinerlei Elektrogeräte, die der Hausfrau das Leben erleichtert hätten, also weder Wasch- noch Spülmaschine, weder Staubsauger noch Küchenmaschine und Kleingeräte, wie Bügeleisen oder Mixer, schon gar nicht.

Eine Woche vor Weihnachten heiratete Vroni, das Patenkind meiner Mutter. Das junge Paar hatte die Wallfahrtskirche Klobenstein, die nur wenige Kilometer von unserem Ort entfernt liegt, für die feierliche Trauung ausgesucht. Dieses Kirchlein ist nicht besonders groß und enthält nur wenige Bänke. Daher hatten sich die meisten Hochzeitsgäste mit einem Stehplatz zu begnügen, so auch meine Mutter. Dazu muss ich vorausschicken, dass sie seit Jahren immer wieder unter Venenentzündung litt. Zudem war es in der Kirche saukalt. Da dieses Gotteshaus relativ weit außerhalb liegt und selten genutzt wird, zumal im Winter, wurde es nie geheizt. Hinzu kam, dass der Winter von 1962 auf 1963 schon sehr früh einsetzte und ein sehr strenger war.

Bei der anschließenden Hochzeitsfeier im nahegelegenen Gasthaus war die Mutter noch guter Dinge. Doch schon am anderen Tag fühlte sie sich müde und matt. Sie aber, die den üblichen Berg an Hausarbeit vor sich sah, gab nichts darauf und erledigte alles.

Die Arbeit ging ihr jedoch wesentlich langsamer von der Hand als sonst. Tags darauf zeigten sich erste Erkältungssymptome. Auch diese beachtete sie nicht. Wie gewohnt stand sie auf, schleppte sich aber den ganzen Tag dahin, sodass sie nur das Notwendigste erledigen konnte.

Am folgenden Morgen dann, als Jakob und ich die Küche betraten, war niemand da, der unser Frühstück zubereitet hätte. In großer Besorgnis lief ich hinauf in Mutters Schlafkammer. Da lag sie bleich und matt in den Kissen und brachte nur mühsam hervor: »Dirndl, ich kann heute nicht aufstehen. Du musst euer Frühstück selber machen, und vergiss die Schulbrote nicht für dich und deinen Bruder.« Als ich ihr gut zuredete, sie solle doch den Arzt kommen lassen, winkte sie ab: »Was soll ich denn mit dem? Außerdem ist es viel zu umständlich, ihn herzukriegen.«

»Ist es nicht. Nach der Schule könnte ich bei ihm vorbeigehen und ihn herbitten«, schlug ich vor.

»Ach was, das wird schon wieder von allein besser.« Nachdem ich Jakob und mich versorgt hatte, blieb mir leider keine Zeit mehr, um der Mutter ein Frühstück zu bringen. Deshalb lief ich in den Stall, wo meine Patin gerade beim Melken war, und bat sie, sich um die Mama zu kümmern. Sie versprach es, deshalb marschierte ich leichten Mutes mit meinem Bruder zur Schule.

Am Mittag brachte ich der Mutter Pfannkuchen. Das war das einzige Gericht, das ich zubereiten konnte. Sie aß aber kaum etwas davon. »Schmeckt's dir nicht?«, fragte ich enttäuscht.

»Doch, doch«, versicherte sie. »Du hast sie ganz gut gemacht. Aber ich hab keinen Appetit.«

Am Abend versorgte unsere Sennerin nach der Stallarbeit wieder unsere Mama, und am folgenden Morgen, es war der 21. Dezember, ebenfalls.

Am Nachmittag dieses Tages erschien Hanni, von innerer Unruhe getrieben, schon früher bei uns. Sie wollte nach ihrer kranken Cousine sehen, bevor sie in den Stall ging. Dadurch hat sie meiner Mutter vermutlich das Leben gerettet. Als sie nämlich das Krankenzimmer betrat, fand sie die Patientin in einem erbärmlichen Zustand vor.

Erwähnt sei noch, dass auf Mamas Nachtkastl immer eine Flasche Kampferspiritus stand. Mit diesem verschaffte sie sich Linderung, wenn sie am Abend vor Schmerzen nicht einschlafen konnte. Sie brauchte die schmerzende Stelle nur damit einzureiben, und gleich ging es ihr besser.

Kurz bevor Cousine Hanni an diesem Nachmittag den Raum betrat, hatte die Mutter mit Atembeschwerden zu kämpfen, ja, einen regelrechten Erstickungsanfall. Weil sie glaubte, das Atmen würde ihr dann leichter fallen, hatte sie sich im Bett aufgesetzt, was aber kaum Erleichterung brachte. Verzweifelt griff sie nach der Kampferflasche, öffnete sie mit letzter Kraft und hielt sie sich unter die Nase. In dieser Situation fand Hanni die Patientin vor. Die scharfen Dämpfe machten der Armen das Atmen etwas einfacher, aber das ziehende Atemholen hörte sich so erbärmlich an, dass die Sennerin resolut feststellte: »So, Resi, jetzt ist Schluss! Du musst ins Krankenhaus.«

Meine Mutter widersprach mit keinem Wort. Hanni eilte zu dem Nachbarn, der etwa fünf Minuten zu Fuß von uns entfernt wohnte und bereits über einen Telefonanschluss verfügte. Von ihm ließ sie sich mit dem Krankenhaus verbinden und forderte einen Sanka an. »Er soll unten auf der Hauptstraße warten, dort, wo der Weg vom Unterbichl einmündet«, erklärte sie der Schwester an der Pforte. »Wir werden die Kranke mit dem Schlitten dort hinbringen.«

Die Sache war nämlich die: Wir wohnten in einem Hohlweg, der weder geteert war noch geräumt wurde. Gewiss, am Montag, wenn alle Männer aus unserem Ortsteil in aller Frühe mit ihren Schlitten und ihren Rössern aufbrachen, um zu ihren Arbeitsplätzen zu gelangen, wurde der Schnee einigermaßen plattgedrückt.

Eben wurde der Weg dadurch aber nicht. Im Gegenteil, die Hufe und die Kufen machten den Boden ganz schön buckelig. Dennoch kamen wir Kinder dadurch leichter zur Schule. Für ein Auto aber war das unmöglich, zumal die Spur zu schmal war. Seit dem letzten Montag hatte es wieder ganz schön weitergeschneit, sodass der Weg eine Schneehöhe von siebzig bis achtzig Zentimetern aufwies.

Bis Hanni keuchend vom Telefonieren zurückkam, hatte ich auf ihre Anordnung hin der Mutter schon beim Ankleiden geholfen und einen Koffer mit allem Nötigen gepackt. Im Stadl befand sich zum Glück noch ein Hörnerschlitten, mit dem normalerweise Baumstämme transportiert wurden. Er war unser Reserveschlitten und kam immer dann zum Einsatz, wenn einer der anderen Schlitten zur Reparatur in der Werkstatt war.

Damit wir keine Zeit verloren, hatte mein Bruder diesen Schlitten auf Hannis Geheiß bereits vor die Haustür gestellt und mit Pferdedecken belegt. Unter großer Mühe schafften wir es zu dritt, die Schwerkranke nach unten zu schaffen, wo wir sie auf das Schneegefährt setzten und mit einem Federbett zudeckten. Damit die Mama während der holprigen Fahrt nicht herunterfallen konnte, banden wir sie mit Kälberstricken fest, was sie alles willenlos über sich ergehen ließ. Der Koffer diente als Rückenlehne.

Dann begann die abenteuerliche Fahrt. Normalerweise wurde vor solch ein Gefährt ein Ross gespannt. Unsere Rösser befanden sich aber alle im Wald beim Holzschleifen. Deshalb spannte sich die Cousine selbst vor den Schlitten. Ihre Hauptaufgabe bestand darin, das Fahrzeug zu lenken, es war nicht schwer zu ziehen. Im Gegenteil, da es streckenweise ziemlich steil bergab ging, musste sie auch bremsen, indem sie sich mit aller Kraft dagegenstemmte.

Allein hätte sie das gar nicht geschafft, deshalb hatte mein Bruder hinten am Schlitten ein Seil befestigt, an dem er kräftig zog, wenn das Gefährt zu sehr Fahrt aufnahm. Er betätigte sich gewissermaßen als Rücktrittbremse. Meine Aufgabe war es, neben der Mutter herzustapfen, damit ich sie festhalten konnte, wenn der Schlitten plötzlich umzukippen drohte. Das kam ziemlich häufig vor.

Ich kann gar nicht beschreiben, wie erleichtert wir alle waren, nachdem wir die Mutter der Obhut der Sanitäter übergeben hatten. Nicht nur der anstrengende Krankentransport hatte uns zugesetzt, sondern vor allem die Sorge, dass sie den Krankenwagen nicht mehr lebend erreichte. Ihr lautes, ziehendes Luftholen ließ uns erahnen, dass jeder Atemzug ihr letzter sein könnte.

Wie richtig wir mit unserer Befürchtung gelegen hatten, wurde uns nach einigen Tagen vom Arzt bestätigt. Dazu später mehr.

Als wir drei schnaufend und total erschöpft mit unserem Schlitten wieder daheim waren, wartete auf die arme Sennerin noch die Stallarbeit. Weil es schon ziemlich spät geworden war, halfen wir ihr dabei. Dafür half sie uns später, das Nachtessen zu richten. Außer Brot, Speck und Spiegeleiern gab es nichts. Denn weder Hanni noch ich konnten kochen.

Während wir bei unserem kargen Mahl saßen, ging plötzlich die Tür auf und in ihrem Rahmen erschien unser Vater. Wieso das? Der Waldarbeitertrupp sollte planmäßig doch erst zwei Tage später heimkehren, also am Abend des 23. Dezember, damit die Männer die Feiertage mit ihrer Familie verbringen konnten.

Die überraschende Rückkehr unseres Familienoberhauptes hatten wir unserem lieben Nachbarn zu verdanken, bei dem die Cousine in der Klinik angerufen hatte. Durch diesen Anruf hatte er mitbekommen, dass es sehr ernst um unsere Mutter stand. Deshalb war er der Meinung gewesen, das sollte ihr Ehemann doch wissen, und hatte mit dem Wirtshaus in Seegatterl telefoniert, um zu veranlassen, dass man einen Boten in den Wald schickte.

Gleich am nächsten Morgen machte der Vater Besuch im Krankenhaus. Das, was er bei seiner Rückkehr berichtete, war nicht gerade erbaulich. Bei der Mama hatte man eine Embolie festgestellt und gemeint, es grenze an ein Wunder, dass sie diese überlebt hatte. Die Gefahr sei aber noch nicht vorbei, deshalb durfte am folgenden Tag auch noch keines der Kinder zu ihr.

In der Familie wurde natürlich über die Ursache ihrer Erkrankung diskutiert.

Wir waren uns nicht sicher, ob die Embolie eine Folge des langen Stehens in der Wallfahrtskirche oder des langen Liegens aufgrund ihrer Erkältung gewesen war, die sie sich in Klobenstein zugezogen hatte. Jegliches Diskutieren und Spekulieren half meiner Mutter aber nicht; das Einzige, was vielleicht helfen konnte, war Beten.

Dann folgte der Heilige Abend, der traurigste, den ich je erlebt habe. Der Vater hatte aber trotz seiner überstürzten Heimkehr aus dem Wald eine kleine Fichte mitgebracht und mit dem üblichen Schmuck behängt. Er drehte auch seine obligatorische Runde mit dem Weihrauchfass durch das ganze Anwesen. Denn jetzt, davon waren wir alle überzeugt, hatten wir Gottes Segen nötiger als je zuvor. Auch der Rosenkranz wurde nach alter Tradition in der Stube gebetet, nur dass Opa jetzt allein das Vorbeten übernahm.

Nachdem die Sennerin ihre Arbeit im Stall beendet hatte, kam sie in die Küche und bereitete die unvermeidliche Polenta zu. Diese schmeckte nicht besser und nicht schlechter als die von meiner Mutter.

Ohne Murren aß ich sie restlos auf, leistete meiner Mutter dabei aber stumm Abbitte, weil ich über ihre Polenta so oft gemault hatte. Ich aß schon deshalb bis zum letzten Bissen auf, weil ich Hunger hatte und wusste, dass in diesem Jahr auch später am Abend nichts mehr nachkam. In unserem Haus war ja kein einziges Platzerl gebacken worden und eine Torte erst recht nicht.

Wie sehr sehnte ich die Mutter herbei, als wir nach dem Essen alle traurig neben unserem Christbaum saßen!

Am ersten Weihnachtstag durfte ich sie endlich besuchen, aber nur für ein paar Minuten. Besuch strenge sie zu sehr an, hieß es. Am zweiten Feiertag hatte sie, obwohl es ihr noch immer schlecht ging und sie sich matt fühlte, bereits versucht, Unterstützung für ihre Familie zu organisieren. Als man ihr eröffnet hatte, sie müsse noch mehrere Wochen in der Klinik bleiben, hatte sie die Ordensschwester, die sie hauptsächlich betreute, gefragt, ob diese nicht eine Person wisse, die während ihrer Abwesenheit den Haushalt machen und vor allem für ihre Kinder kochen könnte. Mama wusste ja, dass Cousine Hanni von Haushaltsführung nicht viel Ahnung hatte, und mich wollte sie auch nicht zu sehr belasten.

Nach den Feiertagen kreuzte dann tatsächlich jemand bei uns auf, eine Schwester vom Dritten Orden. Diese war schon seit einigen Jahren im Dorf als Gemeindeschwester tätig. Die Dorfbewohner riefen sie, wenn es in der Familie einen Krankheits- oder Pflegefall gab, mit dem sie sich allein überfordert fühlten. Schwester Eusebia war im ganzen Dorf geachtet und sehr beliebt. Sie schmiss auch unseren Haushalt tadellos, da gab es nichts zu klagen. Aber gegen mich schien sie etwas zu haben. Warum, konnte ich mir nicht erklären.

Sie kochte gut und gern, davon konnte ich mich überzeugen, so lange die Männer noch im Haus waren. Nach dem Neujahrstag mussten diese aber wieder in den Wald, von da an schikanierte mich die Schwester, wo sie nur konnte. Deshalb war ich froh, als die Ferien vorüber waren.

Dann ging es aber erst richtig los. Wenn ich von der Schule heimkam, gab Eusebia mir nichts zu essen, meinem Bruder dagegen tischte sie ordentlich auf. Um nicht Hunger leiden zu müssen, gewöhnte ich es mir an, auf dem Heimweg von der Schule regelmäßig meine Mutter zu besuchen. Sie aß dann von allem wenig und schob mir den Rest ihrer Mahlzeit zu. Ich wollte sie aber nicht zu sehr berauben, deshalb nahm ich gar nicht alles an. Da ich von dem bisschen aber nicht satt wurde, kehrte ich oft heimlich in einem Nachbarhaus bei einer kinderreichen Familie ein. Dort fiel für mich auch immer etwas ab.

An dem Tag, an dem meine Mutter nach ihrem sechswöchigen Krankenhausaufenthalt entlassen wurde, empfand ich eine unbeschreibliche Freude. Von da an habe ich mich auch nie wieder über ihre Polenta beschwert.

Schweinefutter für den Pfarrer

Heinrich, Jahrgang 1953, aus Klosterbrück/ Oberschlesien

Bald nach meiner Erstkommunion wurde ich ein eifriger Ministrant in unserer Pfarrkirche zu Klosterbrück, das etwa 1600 Einwohner zählte. Zu unserer Pfarrei gehörten zwei weitere Gemeinden, nämlich »Horst« mit etwa 400 Einwohnern und »Wäldchen« mit knapp 800 Ansässigen.

Unsere gemeinsame Pfarrkirche stammte angeblich aus dem 13. Jahrhundert, und der Zahn der Zeit hatte schon ganz schön an ihr genagt. Sowohl innen als auch außen wurden immer wieder Schäden sichtbar, die dringend repariert werden mussten, sollte das Gotteshaus nicht bald gänzlich verfallen. Die Pfarrei aber hatte kein Geld, vom Bistum – wir gehörten zu Oppeln – war nicht viel zu erwarten, und vonseiten des Staates kam erst recht nichts. Also musste sich unser Seelsorger etwas einfallen lassen.

Den Brauch des »Sternsingens« kannte man bei uns nicht. Unser Seelenhirte aber hatte davon gehört, dass anderswo so etwas existierte und bei dieser Aktion ganz schöne Geldsummen zusammenkämen. Also entschloss er sich schon lange vor meiner Zeit, etwas Ähnliches bei uns ins Leben zu rufen, damit Geld für die Renovierung in die Kirchenkasse kam.

Am Sonntag nach Weihnachten hatte er von der Kanzel verkündet, er werde mit zwei Ministranten am Dreikönigstag, gewissermaßen als die Heiligen Drei Könige, von Haus zu Haus ziehen, um den Weihnachtssegen zu verbreiten. Bei dieser Gelegenheit werde er um einen Obolus für die Instandsetzung bitten.

Die Idee fand wunderbaren Anklang. Das alljährlich eingehende Geld reichte immer gerade aus, um die dringendsten Reparaturen an unserem Gotteshaus durchführen zu lassen.

Als unser Pfarrer auf die siebzig zuging, wurde ihm ein junger Kaplan, erst siebenundzwanzig Jahre alt, zur Seite gestellt, weil es für den alten Herrn zu beschwerlich wurde, die große Pfarrgemeinde allein zu betreuen. Zu dieser Zeit war ich dreizehn und durfte erstmalig, nebst einem anderen Ministranten, den Herrn Kaplan auf seiner »Dreikönigstour« begleiten.

Damals machte ein Priester noch etwas her, ich meine, rein optisch: Er trug seine bodenlange Soutane, die mit dreiunddreißig Knöpfen geschlossen wurde. Die Anzahl der Knöpfe sollte an die dreiunddreißig Jahre erinnern, die Jesus einst auf Erden wandelte.

Wir Ministranten gaben auch kein schlechtes Bild ab, trugen wir doch die roten Gewänder, die üblicherweise an den Gedenktagen der Märtyrer zur heiligen Messe anlegt werden. Darüber kamen die weißen Röcke und zum Schluss die roten Schulterkragen.

Unter unserer »Berufskleidung« trugen wir verständlicherweise unsere wärmste Privatkleidung, wozu auch lange Unterhosen gehörten. Denn im Januar, an den Tagen, auf die unsere Wanderungen fielen, herrschten bis zu minus 30 Grad Celsius, und manchmal lag der Schnee bis zu 1,20 Meter hoch.

Am Dreikönigstag begann unsere Sammelaktion und wurde an den folgenden Wochenenden fortgesetzt, bis alle Häuser der drei Dörfer abgeklappert waren. Da die Pfarrgemeinde zu 98 Prozent aus Katholiken bestand, gab es nur wenige Häuser, die wir auslassen mussten. Zu meinem Erstaunen wurden wir von allen Familien freundlich aufgenommen.

Zuweilen waren ganz ansehnliche Fußwege zurückzulegen, zumal in den Filialgemeinden, weil dort die Häuser oft weit auseinanderlagen. Dann freute ich mich besonders, wenn wir wieder ein Haus betraten und unsere halb erfrorenen Gliedmaßen aufwärmen konnten. Außerdem gab es für jeden stets zwei bis drei Weihnachtsplätzchen und dazu heißen Tee. Den konnten wir gar nicht überall trinken, sonst hätten wir wie ein Hund jeden Baum aufsuchen müssen, dazu war es natürlich viel zu kalt. Dem geistlichen Herrn bot man zum Aufwärmen einen Obstler oder einen Obstwein an. Meist lehnte er dankend ab und hielt sich lieber an den Tee, sonst wäre er nach wenigen Stunden durchs Dorf getorkelt. Das hätte sicher keinen würdigen Eindruck gemacht.

In der Regel waren wir von morgens halb zehn bis zum Einbruch der Dunkelheit unterwegs. In dieser Zeit klapperten wir 20 bis 25 Häuser ab, weil wir uns höchstens fünfzehn Minuten in einem aufhielten. Nach der Begrüßung sprach der Kaplan ein Gebet in lateinischer Sprache, segnete das Haus und dessen Bewohner, indem er das Kreuzzeichen über sie machte, und schrieb beim Abschied die Jahreszahl nebst den großen Lettern »C M B« mit Kreide über die Haustür. Landläufig meint man, diese drei Buchstaben wären die Abkürzung für die Namen der drei Könige: Caspar, Melchior und Balthasar. Unser junger Geistlicher belehrte uns jedoch, dass sie die Abkürzung für die Worte *»Christus mansionem benedicat«* sind, was zu Deutsch bedeutet: »Der Herr segne dieses Haus«. Wir verließen keine Wohnung, ohne dass man uns eine angemessene Spende in unsere Sammeldose aus Edelstahl gesteckt hatte.

Vier Jahre machte ich diesen Dienst mit und war immer wieder beeindruckt von der Freundlichkeit der Leute und ihrer Spendenbereitschaft.

Weil man bei so grimmiger Kälte nicht stundenlang auf den Beinen sein kann, ohne etwas zu essen – die paar Plätzchen konnten den Hunger von zwei Heranwachsenden und einem jungen Geistlichen nicht stillen –, gab es stets ein richtig deftiges Mittagessen. Vonseiten des Pfarrers war vorher ausgemacht worden, an welchem Tag wir in welcher Familie zu Tisch gebeten wurden. Die Leute waren wirklich nicht kleinlich. Anscheinend wussten sie, was sich den Drei Königen gegenüber geziemte, und setzten uns immer ein regelrechtes Festessen vor. So gab es beispielsweise als Vorspeise eine kräftige

Hühnersuppe, als Hauptgang Rinderrouladen mit Kartoffelklößen und Rotkraut, als Nachtisch ein Stück Kuchen und dazu Kaffee.

Einmal allerdings, in meinem zweiten Jahr als einer der Heiligen Drei Könige, erlebten wir etwas Kurioses. Es war kurz vor zwölf, als wir unseren Besuch bei einer alleinstehenden älteren Frau beendet hatten.

»Herr Pfarrer«, sagte sie – das Wort »Kaplan« war ihr wohl nicht geläufig –, »es ist gleich Mittag. Möchtet Ihr nicht noch ein bisschen bleiben? Sie und die Buben sind bestimmt hungrig. Ihr könntet bei mir essen. Von vorgestern habe ich noch etwas Eintopf übrig. Wäre doch schade, wenn ich das den Schweinen geben müsste.«

Wir Ministranten warfen uns entsetzte Blicke zu, schließlich waren wir mittags anderes gewohnt und freuten uns darauf. Der Kaplan unterdrückte nur mühsam ein Lachen. Erleichtert atmeten wir auf, als er erwiderte: »Vielen Dank, liebe Frau. Das ist gut von Ihnen gemeint, aber wir sind für halb eins bei Familie Fuchs zum Essen eingeladen. Wir müssen uns also sputen.«

Wir wussten das gastliche Haus kaum schnell genug zu verlassen, dann prusteten wir alle drei los.

»Da haben wir aber noch mal Schwein gehabt«, war der Kommentar unseres Oberkönigs.

Weitere Weihnachtsgeschichten aus dem Rosenheimer Verlagshaus

PannenNadeln
192 Seiten
ISBN 978-3-475-54638-9

Bereits zum vierten Mal blickt Wolfgang Schierlitz mit seinem ganz eigenen Humor auf das Weihnachtsfest. Schon bei der Vorbereitung des hohen Festes gibt es einiges zu beachten. Um den Familienfrieden zu wahren, muss zum Beispiel der perfekte Christbaum beschafft werden. Doch das ist in der ganzen Hektik nicht immer so einfach, und so kann es schon einmal vorkommen, dass man nur noch einen nicht ganz so perfekten Baum ergattert. Hier ist der Ärger natürlich vorprogrammiert.
Mit lustigen und pannenreichen Geschichten ist dieses Buch ein Muss für alle, die dem Weihnachtsstress entfliehen wollen.

Im Licht der Weihnacht
304 Seiten
ISBN 978-3-475-54669-3

Jedes Jahr aufs Neue wird die lang ersehnte Weihnachtszeit hektisch und artet in einen wahren Konsumwahnsinn aus. Helmut Zöpfl nimmt diese Entwicklung mit seiner typischen Ironie zur Kenntnis. Er berichtet von schwierigen Vorbereitungen für die Weihnachtsfeier und dem Geschenkewahnsinn der heutigen Zeit. Kritisch blickt er auf die zunehmende Technisierung, verliert dabei aber nie den Humor aus den Augen. Trotz aller Veränderungen stellt er den Weihnachtsgedanken und die Nächstenliebe in den Vordergrund.

Im Rosenheimer Verlagshaus bereits erschienen

Der Duft nach Heu
272 Seiten
ISBN 978-3-475-54467-5

Wie war eigentlich das Leben früher, als unsere Großmütter noch jung waren? Roswitha Gruber ist dieser Frage auf den Grund gegangen. Sie hat mit zahlreichen Frauen gesprochen, die ihre berührenden, spannenden, manchmal traurigen und immer faszinierenden Geschichten erzählen. Wir erfahren, wie das Leben auf dem Land, die Schulzeit und das Erwachsenwerden in einer Großfamilie zur damaligen Zeit waren. In ihrem vierten Buch aus der Reihe »Großmütter erzählen« gewährt uns die Autorin einen Einblick von unschätzbarem Wert.

Die Kinder der Dienstmagd
288 Seiten
ISBN 978-3-475-54293-0

Die Magd Elisabeth und der Knecht Franz Lichtmannegger träumen davon zu heiraten. Doch beide wissen – zwei Dienstboten haben keine gemeinsame Zukunft. Als sich aber die Möglichkeit ergibt, einen Hof zu pachten, können sie als Bauersleute eine Familie gründen. Sie führen ein erfülltes, arbeitsreiches Leben. Ein großes Unglück zwingt Elisabeth und ihre Kinder jedoch zurück in den dienenden Stand. Einfühlsam und packend erzählt Roswitha Gruber die unterschiedlichen Lebenswege von Elisabeths Kindern und deren Nachfahren.

Hoffnung auf das große Glück
304 Seiten
ISBN 978-3-475-54666-2

Ingolstadt 1916: Nach dem tragischen Tod ihrer Mutter wächst die kleine Fanny bei ihren Großeltern auf. Den Ersten Weltkrieg erlebt sie als junges Mädchen im Kreis einer Familie, zu der sie doch nie richtig gehört. Als uneheliches Kind ist sie stets auf der Suche nach Liebe und Geborgenheit und wird doch immer wieder enttäuscht. Trotzdem verliert sie nie die Hoffnung. Geprägt von Entbehrungen und Schicksalsschlägen geht sie als junge Frau ihren eigenen Weg.

Informationen zu unserem Verlagsprogramm finden Sie unter www.rosenheimer.com